# 複眼人

呉 明益
小栗山 智＝訳

# 日本語版の読者へ

呉明益（ごめいえき）

火の前で語り合った人々へ捧ぐ　――W・B・イェイツ

二〇〇六年ごろ、太平洋にゆっくりと漂流する巨大なゴミの渦が現れ、科学者にも解決の手立てがないという英文記事をネットで目にした。時には野外で、時には小さな町で、時には海辺で、なぜか自分が一度も目にしたことのない、人類に捨てられた物が太平洋に集まりゴミの島となっている情景が、それ以来というもの頭から離れなくなった。そのうち想像する島に少年が現れ、私は彼にアトレと名付けた。しばらくしてから、彼が太平洋の人知れぬ島で生まれたということにした。

そしてある日、私は少年が生まれた島にワヨワヨと名付け、こうして物語は始まった。

自分の記憶を掘り起こしながら書いたこれまでの小説とは違い、この作品は登場人物のすべてが予め設定したものではなかった。あるところまで書き進めると、物語はそこで静止したままになり、やがて別の人物が現れ、物語の進むべき方向を教えてくれる。その繰り返しだった。当初は現実を題材に小説を書くつもりはなく、執筆中は頭の中に存在する材料を用いて、ただ物語の行く先を模索しているというだけだった。

そのように書いたりペンを止めたりしながら三年の時がかかったが、台中（たいちゅう）市にある大学の研究員という仕事を得たことで夢を見る充分な時間ができ、私は台湾西部の海の近くで、この東部の海岸と太平洋の島の物語を完成させたのだ。

執筆を始めたころ、とある環境運動に参加したことをきっかけに、小さな島、特に台湾のような資源が限られた島は「自然」の問題にどう向き合うべきなのかと、毎日のように考えるようになった。その美しい姿を失ってしまったら、島の人々は裕福だが心は孤独な人間になってしまう――私にはそう思えた。なぜなら島に関する多くの文化と記憶は、自然の景観と共に生まれるものだからだ。瀬戸内海に浮かぶ多くの美しい島々を失えば、日本の文化が大切な一部分を失うことになるように。

人生においては、誰もが多かれ少なかれ「なにもかも終わりだ」と思うような出来事に遭遇するものだが、私の考えでは人間は一人で強くなることはできないし、自らが強くなるだけでは乗り越えられはしない。人間は他人を必要とし、別の何かを必要とし、様々な物事の支えを必要とするものだ。森に行けば森も支えになってくれるし、海辺で海に打ち明ければ、海も静かに支えになってくれる。そんなふうにして人間は少しずつ命の動力を取り戻してゆく。

『複眼人』は出版後、十数カ国語への版権が次々と売られたが、私にとっては遥か遠い存在の言語もある。たとえばインドのタミル語だ。だが中には身近で親近感を覚えるものもある。たとえば私の父は流暢な日本語を話していた。人類学者のクロード・レヴィ＝ストロースがかつて述べた、とても気に入っている言葉がある——日本語は声調言語ではないにもかかわらず「声調文明」である。だからこそ「物哀しい」といった特殊な、美学的な表現を持ち、音や情景の細緻な描写を豊かに語ることができるのだろう。私は情景や五感で感じた気持ちの描写に時間をかける物書きだが、作品が日本語で日本の読者に読んでもらえたなら、それはなんとも幸運なことだろう。太台本屋のスタッフをはじめ、ＫＡＤＯＫＡＷＡ、これまで私の作品の邦訳者であった天野健太郎氏、及び本書の訳者である小栗山智氏に感謝を述べたい。

この小説が二〇一一年に出版された時、私はあとがきに次のように書いた。この本は喩えるなら、間もなく消えようとする暖炉の火の周りに集まった少数の聴衆のために、物語を織りなしていく。火の明かりが彼らの瞳の中で燃え上がり、ある者は火に照らされ顔を赤く染め、ある者は壁に寄りかかりながら眠りに落ち、またある者は瞳の奥で針先ほどの小さな涙をにじませ、そしてある者はついにある時点で立ち上がり、扉を開けて立ち去っていく。扉の外では強くも弱くもなく、浮世絵に描かれているような、直線の雨が降り続けている——。

そのような想いで私は小説を書き上げた。その十年後、同じタイトルで、そして同じ想いをもって、本書が日本の読者と出会えることを楽しみにしている。

# 目次

翼が翼を覆い、光が光を覆う

# 第一章

ワヨワヨ島の人々は他人の歳を尋ねることはしない。彼らは木のごとく背丈が伸び、花のごとく生殖器が突き出し、貝殻のごとく頑(かたく)なに時が過ぎゆくのを待ち、海亀のごとく口元に笑みを浮かべながら死んでいく。その魂は見た目よりも老いており、常に海を見つめているせいで目は憂いに満ち、老いては白内障を患う。

## 一　洞穴

間隙水(かんげきすい)の水音を遮るように、突然、山が巨大な、しかし遠くから聞こえてくるような轟きをたてた。

その瞬間、誰もが静かになった。

李栄祥(リー・ロンシャン)が叫ぶ。あれは水の音などではない、いや、絶対に違う。岩が移動したり、岩盤が崩れたりしたような音でも決してない、ましてや人の声のこだまであるはずもない。ガラス容器に突然何かが当たり、無傷のようで実は瓶のどこかにひびが入り始める微かな音——喩えるならそんな音だった。しかし音はすぐに消え、地底の作業員と指揮室のスタッフたちの耳元には、互いの息遣いと無線のザザという音だけが残った。

デトレフ・ボルトは長いため息をつき、訛りのきつい英語で訊いた。「さっき何か音がしなかったか?」しかし彼の問いに誰も答えない。実際、誰もがはっきりと聞いていたのだが、その音がどんなものだったのか、誰も言葉にできずにいた。すると次の瞬間、電気系統が完全にダウンし、山の腹を掘り進めてきたその洞の中が真っ暗になった。全員が前方の暗闇に目を向けたが、何も見えるはずがない。その時、あの音が再び轟いた。まるで山の中に潜む巨大な何かが今まさに接近しているような、あるいは離れ去っていくような音が。

「静かに!　静かにするんだ……」声の振動で岩壁が再び崩落しないように、李栄祥は意識して声を落とした。しかしこの時、誰もが静まり返っていた。

## 二　アトレのある夜

ワヨワヨ島の住民は、世界は一つの島だと考えていた。

島は果てのない広大な海に浮かび、大陸とは遥かな距離を隔てている。島の住民の記憶の限りでは、かつて肌の白い人間が島にやってきたことはあるが、島を出た者が大陸の情報を携えて戻ってきたことはない。ワヨワヨ人は世界は海だと信じていた。そしてカパン（ワヨワヨ語で「神」という意味）によって創造された彼らの島は、水を張った大きな盥の中に浮かべた小さな貝殻のようだった。ワヨワヨ島は潮に身を任せるように大海を漂っている。島の住民は海から食べ物を手に入れていたが、それらのなかにはカパンの化身とされるものもあった。たとえば「アサモ」と呼ばれる白と黒の模様が入った魚は、カパンがワヨワヨ人を監視し、試すために遣わした魚なのだと信じられており、島では食べてはならない類のものだった。

「そんな魚を誤って口にしてしまったら、ヘソのあたりに鱗がぐるりと生えてきて、剝がしても剝がしても、死ぬまで生え続けてくるんだよ」クジラの骨を杖がわりに突き、不自由な足でひょこひょこと歩く掌海師は、夕暮れ時になると木の下に子供たちを集め、太陽が海に沈む時まで、そして子供たちが少年となって成人の儀式を迎える時まで、ワヨワヨ島のあらゆる海にまつわる物語を日々繰り返し話して聞かせた。その口から発せられる言葉は潮の匂いに満ち、吐き出される息は塩気を帯びていた。

「鱗が生えるとどうなるの？」ある子供が訊いた。この島の子供たちは夜行性の動物を思わせる大きな目をしていた。

「そりゃあ、人間に鱗なんて生えちゃだめだ。カメが腹を天に向けて寝ちゃいけないようにね」

　またある日には、掌地師が島の子供たちを引き連れ、アカバを栽培している山合の土地へとやってきた。アカバとは「手のひらのような植物」という意味で、島では数少ない澱粉質を含んだ植物の一つだ。群生したアカバは、さながら空に向かって祈りを捧げる無数の手のようである。小さな島には、使える道具もたいしてないため、これらの植物を育てる時は土の上に石を敷き詰め、風から植物を守り、土の中の湿度を一定に保つようにした。「愛だよ、愛で土を包み込むのだ。土はワヨワヨ島のいちばん大切なもの。雨水と女の心と同じようにね」掌地師はそう言って、子供たちに石の敷き方を教えた。彼の皮膚は乾いた土のようにひび割れ、背中は土の丘のように丸まっていた。「子供たちよ、世界で信じられるのはカパン、そして海と土だけなのだよ」

　島の南東には環礁でできた潟湖があり、小さめの手網で魚を捕ったり、貝類を拾ったりするのには絶好の場所だった。島の北東方向へ「十の椰子殻」（椰子の実の殻を十回投げた距離のこと）ほど行ったところには、引き潮になると海面にすっかり顔を出す珊瑚礁があり、海鳥がよく集まっていた。島の住民は「グワナ」と呼ばれる、木の枝でこしらえた道具で鳥を捕まえる。枝の片方を鋭く削り、もう片方の先に穴を開け、シチトウを編んだ縄を通したものだ。ワヨワヨ人はグワナを携え、丸木舟で珊瑚礁の島に近づき、潮の流れに任せて島の周りを回る。彼らは視線を海鳥からそらし、心の中でカパンに祈りを捧げる。そして舟が鳥に近づいた瞬間、グワナを鳥に向かって力いっぱい投げるのだ。カパンに祝福されたグワナが海鳥の首に巻き付き、すかさず縄をくいと引けば、鋭く尖った先が鳥の体に突き刺さる。真っ赤な血が棒を伝って流れ落ちる様子は、あたかもグワナが傷ついているかに見えた。アホウドリやカツオドリ、グンカンドリにウミツバメ、そしてカモメは数でグワナに対抗した。これらの海鳥は、春になると島に巣を作り産卵するため、この時期のワヨワヨ人は毎日のように卵を食べ、誰もが残酷で満足げな笑みをたたえていた。

ワヨワヨ島の淡水は雨水と島の中心にある湖に頼るしかなく、ほかの島と同じように日常的に水が不足していた。しかも主食としている鳥と魚は塩分が高いため、住民は体が黒ずみ、痩せこけ、始終便秘に悩まされていた。明け方に彼らは各々の家に掘った便所にまたがり、海に背を向けて排便するのだが、力みすぎるあまり涙を流すのだった。

島はそれほど大きくはなく、普通の人の足であれば、朝食を終えてから歩いても昼食の時間を少し過ぎるぐらいで一周できてしまう。そんな島の大きさゆえに、住民は

「今は海を向いている」、または「今は海に背を向けている」という言い方をする。海を向いているか、背を向けているかの基準は、島中央に存在するあの低い山だ。カパンの怒りを買わぬよう、おしゃべりをする時には海を向き、食事の時には背を向け、祭祀の時には海を向き、男女が交わる時には海に背を向ける。ワヨワヨ島には長の代わりに「老人」がいる。そのなかで最も知恵のある老人を「海のような老人」と呼んだ。「海のような老人」を出した家は、門が海の方を向いている。家は丸木舟をひっくり返したような形をしており、両端には貝と彫刻の装飾が施され、側面には魚の皮が張られ、前方には島の住民が珊瑚の石で積み上げた風よけの壁が立っている。島中どこへ行っても「海の音が聞こえない」場所はなく、話されるすべての言葉にも必ず海の存在があった。早朝に顔を合わせれば「今日は海に出たか？」と声をかけ、昼には「運試しに海にでも出ようか」と尋ね、波が高く海に出られない日も、夜に会えば「あとで海の物語を聞かせてくれ」と互いに言葉を交わす。毎日漁に出る時間になると、岸辺から「モナに名前を取られるなよ！」と叫ぶ声が聞こえてくる。モナとはワヨワヨ語で波のことだ。定番の挨拶は「今日の海の天気はどうだ？」なのだが、嵐で海がどんなに荒れていても、声をかけられたら「よく晴れている」と答えなければならない。ワヨワヨ語の調子は海鳥の声のように甲高く、息継ぎは海鳥の翼のように微かに震える。そして言葉の終わりには、海鳥が海に潜った時に上げるしぶきのような音を出す。

　時には食べ物に困ったり、悪天候で海に出ることができなかったり、あるいは集落同士で衝突が起きたりもしたが、日々がどんなものであろうと、ワヨワヨ人は誰もが様々な海の物語の語り手だった。食事の時も、挨拶の時も、祭祀の時も、男と女が交わる時も、さらには寝言を言う時にも海を語るのだ。完全な記録こそないが、いずれ時が経てば、ワヨワヨ島が最も多くの海の物語を語り継いできた場所であると、人類学者は発見するだろう。海の物語をしてあげよう――それが彼ら共通の口癖だった。

ワヨワヨ島の人々は他人の歳を尋ねることはしない。彼らは木のごとく背丈が伸び、花のごとく生殖器が突き出し、貝殻のごとく頑なに時が過ぎゆくのを待ち、海亀のごとく口元に笑みを浮かべながら死んでいく。その魂は見た目よりも老いており、常に海を見つめているせいで目は憂いに満ち、老いては白内障を患う。自らの死を前に、既に視力を失った多くの年寄りは、そばで見守る子孫らに声をかける。「今、海の天気はどうだ?」海を見ながら死にゆくことは、ワヨワヨ人にとってカパンの恩恵であり、誰もの夢であり、息絶えるその時まで脳裏に海の姿を思い浮かべるのだった。

　ワヨワヨ島では男児が生まれると、父親がその子のために一本の木を選ぶ。そして月が生まれ変わる度に線を刻み、百本になったら、男の子は自分の「タラワカ」を造り始める。数年前、島にしばらく滞在した唯一のイギリス人の人類学者テディは、タラワカを丸木舟と記しているが、実際はそうではなく、どちらかと言うと草舟に近い。小さな島なので、丸木舟にするだけの太い木は多くないのだ。テディの記録は人類学史上の笑いの種になるだろうが、とはいえそう馬鹿げた話というわけでもなかった。誰が見ても、タラワカはいかにも木で造られた舟だからだ。ワヨワヨ人はまず木の枝と蔓、二、三種類の葦を編んで舟の骨組みを作り、植物の繊維を水で溶かした「糊」を三回に分けて骨組みに掛け流す。その作業が終わると今度は沼地の泥で隙間を塞ぎ、いちばん外側に防水のための樹液を塗る。端から見ると、タラワカは確かに大きな樹木をくり貫いて造った、丈夫で完全な丸木舟だった。

今、岸辺に座っている少年は、島で最も美しい丈夫なタラワカを持っていた。少年の顔はワヨワヨ人のすべての特徴をそなえていた。つぶれた鼻、深くくぼんだ瞳、太陽のような皮膚、憂いを漂わせた背中、そして矢のように伸びた手足。

「アトレ、そこに座っちゃだめだ、海の魔物に見つかってしまうぞ!」通りがかった一人の老人が少年に向かって叫んだ。

すべてのワヨワヨ人と同じように、世界は一つの島だとアトレも思っていた。そう、海に浮かんだ貝殻のように。

アトレは父から舟を造る技術を学んだが、その腕は兄のナレダよりも優れ、少年では島いちばんと誰もが認めていた。まだ若いが、水に潜れば魚のように泳ぎ、一気に三匹ものシイラを捕ることができた。そんなアトレを島のどの娘たちも心から愛し、誰もが夢見ていた。いつか突然、彼が自分の前に現れて、私を担ぐように茂みに連れゆく。そして三度目の満月を迎えて妊娠を確認したら、ひっそりとアトレに告げて、素知らぬふりで待つのだ。彼がクジラの骨で作った刀を携え、結婚を申し込みにやって来るのを。島で最も美しい少女のウルシュラも、あるいはそう思っていたかもしれない。

「アトレは次男という運命なんだもの。だからどんなに海に潜れてもしょうがない。次男は海神のもので、島のものではないのだから」アトレの母親は常に周りにそう言っていた。周囲の者たちもそのとおりだとうなずく。出来のいい次男を持つこと、それはワヨワヨ人にとって最も辛いことだった。アトレの母親は厚い唇を震わせながら、朝も夜もそうつぶやいた。何度も繰り返せば、アトレがいずれ次男の運命から逃れられるかのように。

長男が夭折（ようせつ）しない限り、ワヨワヨ島の次男たちはほとんど結婚することはなく、「海のような老人」になることもない。彼らが生まれてから百八十回目の満月を迎えた時、戻ることのない航海の任務を与えられるからだ。十日分の水のみを舟に積み、決して引き返してはならない海の旅。ワヨワヨ島には次男にまつわる次のような諺（ことわざ）がある。「話は次男が戻ってきてから」。言葉どおり、絶対に不可能という意味だ。

アトレのまつげが瞬いて輝く。体は海水が乾いたあとの塩の結晶で煌(きら)めき、さながら海神の子のようだった。明日はいよいよタラワカに乗って海に出る日だ。彼はワヨワヨ島でいちばん高い岩礁に上り海を見渡した。遠くから白いひだを伴った波が次々と押し寄せ、海鳥が岸辺に沿って飛んでいく。鳥の軽やかな影がウルシュラの姿と重なり、アトレの心は波に数百万年も打たれた岩のように今にも砕けそうだった。

日が暮れると、アトレに思いを寄せる島の娘たちは、習わしに従い彼を待ち伏せた。アトレは差しかかる草むら草むらで少女たちに引き留められ、その度にウルシュラであることを期待するのだが、彼女は一向に現れなかった。一人、また一人と、アトレは草むらで待ち伏せする娘たちと交わった。それは彼が島に残せる最後のものだった。茂みで待ち伏せるどの娘とも交わらなければならないというのが、ワヨワヨの掟(おきて)、ワヨワヨの節義であり、それは自分のためにワヨワヨの子孫を残すことにもつながるのだ。島の娘たちにとっても、次男が海に出る前夜は、自ら意中の相手にアプローチできる唯一の機会だった。アトレはウルシュラの家のあの茂みへと向かう途中で、ひたすら違う娘と交わった。性的な快楽のためではない。ただ夜明け前にウルシュラの家までたどり着かなければという一心だった。ウルシュラはきっと待ってくれているはず、アトレはそう予感していた。挿入しても急いで立ち去ろうとするアトレに娘たちは悲しげに訊く。

「アトレ、なぜ愛してくれないの？　人の気持ちは海に抗うことはできない」

「君も分かっているはずだ。人の気持ちは海に抗うことはできない」

　空が魚の腹の色ほどに白み始めたころ、アトレはようやくウルシュラの家の近くまでたどり着き、すると茂みから伸びた両手がそっと彼を引き寄せた。岩陰に隠れて稲妻に怯える海鳥のようにアトレは体を震わせていた。勃起できなかったのは疲れ果てていたからではない。ウルシュラの瞳を見た瞬間、心がクラゲに刺されたように痛んだからだった。

「アトレ、なぜ愛してくれないの？」

「そんなことはない。人の気持ちは海に抗うことはできないんだ」

　ずいぶん長い間、二人は抱き合ったままだった。アトレは目は閉じていたが、果てのない海を空から眺めているような心地だった。やがて体が徐々に覚醒し、間もなく海に出ることは一時忘れ、硬いうちにウルシュラの体の中の温もりをひしと感じたいと思った。夜が完全に明けると、村中の人々が港まで見送りに集まった。かつてこの島を出た次男たちの亡霊も戻って来ていたことを、掌海師と掌地師以外に知る者はいなかった。亡霊たちは、体中をきらきらと輝かせた海神の子アトレと共に、次男の宿命の海へと向かうのだ。その手で造ったタラワカに乗り、ウルシュラがくれた「話笛(ぶえ)」を携えて。

## 三　アリスのある夜

朝目覚めた時、アリスは自ら死のうと決めた。

実のところ自殺のための準備はほぼ済ませていた。むしろアリスは思い残すこともなければ、誰かに何かを残すでもなく、ただ死を求めているだけというべきだろう。ただ死を求めている人間にとって財産というものなどはもはやない。

しかしアリスは律儀な人間だった。彼女は自分が気にかけるすべての人間を気にかけていた。この世で彼女がいまなお気にかけている人間と物事、それはトトと、彼女に夢を託した学生たちだった。自分の未来に必要なものがあれだけ明確だったというのに、今ではなにもかもがぼんやりとしてしまっている。

まずは辞表を提出し、職員証を返却すると、アリスはようやく深い息をつくことができた。普段つくようなため息ではない。生涯を苦しみ抜き、いよいよ来世に生まれ変われる時が訪れたような、深々とした息だった。若いころに作家を目指して大学院文学科に進み、順調に教職にも就いた。加えてそのか弱く繊細な外見は、保守的な世界である文学のイメージにこの上もなくぴったりで、文学の最も安定した道を進む彼女を誰もが羨んだものだ。しかしアリスだけが知っていた。いい作家になるどころか、このところは文学の息吹すら感じられなくなっていた。毎日のように大学院の業務と研究に追われ、創作する時間など皆無に等しく、研究室の灯りを消して家に戻るころには空が白み始めているのだった。

アリスは研究室の書物と品物を学生たちに譲り、なるべく感情を込めることなく指導した学生一人ひとりと最後の食事をした。異様に不味い食事しか出さない学食で座りながら、彼らの眼差しを眺めていた。

「なんて若いのだろう」と彼女は感じた。

この子供たちは、この先の未知にあふれた世界に心を膨らませているのだろう、けれどそこには何もない。そこは雑物が積まれただけの、がらんとした地下室なのだ。アリスは目元に最後の優しさを浮かべながら彼らの話に耳を傾け、彼らにとても関心を寄せているふりをした。彼女にとって、空気はもはや空っぽになった体をただ出たり入ったりするだけのもの、誰かが話す言葉は窓すらもないがらんとした家に投げ込まれる石ころのようなものだった。心によぎることといえば、ただトトの記憶と、自ら命を絶つ方法だった。

でも考えるまでもない、と彼女は思った。なぜなら家の前が海なのだから。

同僚とはほとんど別れの挨拶をしなかった。彼らと話しているうちに、体のなかで複雑に絡み合う厭世（えんせい）感と憤りを露わにしたくなかったからだ。車が市街地に差しかかった時、アリスはふと、その景観が十数年前とあまり変わっていないことに気付いた。違いはただ、かつて自分を魅了した峡谷と町ではなくなってしまったということだ。巨大な樹木、突然湧き起こる雲、波打つトタン屋根、しばらく走っていると現れる干上がった渓流、低俗で大げさな看板……当時は親しみを覚えたすべての景観が今では萎縮し、現実味を失い、自分との繋がりも消え去っていた。東部にやってきた最初の年、道路の両側には灌木（かんぼく）群や植物がすぐ近くにあり、風景も動物も人間を恐れてなどいないように感じたが、今では山も海も、道路によって遠くへ押しやられている。

アリスは思った。ここはもともと先住民の土地で、後に日本人の土地となり、漢民族の土地となり、観光客の土地となり、今ではもはや誰の土地なのか分からない。あるいは土地を買って農舎を建て、欲にまみれた県長を選出し、ついには新しい道路を開通させた輩（やから）たちのものなのかもしれない。道路が完成すると、海岸と山間（やまあい）には様々な異国風建築が建ち並ぶようになり、様式はどれも中途半端で、何かの冗談で造られた世界民俗文化のテーマパークのようだった。しかし金持ちたちは休日に訪れるだけで、一帯は荒廃した農地と空き家だらけ。H県は島の浄土なのだと、地元の文化界は陳腐で安っぽい郷土愛を声高らかに論ずる。だが彼女が思いつく限りの建物と公共建築のうち、保存のために展示されている先住民や日本統治時代の少数の建築を除いては、大方の人工的な景観は風景を損ねるために造られたようなものでしかなかった。

ある学会での会食のこと、同僚の王教授が「H県は人を魅了する土地だ」などと高談するのを聞いて、アリスは思わず返したものだ。「ここにあるのはエセ農舎、エセ民宿、農舎の庭にある木々までも嘘っぽい、そう思いませんか？　そういうのが好きなエセ人間を魅了してなんになるんです？」

王教授は言葉に詰まり、若手の後輩にとるべき態度をしばし忘れた。その三角の目と白髪交じりの髪、脂ぎった顔はむしろ商人のようだった。実際のところ、アリスはたまに両者の違いが分からなくなる。しばらくして教授が続けた。「ならば君の言う本物とはなんなのかね？」

本当の姿とはどんなものなのか。アリスは車を走らせながら繰り返し、その問いについて考えていた。

四月の今はどこも湿った気だるい空気が漂い、それはどこか性愛の匂いを思わせた。ふと右手を見やると、島の最も象徴的な存在――中央山脈が聳え立っている。彼女は今でも時々、いや、今でも毎日のように、車の天窓から頭をのぞかせて山を眺める、あの日のトトのことを思い出す。迷彩柄のキャップを被ったトトはまるで小さな軍人だった。記憶の中のあの子は、ウィンドブレーカーを着ていたり着ていなかったり、手を振っていたり振っていなかったりする。その時の車のシートには彼が踏ん張ってできた小さな凹みがあったに違いないと想像できた。それは彼女の記憶の中の、トトとトムの最後の姿だった。

二人との連絡が途絶えた時、彼女が最初に救いを求めて電話をかけた相手がダフだった。彼はトムの登山仲間であり、同時に地元の救助隊のメンバーでもあり、この一帯の山を知り尽くしている人物だった。

「トムよ！　全部トムが悪いのよ！」

「大丈夫、山の中にいるなら必ず見つかる」ダフはそう彼女をなだめた。


トムはなだらかな地勢の、山といえる山のないデンマークから台湾にやって来て、すぐにあちこちの山に登った。ダフと共に特殊な登山ルートを一つひとつこなすと、今度は海外で自主訓練に参加し、アルプスの登山法で七千メートル以上の高山に挑戦しようとしていた。以来、台湾は彼が時折訪れる場所になったのだが、いつか彼が来なくなってしまうかもしれないという生活に、アリスはもはや歳を重ねていく自分が耐えられなくなっているのを感じていた。それに、傍にいる時ですら、彼の眼差しはいつも遠くの彼方に向けられていた。

だからなのかもしれない。このところアリスの心に浮かぶのは最初にトト、次にダフ、そしてトムなのだった。いや、トムのことはあまり思い出すことすらなくなっていた。彼は自分が山を知っていると慢心していた。自分の故郷には山などないということも忘れて。それなのになぜ？　なぜ息子を山に連れて行ったきり戻って来ないの？　もしあの日トムが病気になっていたら、車の充電を忘れていたら、あるいは一時間寝坊をしていたら……すべてが変わっていたかもしれない。アリスはいつもそう想像した。

「心配するなよ。ただの昆虫採集だし、危険な場所には連れて行かないさ。大丈夫」トムはそうアリスをなだめたが、彼女はその言葉に苛立ち（いらだ）を聞き取っていた。「そもそも誰もが知っているルートだし」

信じがたい話だが、トトは十歳にして、ロッククライミングと登山が得意だった。山林の知識にいたっては、その分野を専攻する大学生より遥かに上であったかもしれない。トトは山の申し子だった。それにトトが本当にやりたいことはやらせてあげるべきだと、アリスは自分に言い聞かせてもいた。でもダフが言っていたとおりなのかもしれない。運命の瞬間は移動するが、運命の瞬間が運命の瞬間であることには変わりなく、放たれた矢が猪（いのしし）に向かって突き進むかのようにやってくる。

ダフはアリスとトムの友人だった。タクシー運転手だが、救助隊の隊員でも森林保護員でもあり、東海岸のNGO団体のボランティアでもあった。ほかの布農族（ブヌン）と同じように、ダフは短身でがっしりとした体付きながら魅惑的な眼差しをしていた。彼と会話する時は決してその目を見つめてはならない。さもなければ彼が自分を愛していると勘違いするか、思わず彼を愛してしまうことになる。

　数年前にダフの妻は、娘のウマヴと書き置きを残し、一人で出て行った。置き手紙には自分が引き出した金額、自分が持ってゆく物などが簡潔に記され、目を引くような大きな字で「これらは私の物だから」とあった。ウマヴは誰かに譲られるペットのように、ダフに残された財産リストの中の一項目だった。かつて一時期、ダフは良かれと思いウマヴをアリスの家に預けていたのだが、アリスの塞いだ気持ちを紛らせることにはならず、二人の鬱屈した気持ちは却って相手をより深いところへ引きずり込む結果になった。ふと我に返ると、アリスは午後の間ずっとウマヴと一言も交わしていないことに気付き、ウマヴはウマヴでぼうっと海を眺めながら、前髪をヘアピンで留め直す動作を幾度も繰り返しているのだった。留めては下ろし、再び留めてはまた下ろし、言うことを聞かない前髪は、永遠に彼女の満足する位置に収まらないかのようだった。そんなこともあってアリスは娘を預けないで欲しいとダフに頼み、トトとトムの捜索活動が終了した後は、彼が定期的にかけてくる見舞いの電話も断っていた。

　アリスは一切のことから自らを閉ざすと心に決めていた。唯一、心待ちにしているのは眠ることだった。寝ている時は目を閉じているが、目を開いている時以上に多くが見えることもある。最初のころは、トトの夢を見ることを意識して就寝前に瞑想した。やがて今度はトトの夢をできるだけ見ないように努めたが、あの子の夢を見ないことは、あの子の夢を見ることよりもずっと苦しい。アリスは夢から目覚めた後のトトがいない苦痛に耐えることのほうを選んだ。寝つけない夜には、いつものように懐中電灯を手に、静かにトトの部屋へ入って確かめる。ベッドに横たわっているはずのないあの子が、寝息穏やかに眠っているだろうかと。記憶というものは風を切るボクサーのパンチのように避けようにも避けられない。アリスは自分にまだ欲望が残っていればと思うことがある。若さを経験した誰もが分かるだろうが、欲望は最高の抗鬱剤で記憶を失わせる、だから今この瞬間に生きることができる。しかし夢の中のトムは、もはやアリスの欲望を掻き立ててはくれなかった。彼は右手にピッケルを握り、岩壁となった自らの左手に思い切り打ち込むが、一言も発しない。アリスは夢の暗示にすがるように、警察局に電話をかけてはトトの消息を尋ねた。「消息はありません。消息があり次第連絡しますから、教授」警察の態度が熱心から同情に変わり、今は同情すらも失われたことをアリスは感じていた。電話も型どおりの応対になり、その穏やかな口調の最後は嫌悪感を帯びることさえあった。「またあの女だよ、しつこいっていうんだよ」受話器を置いた途端そう同僚にこぼしているに違いないとアリスは思った。

この四月は雨が続く一方で異常なほどに暑かった。夜になると、大学の外灯という外灯の下に激突して起き上がれない数多くのコガネムシがもがいていた。今も車に迷い込んだ一匹のコガネムシが、フロントガラスに阻まれ、コッンコッンと音を立てている。ハンドルを握りながらアリスは窓を開けてやったが、外界への逃げ道をどうしても見つけられないのか、コガネムシはフロントガラスに何度も体を打ちつけては青色の鞘翅をほのかに光らせた。

数ヵ月来、アリスは自分がトトに深く依存していたことに気付かされた。トトがいたから毎朝朝食をとり、決まった時間にベッドに就き、料理も覚えた。自分の安全は子供の安全でもあるのだからと、何事においてもより慎重になっていた。外にいる時は、飲酒運転の死に損ないにぶつけられて、あのあどけない温もりのある顔が道路に打ちつけられやしないかと気を揉んだ。学校の子供たちをも、ひいては先生までをも警戒した。子供に近い存在であればあるほど時には想像もつかない残酷なことをするものだ。幼いころ、アリスは友達と一緒になって、汚れた服ばかり着ていた女の子を毎日のようにいじめていたことがあった。彼女をからかい、ちょっかいを出し、弁当に入っていたソースで汚れきった彼女の服をもっと汚した。まるで自分の服が清潔であることを見せつけるかのように。

数年前に洪水で流され、今は山側に三キロほど奥まった場所に再建された橋のあたりに差しかかった時だった。突然のクラクション音で、たちまちアリスの注意は道路に引き戻された。

数分もするとH県でかつては最も有名だった海岸に差しかかった。何年も前のことだが、ある財団が山の一部を削って遊園地を建設し、汚職スキャンダルまみれの県長の後ろ盾もあったことから、更に周囲の山をも削り進めたのだ。しかし九年前に起こった大地震で、多くの施設が本来の場所から移動し、使用できなくなった。責任を逃れるために会社は倒産、しかもこの数年で海面が上昇し海岸線が陸地側へ近づいたため、遠方にはいまだ撤去されずに残された観覧車と、ロープウェイの柱が孤立無援のごとく立っていた。海岸の岩場では――もともとは山の一部だった――釣り人が釣り糸を垂らし、小船が観覧車の柱に係留されている。以前の道路より少し高い場所に建設された「新海岸道路」に車を走らせながら、アリスは海岸の向こうに個性的な造りをした我が家を見つけていた。陽差しが細い雨糸を伝って大地に降り注ぎ、雨は降ってはいるものの、久々の好天だった。

家が海辺に建っているとはいえ、いつからだろうか、海がこんなにも近くなったのは。

もはや意義を失った玄関のドアを開け、アリスは自分に残されたすべてを見回した。

ソファ、トムと一緒に作った壁画、ミケーレ・デ・ルッキのデザインによるペンダントライト、かつて生きていたが今は枯れてしまった鉢植え……家中のあらゆるものが自分とトムが選んだものだった。そして枕のくぼみ、浴室の小さなタオル、本棚の児童書、すべてにトトの面影があった。アリスが最後に一つひとつ確認していると、水槽にまだ手をつけていないことに気がついた。自分が先に死んだら、魚たちは訳も分からず何もできずにただ静かに死を待つことになる。それではあまりにも不憫(ふびん)だ。ソファに座って考えながら、水生動物が好きなミッキーという名の学生を思い出した。彼なら引き取ってくれるかもしれない。そう思いつきはしたものの、アリスはすでに携帯電話を持っておらず、固定電話もインターネットも解約してしまっていた。しばらく方法を考え、水草と魚を持って大学に戻ろうと思ったが、設備も欲しいと言うかもしれない。それならば全部引き取ってもらえばいい。アリスは車に乗り込んだ。幸いダッシュボードに表示されたバッテリーはまだ三十キロ分残っていた。

アリスは教務室からミッキーに電話をかけた。ほどなく彼は一人の女の子とやって来て、アリスの車に乗り込んだ。ミッキーはスポーツ選手のような体格に似合わず、おとなしく惨めそうな眼差しをしていた。アリスの印象からすると、文学に情熱を持ってはいるが才能には恵まれない典型のような学生だった。ミッキーは彼女だといって小潔(シャオジエ)を紹介した。小悪魔的な目元の、全身アクセサリーをまとった中肉中背の女の子で、肌は透き通るように白く、笑顔も愛らしかった。とはいえ見た目はいかにも町で見かける若い女性と変わりない。体にぴったりフィットした黒のジーンズを穿いていた。アリスの授業を二コマ取っていたと言うが、印象にはあまり残っておらず、しかしなぜだか彼女を知っているような気もした。アリスの家に向かう道中、車の中は静まり返っていた。小潔とミッキーは窓の景色を見ているふりをしてアリスとの会話を避けていた。

三人は言葉を交わすこともなく家の裏庭を抜け、アリスがドアを開けるや、ミッキーが驚きの声を上げた。そして水槽の前に張りついてアリスに尋ねた。「これってタイワンキングバルブですか？」

「そうよ」その魚たちは何年も前にダフの友人が繁殖に成功し、野生に戻したもの以外をトトに譲ってくれたものだった。

「すごい、もう川では見かけませんよ。この棚、開けてもいいですか？」

「どうぞ」

ミッキーは水槽の下の棚を開け、ずいぶん興奮した様子で声を上げた。「ほんとうにすごいや、水槽クーラーとpH調整器までそろってる」

「全部持っていっていいわよ」しきりに奇声を上げる彼に、アリスは苛立ちを覚えていた。

ミッキーは信じられないという様子だったが、もう一度アリスにその言葉を確認すると、友達に連絡を入れた。しばらくすると三人の男子学生がRV車でやってきて、騒々しく装置一式を車に積み込み始めた。小潔（シャオジエ）がひとり、壁に掛けられたデジタルフォトフレームや本棚に並ぶ背表紙を静かに見ている姿に、アリスは気付いた。

「欲しい本があったら持っていって」

「え、いいんですか？」

「何冊でも構わないから」だが結局、小潔はアイザック・ディネーセンのデンマーク語版の短編小説集だけを選んだ。「デンマーク語が分かるの？」

「いえ、ただ、記念になるかと思って。デンマーク語ってなんとなく特別だから」

皆が車に乗り込む前、小潔はアリスの前までやって来た。

「先生、また大学に来ますか？」

「多分もう行かないわね」

「それなら書いたものを送るので見てもらえませんか？　だめならいいんですけど」

アリスはうなずいてから、首を横に振った。アリスはこの子のことを思い出した。なんの感情も持たずに思い出していた。

ミッキーと小潔たちが去ると、アリスは無意識のうちにトトの部屋に入り、いまだ懐かしい匂いが残るベッドに体を預けた。魚の心配もなくなったことだし、あとはいかに自分の命を終わらせるかということだけだ。魚のことに比べれば、自分の死に方などアリスにとって大した問題ではなかった。仰向けになり、天井に描かれた、トムがトトを連れて登った登山ルートの地図を眺めた。地図は彼ら親子が描いたものだった。アリスが台所で料理をしている間、二人はいつも部屋の中で何やらやっていた。登山は彼ら二人だけの世界だった。トムがどんなに説得しようと、アリスは決して山に登ろうとしなかったし、宗教も信じようとはしなかった。「誰にだって何かしら拒絶するものがあっていい」それがアリスの考えだった。

初めて山に登った時のことを、アリスが忘れることはない。正確には山ではなく、石碇（せきてい）の近くの「皇帝殿（こうていでん）」と呼ばれる場所ではあったが。大学生だった当時は〝合コン〟*が流行っていて、アリスも友達に無理やり誘われて参加したことがあった。もともと運動は苦手なほうだった。進み始めたうちはまだよかったが、ある小さな廟（びょう）を過ぎたあたりから、ロープを使って登ったり木の枝に足を掛けたりして、気付けばついに両側に何もない峰まで登ってきてしまっていた。それ以上進みたくないと今さら言

＊訳注　台湾の若者の「合コン」は、男子のバイクに女子を乗せて郊外に遊びに行くというのが一般的だった。

い出すのも恥ずかしく、アリスは無理をして何分か歩みを進めたのだが、やがてパニックから大汗をかき始めた。普通の女の子のように声を上げて男の子の助けを求めることはせずに、彼女はただ無言で涙を流し続けた。なんでこんなところに来なきゃならないの？　品のある顔立ちの、でも頭は空っぽの——それは彼のバイクの後ろに乗った時に確認済みだった——男の子が支えてくれようとしたのを断り、アリスは半かがみになりながら、もと来た道を一人で戻っていった。以来、アリスはずっと登山を断固として拒んできたのだった。

天井の地図には様々な色の旗があり、赤や青のルートが交錯しながら延びているが、それが何を示しているのかは分からない。しかも彼女が見たことのない風景まで描かれている。彼ら親子はどれほどの時間をかけ、何を企みながら、この地図を完成させたのだろう。アリスは描かれたルートに沿って視線を移した。もう山に登ることはなかったが、トトと一緒に地図を見ながら、たびたび登山計画を立てたものだ。いわばゲームを楽しむように——。だから天井の地図も知り尽くしていたはずなのだが、なぜかルートの一部が違うように思えた。ただ、どこがどう違うのかすぐには分からない。それならば、とアリスは姿勢をきっちり仰向けにして地図を丹念に見てやろうと思ったが、少し経つともう目がくらんできた。日が暮れて辺りが暗くなると、天井に描かれたルートもゆっくり闇に埋もれていった。トトがハイチェアに座りながら、あるいはトムに肩車をしてもらいながら地図を描いている姿が思い出された。やがてついに意識のできない時の流れの中で、アリスは深い眠りに落ちていった。

それからどれぐらい経っただろうか。夜中にひどく大きな地震が起きた。それは幼いころの記憶まで呼び覚ましてしまうほどの強烈な揺れだった。揺れ始めの段階では、アリスはまだ完全に目覚めてはいなかった。地震が頻発するH県に長く住んできた彼女は、もっと激しい地震を経験したことがある。しかし一分経っても揺れは続き、しかもますます激しさを増していく。ついにはアリスも反射的に起き上がり、どこかに隠れるか外に避難するかしなければと直感的に考えた。が、すぐにそんなふうに考えた自分に笑ってしまった。これから死のうという人間が、どう死のうと関係ないではないか。アリスは再びベッドに横になったが、するとどこからか、くぐもった、しかし巨大な音が聞こえたような気がした。まるで山が動き始めたかのような音だ。その音はアリスに子供のころ経験した大地震を思い出させた。その地震で身内を亡くすことはなかったが、通っていた学校が崩れ落ち、自分を可愛がってくれた自然科学の林(リン)麗娟(リージュアン)先生と、アリスの隣の席の、よくお菓子を分けてくれた、遠視眼鏡のせいで目がとりわけ大きく見える男の子が死んでしまったのだ。前日の集団下校の時、彼から五匹のカイコの幼虫を譲ってもらったばかりだった。地震から五日後のこと、桑の葉がきちんと洗えていなかったのか、幼虫たちは尻から水っぽい黒い糞を垂らして全滅し、体は干からびてぺしゃんこになっていた。それが彼女が記憶する限り最も心に残っている二つの出来事だった。地震というものは、人の命を奪わずとも大きな恐怖を与えることができる。その人の人生の何かを奪うだけでいい。あるいはそれをカラカラのぺしゃんこにしてしまうだけでいいのだ。

巨大な音はその後も数分続き、やがてすべてが静まり返った。アリスはあまりに疲れを感じて再び深い眠りに就いた。次に目を覚ましてもまだ夜は明けておらず、ただ波の音が同じリズムをしぶとく繰り返していた。ベッドから起き上がって窓の外を見やると、アリスは自分が海上の孤島に取り残されたような状況であることに気付いた。遠くからは無数の細かい泡を帯びた波が執拗に、次から次へと陸地に押し寄せていた。

# 第二章

一日に二度、アリスは潮に監禁された状態になり、数時間後に再び解放された。大しけになると海水が家の防水溝に沿って家をぐるりと囲み、裏口に様々な置き土産をしていった——フグの死骸、不思議な形をした流木、船舶の一部、クジラの骨、ボロボロの服……。翌日に潮が引くと、アリスは死んでしまった様々なものを跨（また）いで表に出るしかなかった。

## 四　アトレの島

霧は海から立ちのぼるかのごとく、そしてあらゆるところに存在するカパンのごとく、辺りすべてを包み込んでいた。アトレは一瞬、自分が海の中にいるのではないかと疑った。彼は舟を漕ぐのをやめた。こんな深い霧の中ではいくら漕いでも意味はない。ワヨワヨ島を出てからの七日間で彼が確信したことは、大海を前に櫂（かい）など無力なものでしかないということだった。どうりで島では漁に出る海域に目に見えない境界を設け、その境界をいったん越えれば戻って来ることは叶わないとされていたわけだ。その一方で、アトレはもう一つの深刻な現実にも気付いていた――食糧と水が尽きたのだ。自分もほかの「ワヨワヨの次男」と同じく、もはや戻れない絶望的な状況であることを理性では分かっていたが、体は諦めてはいなかった。そこで彼は海水を飲み始めた。

真夜中に雨が降り出すと、雨と霧が、海と空の境を曖昧にした。雨に打たれながら、アトレは自分が海の門を越えてしまったのだと思った。島の伝説では、雨と霧の果てに海の門があり、その向こうには、カパンとあらゆる海の神々が住むという「真の島」がある。ワヨワヨ島はその島の影に過ぎないという。「真の島」は普段は海底に潜み、ある定めの時にだけ、海上に姿を現すのだ。

アトレは手作りのシュロの葉の雨除けに入ってみたが、ポタポタと雨水が漏れ、外と大差はなかった。「でかい魚を逃がした、でかい魚を逃がした」彼はつぶやいた。ワヨワヨ語で「もういいさ」という意味だ。海においては、海は神よりも遥かに強い、だから海を統治できる神などいるはずはない。海自身が神なのだから。口には出さなかったが、アトレは心の中で静かにカパンを冒瀆した。

明け方、アトレはタラワカが沈み始めていることに気付いた。無駄だとは知りつつも舟の中の水をすくい出し、もうほとんど海に沈みきるという段になってようやく舟を捨てて泳ぎはじめた。アトレはワヨワヨの若者のなかでも一番の泳ぎ手だった。足は魚の尾のように柔軟で、手はひれのように素早く海水をかき分けることができた。しかしそのアトレをもってしても、大海原にあっては人間はクラゲよりも無力なのだった。それでもアトレは必死になって泳いだ。諦めようという思いさえも消え、池に落ちた蟻のように絶望することもなければ期待を抱くこともなく、ただ自らの肉体に任せてすべてを出し切ろうとしていた。

　心の中でカパンを冒瀆したアトレだが、それでも祈りの言葉を唱え始めた。「唯一海を涸らすことのできる我らのカパンよ、たとえこの命を見捨てようとも、どうかこの屍を珊瑚に変え、ウルシュラの手に拾われるように、故郷の島へと導きたまえ」祈り終えると、アトレは意識を失った。

　目覚めても、アトレはまだ海に浮かんでいた。どうやら夢を見ていたようだ。夢のなかで、アトレはある島に漂着しようとしていた。島の縁には少年たちが立っている。その眼差しは憂いを帯び、腕があるはずのところに魚のひれを生やし、岩場で生涯を過ごしてきたかのように全身まだらに覆われていた。アトレのタラワカが彼らの間近に迫ると、一人の灰色の髪の少年が言った。「数日前、僕らの村に君がやって来ることを、ミナミマグロが知らせてくれた」そうしてほかの少年たちは物悲しげな歌声で歌い出し、それはまるで憂鬱な波が寄せてくるかのようだった。ワョワョ島で人々が海に出る時に歌うその歌を、アトレも思わず一緒に歌った。

もし波が押し寄せてきたならば
歌声で押し返そう
もし嵐がやって来たならば
愛しい君よ、マグロに姿を変えてしまう僕らを心配するだろう
マグロに姿を変えてしまう僕らを

少年たちの歌声は星のごとく暗闇を慰め、雨のごとく物憂げに海を濡らした。その時、ある独眼の少年が言った。「あいつの歌声、僕らと違う、ほら、僕らと違う。まるで自分の島に座礁したみたいな歌声だ」波が押し寄せ、よろけたアトレは夢から転げ出てしまった。

実際、目覚めたアトレは島に打ち上げられていた。その島には果てというものがなく、土ではないあらゆる色や形の不思議な物でできていた。しかも奇妙な臭いが島中に漂っている。その時には日も昇り、アトレが身に着けていた服や装飾は何もかもが

波にさらわれ、ほとんど裸の状態だった。彼にとってとりわけ残念だったのは、ウルシュラからもらったチチャ酒まで失くしていたことだった。ウルシュラのチチャ酒を思い出し、アトレの口の中の渇きは増した。幸い、意識を失っても手に握りしめていた「話笛（はなしぶえ）」だけは奇跡的に残っていた。「ここはきっと死後の世界だ」とアトレは思った。辺りを歩き回ってみたが、島の大部分は地面が緩んでいて、足元がまるで仕掛けられた罠のようにふかふかする所もあれば、数人分の背の高さまで浮き沈みする所さえあった。

まん丸く、太陽に向けると異様にまぶしく、虹色の輝きを放つある物体に、アトレは興味を引かれた。それを自分に向けると、黒くてまだらな、傷だらけの顔が現れる。こんなに硬いものが水でできているというのだろうか？　でなければ自分の姿を映し出すはずがない。

ほどなくして、アトレは島のいたる所に様々な色をした袋を見つけた。麻で編んだ袋とは違い、どれも中に水が溜まるようになっているが、持ち上げると水がザーッと流れ出すものもあった。袋の中には貝やヒトデ、それから細々とした不思議な物が入っていた。ワヨワヨ島にも同じような袋があったが、年寄りの話によると、それは白人が残していったものだという。確かにここ数年、海に出ると同じような袋をよく見かけたものだ。島の住民たちがそれを貯水用に持ち帰ると、石よりも長持ちした。アトレは袋の中の貝をかち割ってその身を呑み、袋に溜まっていた水を飲んでみた。生臭さはあったが、淡水であることは確かだ。感動のあまり涙がこぼれそうだった。水があれば、生きられる。

アトレは太陽が真上に昇るまで島の探検を続け、いろいろな容器に閉じ込められたエビや魚を見つけては腹の足しにした。そうこうしているうちに気付けば日は暮れていた。彼は湿った、ぼろぼろの服のようなものをたくさん拾った。自分が着慣れた麻布の服とは違い、どれも柔らかすぎるのだが、乾かせば着られそうである。ほかにも水に浮かぶ瓶を見つけ、その鮮やかな色に惹かれ、アトレはいくらか集めてみた。この先、舟造りかなにかに使えるかもしれない。

「ここは死後の世界に違いない。死後の世界では何が必要になるか分からない」彼は拾ってきた缶や奇妙な諸々の物を積み上げ、海が雨にならないように、明日の太陽がこれらをすべて乾かしてくれるようにと、祈りを捧げた。

真に闇夜が訪れると、アトレは自分がまだ死んではいないということを確信した。なぜならワヨワヨ島の伝説では、死後の世界は太陽が半年間照り続け、残り半分を夜が支配すると伝えられていたからだ。しかしこの島の時間の流れはワヨワヨと同じだった。少なくとも今日過ごした白昼の時間は半年というほど長いものではない。夜の海は人々が想像するように真っ暗ではなく、星明かりと月明かりが雲間から降り注ぎ、海上にも時折不思議な光が現れ、そのあまりのまぶしさに眠りを妨げられることもある。アトレは島の縁に座り、目の前の景色に陶酔しながらも、これから自分はどうなるのだろうかと途方に暮れていた。

月が傾き始めたころ、アトレはふいに自分が一人ではないという感じを覚えた。次の瞬間、夢に出てきたあの少年たちが周りに立っていた。彼らは微笑んでいるようないないような表情で、アトレとアトレの苦悩を見つめていた。アトレは手のひらを天に向け、指をやや曲げ、ワヨワヨ人が友好を示す時の仕草をしてみせた。そして彼らに問いかけようと思ったその時、左肩から腹まで続く傷を負った一人の少年が口を開いた。

「そう。僕たちは人間ではなく亡霊だ。ここにいるのはワヨワヨのすべての次男の亡霊さ」

「僕を待っていたのか？」

「そうだ」

「じゃあやはり、ここはもうあの世なのか。それともあの世に向かう途中の島なのか？」

「海の祝福あれ。ここがどこなのか、正直、僕らも分からない。いつも海の上を漂っているけれど、こんな島があったなんて知らなかった。最近、漂流してきた新しい島なんだ」灰色の髪の少年が言った。

「僕を連れに来たのか？」

「いや、僕らは死神ではない。ただ君が加わるのを待っている。でも君はまだ生きている、だから僕らは待つしかない」大きな傷口の少年が答えた。

「ワヨワヨの次男は死んでも海から離れることはできない」灰色の髪の少年がそう言うと、ほかの少年たちも一斉に同調した。

その言葉に偽りはなく、ワヨワヨ島の次男の亡霊たちはこの島を初めて発見したのだった。「数日前、僕らは海鳥の岩礁に集合し、新しい仲間を迎えることになっていた。そう、君のことだ。その時に初めて、漂流するこの島の端っこを見つけた。君が島を出る儀式をしたあの日、僕たちはワヨワヨ島へ行き、年寄りたちの歌う別れの歌を聴いた。カパンの智恵、島の豊かさ、君の勇敢さ、そしてウルシュラの美しさを称えるのを見ていた。悪く思わないでくれ。昼間はマッコウクジラに姿を変え、君の舟の後を追い、舟が沈んでいくのを見ていた。悪く思わないでくれ。助けは施さない、故意に滅ぼしもしない。死んだワヨワヨの次男のその掟を守るためにも、僕らはただ見守るしかなかった。だが君は魚のような体力で、どうしても死ななかった。君が海流に乗ってこの島に流れ着くまで、僕らは君の後を追うしかなかった」どうやら灰色の髪の少年は彼らのリーダーらしい。

歯という歯をすべて失った、口の中がまるで洞窟のような、背が低くがっしりした体格の少年が続けた。「あまりにも不気味な島だったから、最初はカパンが僕らに仕掛けた罠か試練かと思ったよ」

「でも、あることに気付いた」灰色の髪の少年が言った。

「なんだ?」

「この島は漂流しているから、いずれワヨワヨの亡霊が行き着くことのできる果てを越えてしまうかもしれない」

「ワヨワヨの亡霊が行き着くことのできる果て?」

「そう、僕ら亡霊は、ワヨワヨ島から一定の距離までしか移動できない。目に見えない境界があるんだ」

「つまり、この島がその果てを越えたら、しかも僕がまだ死んでいなかったら、僕はもう君らとは一緒にいられないということ?」

「海の祝福あれ。その後に君が死ねば、君の亡霊は果てを失った大海で孤独に漂うことになる」

「ならば今、海にこの身を投げて死ねば、君らと一緒にいられるのか?」

「それは絶対にしてはならない。自ら死んだワヨワヨ人はクラゲになってしまう。クラゲになったら相手が誰だかも分からなくなる。君だってクラゲにはなりたくないだろう？」

アトレはクラゲにはなりたくなかった。かといって次男の亡霊たちにもどうすることもできなかった。彼らは座って夜明けを待つことにした。亡霊にとって日の出は意味をなさないものだった。唯一意味があるとすれば、それは陽差しが差し込んだその瞬間、彼らが海の中に潜り、マッコウクジラになることだ。そして夜が再び訪れると、亡霊の姿に戻って海の上を漂い、歌を歌い、ぼうっとしながら次のワヨワヨの次男を迎えるまでの時間を過ごす。本物のマッコウクジラとほとんど変わらないが、亡霊たちが姿を変えたマッコウクジラは、涙を流すのだ。

アトレは島で時が流れるのを待つしかなかった。島は先の読めない、風にも雨にも潮流にも、そして夢にさえも影響を受けない速さで、ワヨワヨの次男の亡霊が行き着くことのできる果てを越えていった。太陽と月が交互に三度ずつ昇ったころ、水面に浮かび上がったワヨワヨの次男の亡霊たちには、もはや島の端しか見えなくなっていた。彼らは大声で叫んだ。「アトレ！　アトレ！」その声はやがて飛び魚となり、ポトン、ポトンと海の中に落ちていった。

「僕一人になってしまった」目を覚まし、さらに太陽と月が二度ずつ昇った後、アトレはその事実を認識した。生きていくためには気をしっかりと持たねばならない。彼は魚を捕り、雨水を集め、様々な物を繋ぎ合わせて寒さをしのぐ服を作った。漁は得意だが編む作業はさっぱりだめで、寄せ集めた物を身に着けた彼は、まるで派手すぎる鳥のようだった。

アトレは弾力性のある棒を見つけた数日後、突然ひらめいたようにその棒の片側を鋭く削ぐと、伸縮性に優れた紐のようなものと組み合わせ、飛び出す槍を作った。ほかにもワヨワヨ島にいた時とは違う材料で、より丈夫でしなやかなグワナも完成させた。また果実よりも硬く、しかも弾力に富んだ球体を見つけたのだが、それはグワナでは届かない飛んでいる鳥を打ち落とすのにちょうどよかった。球体の投げ方は、島で拾ったカラーの画像と「文字」がびっしり並んだ本を参考にした（ワヨワヨ島に文字はないが、掌地師と掌海師は何冊もの「本」を持っていた）。その本の一頁には、自分と同じ褐色の肌をした人が載っていて、彼の見事な投球ポーズは、アトレにはまるで手が輝きを放っているかのように見えた。

夜は特製のグワナを使って海鳥と海亀を狩るのに最高の時間だった。最初は海亀を一撃で気絶させ、首を引っ張り出して血を吸うだけだったが、島のもう一方で、刃の光る極めて鋭利な小刀を見つけてからは――ワヨワヨにも小刀はあったが、それは石で作られたものだった――アトレは亀の肉まで食べられるようになった。亀の肉は硬いナマコのような食感で、時々その腹を割いてからしばらくしても、亀は海の中に漂うように四本の足をゆっくりと泳がせていた。

やがてアトレは島の周りで多くの海亀が死んでいることに気付いた。殺した海亀の胃の中からも、しばしばいつまでも腐敗しない島の物が出てくるのだった。「島の一部を食べたから死んだのだろうか」それからは島のいかなる物も、水以外は口にしないように気をつけた。

アトレは海に何度も潜っているうちに「島の下の島」がさらに巨大であることも発見した。それはまるで海の中の迷宮で、「もう一つの海のように大きい」ものであった。アトレにとって大きなものはすべて海と呼べたのだが、彼はそれ以外に形容する言葉を思いつかなかった。海底の漂流物は互いに絡み合っていたが、大きな波がやって来ると、その配列は崩れてしまう。この場所は絶えず形を変える半透明の島であり、毎日潜っていてもアトレは度々方向を見失うことがあった。海中で見つけた使えそうな物を一所に集めていると、収集品はかなりの数になった。実用的な物もあれば、中には単純にアトレが面白いと思った物、不思議に思った物、あるいは彼を惑わせる物もあった。ワヨワヨ島では、太陽が昇る方角の家の前に「飾り壁」を立て、拾ってきた貝殻をその壁に貼り付けるという風習があったが、アトレのコレクションも島の貝拾いのようなものだった。彼は自分でこしらえた「飾り壁」に集めた物を掛けてみたものの、壁はなかなか日の出の方向を向いてはくれない。島が回転しているのだろうか、太陽は常に違う方角から昇ってくるのだった。

さらに時は経ち、アトレは薄っぺらい箱のような物を集め始めた。箱に描かれた絵は完全には腐食しておらず、それが女性の裸であることははっきり見て取れた。アトレが生まれてこのかた見たこともないような白い肌と乳房を露わにし、とびきり優しげな表情でアトレを見つめている。もちろんウルシュラだって彼女たちに負けてはいない。ただ、ウルシュラの半分は彼女たちに似ているが、半分はワヨワヨ人の面立ちをしている。いずれにせよ、この時のアトレにとっては裸姿のどの女性も彼を勃起させ、カワルルを誘うものだった。彼はウルシュラを想いながらカワルルをし、それも一つの愛なのかもしれないと思った。

アトレは「本」も集めた。彼は「本」というものを掌地師のところで見たことがある。ただし本を見つけるのはなかなか困難で、透明の袋に入ったものだけが損傷や腐食を免れ残っていた。掌地師から聞いていたのは、「本」は白人が残していったもので、あの記号のようなものを白人は「文字」と呼ぶのだということだ。ワヨワヨ人に文字はない。世界は文字によって記憶される必要はなく、生活は奏でられる音色であり、歌と物語のなかに存在すればよいのだと彼らは考えていた。

様々な記号が並び、画像が添えられたり添えられてなかったりするもの、分厚かったり一枚だったりするもの、とにかく「文字」があるものを、アトレは本なのだと思った。記号は違っていたりもするが、どれもが何らかの規則を秘めているようだった。その規則が誰によって定められ、どこで生まれたものなのかが謎であるがゆえに、アトレはそれらの記号に奇妙な崇敬の念を抱いた。この島については、たとえば木の幹、死んだ魚、石ころなど、アトレに理解できるものもあった。しかしほとんどが彼の感覚と知識を超えた世界であり、なかでも本とその記号は、アトレが最も不思議に感じたものだった。なぜなら記号は一種類だけではなかったからだ。あの白人たち、あるいは別のワヨワヨ人たちかもしれないが、彼らはなぜ一見、役に立たないような文字を創ったのだろう。これらの記号を見つめていると、アトレは体が熱くなり、微(かす)かに顫動(せんどう)するのを覚えた。

「海の祝福あれ。カパンにはカパンの理由がある」アトレはそうつぶやいて、島で拾った本を一箇所に積み上げていった。積んだ場所がその重さに耐えきれず、いくらかの本は再び海に沈んでいった。

最初のうちは島の物を集めることの新鮮さに、アトレは腐っていく心を繋ぎ止めることができた。だが長い時を孤独に過ごした人間なら分かるだろう、時と時の隙間は、まるで海溝のごとく深く、自らの心だけではどうしても越えられないものなのだ。その時に隙間を埋めてくれるのは思い出しかない。海の上で体がぼろぼろになったアトレは、クラゲになりたくない一心で自殺を思い留まる一方、記憶にすがりながら卑しく怯えるように生きようとした。海に出る前夜の思い出で欲望を処理し、父親と年寄りから聞いた話で海を理解し、記憶のなかの島の皆の歌声で愛を理解した。

アトレはもはやワヨワヨ島の方向が分からなくなっていた。

ワヨワヨ人は海で乱流や困難に遭遇すると、目を閉じ、頭をもたげ、体を伸ばす。経験を積んだ者であれば、そうすることでワヨワヨの方向を「嗅ぎ出せる」という。初めはアトレも、海の生臭さや雨の匂いからワヨワヨの強い息吹を感じることができたのだが、七曲分の歌の時間が過ぎると、ワヨワヨの息吹は微かに漂うだけになり、さらに七曲分の時間が経つころには、ワヨワヨ島がおおよそ日没の方角にあるということしか分からなくなっていた。といってもワヨワヨ人なら太陽の沈む場所が変わるということも皆心得ており、つまりそれがワヨワヨ島がある確かな方向であることにはならないのだった。

島に来て以来、アトレはかつて経験したことのない異常な天気に遭遇し、海の様々な様相を目の当たりにした。さっきまで焼けるような暑さだったのが、しばらくすると凍えるほどの寒さになったり、すっきりした晴れ空だったのが、魚が一匹かかる時間も経たないうちにどんよりした雲が空を覆い、暴風が吹き荒れたりした。ある時は唐突に夜がやって来たり、昼を過ぎて間もないのに暗闇に覆われたり、星がまだ空で輝いているのに突然太陽が昇ったりして、そんな時はまぶしくて目も開けていられなかった。海の上に九つの竜巻が同時に現れたこともあった。雲の中で稲妻が次々に踊り出し、暗雲から伸びた細い足が海面に触れるとたちまち海水は吸い上げられ、渦を巻き始めた。竜巻が止むと今度は嵐が訪れ、アトレはいっそのこと自分も連れていってくれとカパンに祈った。嵐が収まり晴れてくると、アトレは海の上に長く黒い影を見つけた。近くまで泳いで行ってみると、それはどこからか漂ってきた大量の蝶の死骸だった。無数の蝶の死骸は延々と続き、まるで漂流する自分と同じように、果てがなかった。

アトレは朝、昼、夕、夜の感覚を少しずつ失っていった。星を見て自分の位置を判断することもやめてしまった。一枚の落ち葉、一匹の死んだ魚のように、彼は大海を漂い、腹が減ったら何かを口にし、疲れたら眠る。ワヨワヨは自分の悲痛な幻想であり、虚構の物語なのではないかと疑うことさえあった。それでも、もう一度この目でワヨワヨを見たい。たとえそれが亡霊であってもいい。ワヨワヨの次男が昼間にはクジラに姿を変えることを知っていたアトレは、クジラを見かけるたびに海に向かって叫ぶのだが、その声は北に帰る鷹にも悲しく響いた。ここにウルシュラと彼女のお母さんがいてくれたなら……アトレは思った。島では二人の歌声だけがマスマガオ（ワヨワヨの言葉で「体が海のようなクジラ」）を呼ぶ力を持ち、掌海師がマスマガオの泳ぐ姿から未来を読み解くのだ。ある日、アトレが歌い終えると、驚いたことにマスマガオのつがいが現れ、島の近くで交尾を始め、その勢いで島の最も脆い部分に穴を開けてしまった。水面に浮上してきた二頭のマスマガオは、体中に色とりどりの物をまとい、まるで祭典にやってきた神のようだった。

いつだったか、アトレは島の岸辺まで泳いできたマグロに槍を命中させたのだが、槍を握ったまま放さなかったため、逃げる魚に海へ引きずり込まれたことがあった。諦めようとしたがあまりの速さに一瞬気を失い、頭は手を放せと命じるものの、手が言うことを聞かない。マグロは島の迷宮へと突き進み、浮上したかと思うと、島の不思議な諸々の中へとその身を紛れ込ませてしまった。アトレは思わず祈り始めた。

「ただ一人、海を涸らすことのできる我らのカパンよ、もしこの命を見捨てようとも、どうかこの屍を珊瑚に変え、ウルシュラの手に拾ってもらえるよう、故郷の島へと導きたまえ」

どれぐらい経っただろう。魚はどうあがいても水面下の島から逃げ出すことができず、その体は鋭利な物で傷つき、頭には様々な物が被さっていた。そのうち体中傷だらけになり、動きも鈍くなっていった。槍をつかんだまま離さずにいたアトレは、素早く両手を返して島の一角に手をかけ、海の低い層に閉じ込められていた空気を見つけた。生きようとする本能が、自らの命を救ったのだった。魚は一口しか食べられず、島の下に繋いでおいた魚は、翌日には骨すらも残っていなかった。

ワヨワヨ島にいつ戻れるか分からないのなら、あるいはこのまま一人で生きていくのなら、もっと風雨に耐えられる住み処が必要だ、そうアトレは考えた。そこで防水に優れた青い布と、硬くてしなやかな棒状の材料を使い小屋を建てた。しかし、やがて暴風雨で吹き飛ばされてしまうと、今度は小さな家を建てようと決めた。暴雨には耐えられなくても――この世にそんなものは存在し得ないだろう――少なくとも脆いものであってはならない。「家の弱さは男の弱さ」とはワヨワヨの諺だ。アトレは雨にもふやけず、海水にも腐食しない物を家造りの材料に選んだ。家は潮に乗って漂流し、いつかワヨワヨ島にたどり着くかもしれない。その時にはたとえ自分が死んでしまっていても、家は残り、海上での彼の生活を島に伝えてくれるかもしれない。

家を建てようと決めてから、アトレは島には腐らない材料がなんとも多くあることに気付いた。最初の小屋造りで使った金属とクジラのあご骨と肋骨で家の骨組みを作り、槍作りに使った棒を支柱にし、どんなに引っ張ってもちぎれることのないカラフルな物質で骨組みを固定した。家は三人が横になれる広さに設えられ、太陽と月が入れ替わる度にどんどん家らしくなっていった。家とは別に、貯蔵室と、アトレが「ザクラマン」と呼ぶ貯水する場所も造った。「ザクラマン」とは海上の井戸のこと。島にある材料によって造られたその家は、遠くから見るとまるで島と一体化しているようで、奇しくもカモフラージュを狙ったかのようだった。家を見つめていると、自分はなんて裕福なのだろうと満たされた気持ちになった。

しかし同時に、アトレは島の周りに生き物の死骸が多いことにも気付いていた。おそらく海亀のように島の一部を食べたからなのだろう。そのためか、島は海に浮かぶ大きな檻のようにも見え、それは暗然たる呪縛、無根の地、衆生の墓場であった。数種類の海鳥が時折、巣を作り産卵する以外は、島をよりどころとして生息する生き物などいなかった。そして島の一部を食べて死んでいった生き物たちも、いずれは島の一部となっていく。自分もいつかはこの島の一部になるのだろうとアトレは思った。地獄とはこういうところだったのだ。ここがあの世なのだ。


アトレは海の遠方にタラワカよりも遥かに巨大な船を数多く確認したが、ほかにもびっくりするような音を立てながら飛んでいく鉄の鳥をも目撃した。あれはきっと掌地師が話していた「白人の地獄の鳥と悪魔の船」に違いない。

自分とは別の人間の世界について、アトレは何も知らなかった。ワヨワヨ人が初めて白人を見た時、彼らにこう尋ねたそうだ。「あなたたちは天上の道からここへ来たのか？」

天上の道とは虹のことで、掌地師によると「軽い霊魂だけが虹を渡ることができる」という。アトレは時々、遠くに懸かる虹を見つめながら、いつか本当に白人と遭遇したらどうすべきだろうと考えていた。どうやって彼らと話そうか。彼らは自分をワヨワヨ島に送り返してくれるだろうか。そこまで考えて、彼は掌地師がふと口にした言葉を思い出した。「白人はやって来て、去っていったが、ワヨワヨの掟に則り暮らす我々にとっては、白人など必要ない。彼らの置き土産は傷痕と略奪だ。この役に立たない腕時計、いくらかの本、それからウルシュラのような女の子」掌地師はため息をついた。「だがいつか、この世界に生きるほかの人間たちによって、ワヨワヨが消されてしまう日が来るかもしれぬ」

この世界に生きるほかの人間たち。ワヨワヨ島の人々でさえ、もう自分のことは忘れてしまっているかもしれない。そう思いながらも、実際はそうではないこともアトレは分かっていた。ワヨワヨ島の人々は自分が海に出たことを知っている。彼らはただ、頑なに忘れようとしている、意識して忘れようとしているだけなのだ。そう思いを巡らすと、こうして生き続けることは死ぬことよりも辛く感じられた。自分の世界よりも大きな世界に幽閉され、沈黙という恐ろしい罰を与えられているようなものだ。なぜ自分がそのような罰を受けなければならないのか。それが万能のカパンが定めた次男の運命だというのだろうか。

その苦しみを和らげてくれたのは、「本」に絵を描くことのできる、一本の短い棒を発見したことだった。そのような棒があること自体は知っていたのだが、最初は物を突いたり、家を組み立てる時の継ぎ手に使ったりしていた。だが驚いたことに、その棒が一部の物の上に痕跡を残すことができると気付いたのだ。一日また一日と過ぎるなか、アトレにとっての最大の敵は沈黙だった。この島では声をかけてくれる人もいなければ、泳ぎを褒めてくれる人もいない。決闘をする相手もいなければ、潜水の腕を競う人もいない。しかし、この短い棒を手に入れてからは、彼は少なくとも自分が見聞きしてきたことを絵に描くことができた。

アトレは島にある短い棒と、その棒で描くことのできるあらゆる素材を黙々と集めた。棒には太いものや細いもの、色が違うもの、使っているうちに描けなくなってしまうものもあった。描ける素材は本だけでなくほかにもたくさんあり、その一つが自分の体だった。ある日突然思いついて、足の裏、ふくらはぎ、腿、腹、胸、肩、首、顔、そして手が届く限りの背中に、これまで見聞きしたことを絵に描いていった。絵の上に絵を重ねていき、雨で色が落ちてしまったら新しい絵を描き足していった。

その日の朝、アトレは島の上を駆け回っていた。遠くから見れば、その姿はアトレではなく、まったく別の生き物のようだった。喩えて言うならば幽霊か、あるいは、神か。

## 五　アリスの家

トトはトムと知り合って三年目に生まれた子供だった。予定外、もしくは定めとでもいうべきなのだろう。なぜなら二人は子供をつくるつもりなどなかったからだ。心理的にも身体的にも、その可能性はないと思っていたし、それは二人にとって計画外のことだった。トムとアリスは意見を違わせることが多かったが、子供をこの世界に送り出すことは、子供にとって一種の処罰であり、苦難であるという考えでは一致していた。

家を建てる計画はトトが生まれる前に決まっていたので、家はトトの未来も織り込んで建てられた。設計図はトムが自ら描き、外観はエリック・グンナール・アスプルンドの「夏の家」をもとに一部を調整した。最も大きな調整点は「夏の家」の右側の建物を二階建てにし、それに合わせて母屋も高くしたことで、森の中に低く伏した温もり感のある「夏の家」とは趣きを異にしていた。実際、外観だけでなく、家の構造自体も違っていた。そもそも「夏の家」は海に直かに面していないため、繰り返す満ち潮や予測不可能な海風を心配する必要がなかったのだ。

あの年、アリスは知り合ったばかりのトムと一緒にデンマークからスウェーデンへと足を伸ばし、ストックホルム滞在三日目の午後に、アスプルンドの「ストックホルム市立図書館」を訪れたのだった。図書館に足を踏み入れた時、アリスは驚きのあまり息をのんだ。館内の書架は、さながらクロード・アシル・ドビュッシーの弦楽四重奏曲のような美しいリズムで展開し、一層また一層と、どこまでも、まるで天国へと続いているかのようだった。それは彼女が出会ったなかで最も美しい「本の容器」だった。

Ｈ県の自然景観はもちろん素晴らしいが、文化的な景観については一部の古跡を除き、人間の手によって新たに造られた建築物は醜さを極めていた。新しくできた駅もとんでもないものだったが、その傍に建てられた図書館はそれ以上に目も当てられなかった。台北に北投図書館という、なかなか良い図書館ができたこともアリスは知っていたが、それも容器としてだけで、中身は哀れなほどに貧弱だった。アスプルンドは図書館の意義を実によく理解していた。彼の書架は歴史そのもののような圧巻さを与えるが、傲慢さや重々しさを感じさせることはない。上方の四角い窓から注がれる一筋一筋の光に、つま先立ちして本を取ろうとする人々は、まるで儀式のような感覚を覚える。本を手に取った時、アリスは自分が光のしもべのようであり、また本の主のようでもあり、伸ばした手が震えているような気さえした。

アリスはとりわけ、タイムスリップしたような「読み聞かせの部屋」を気に入ったのだった。一階の子供向け図書室の一角にあり、まるで妖精の国の洞窟に入ったような気分になる。壁にはスウェーデン民話の内容が描かれ、中央には読み聞かせをする人が座るための椅子――ひとたびそこに座れば、不思議な物語の語り部になれるかのよう――が置かれていて、子供たちはその両側にある半円形の腰掛けか、直接床に座りこんで物語を聴く。温もりのあるライトが壁画を照らし、風が吹けば画中の妖精が今にもしゃべり出しそうだ。物語を聴いている子供たちの目はきらきらと輝き、その時アリスは生まれて初めて、子供がいるのもいいかもしれないと思った。

「妖精はこういうところにだけ現れるのよ、きっと」アリスはトムに言った。

アリスがアスプルンドを気に入った様子を見て、トムは思いついたように訊いた。

「明日は何か予定があるかい？　近くにアスプルンドの別の作品で、個人の住宅があるんだ。行ってみないか」

「本当はあったんだけど、今、なくなった」

翌日、二人はキャンプ場から出発し、バスに二時間近く乗り、さらに十数分歩き、やがて林間の歩道へと入っていった。ちょうど夏の日で、降り注ぐ木漏れ陽が、何かの暗示であるかのようにまだら模様を歩道いっぱいにつくっている。トムと一緒にいると、アリスはことさら何歳も若返った気分になれた。まるで恋人の笑顔だけで新しい生活を紡いでいける少女のように。

森を抜けると上り坂の曲がりくねった道が続き、距離はあるものの、美しい景色が疲れを感じさせなかった。立っている場所からは草地が見渡す限り広がり、左手には力強く存在感たっぷりの岩山、右側は有名な入り江へと続いており、正面に「夏の家」と呼ばれる民家が立っていた。家の主は留守だったが、アリスとトムはお行儀よく遠くから眺めるだけにとどめた。後日、アリスはその日のことを思い返しては、自分たちは単なる家を見ていたのではなく、生活そのものを見ていたのだ、と思った。

「将来、こんな家に住めるかな」少しいたずらっぽく、思わせぶりに、アリスは訊いた。

「もちろん」トムはいかにも平然と答えた。その時、アリスは自分らしくない自分に気付いていた。いつもの自分なら、一目で年下と分かる男性に、そんなふうに話すことなどあり得なかった。


そして今、唯一アリスを慰めてくれるのが、この海の上の家だった。トムとの出会いを振り返ってみると、そのほとんどは自分の夢見がちな性格ゆえの成り行きだったのだと思える。あの年の夏、彼女は退屈至極の文学博士号をようやく取得し、期待もしていない求職書を投函した後、テントとカメラとノートパソコンを携えて、一人でヨーロッパ旅行に出かけたのだ。アリスは放浪テイストの旅行記でも書いて自分の作家人生を始めようと思っていた。もしベストセラーにでもなったりすれば、大学で教える必要もなくなる。

コペンハーゲンに降り立った後、最初の目的地が市の郊外にあるシャルロッテンルンドのキャンプ場だった。歴史を感じさせるキャンプ場で、敷地内には防水の迷彩布で覆われた古い大砲や厩もあった。アリスはそこを拠点に、まずはコペンハーゲンに一週間滞在する予定だった。ある晩のこと、アリスは最終バスに乗り遅れてしまい、道沿いに歩いて戻るはめになった。郊外に向かう夜道は人通りも少なく、いやおうなく不安になる。しかもそんな時に限って道を間違え、決して小さいとはいえない公園の森を抜けねばならなくなった。公園といっても普通の大きさではなく、まさにあの「黒い森」ともいうべき広さだった(実際に黒い森だったのだが)。木々は数百年、あるいは千年以上の樹齢がありそうなほどで、しかもあちこちで倒れた樹木が、既に分かりづらくなっている道をさらに遮っていた。夕暮れ時の黒い森は昼間とはまったく違った様相で、犬の散歩をしている人もジョギングしている人もおらず、梟のホーホーという声だけが聞こえてくる。いよいよ不安が募ってきたという時に、遠くから、小さな光と共にカラカラという音が響いてきた。

こんな場所に現れるような輩を反射的に警戒し、アリスの鼓動は速まった。とっさに小道から見えない場所に隠れようとしたのだが、それは彼女の想像を超える速さで近づいてきて、自転車に跨がった背の高い顔中ヒゲだらけの、しかし子供っぽさを表情に残す男が、彼女の横でぴたりと止まった。

「ハイ」

「ハイ」アリスは返事をするしかなかった。

「キャンプ場に戻るの？」

「ええ」

「乗せていくよ」

「けっこうです」

「そう怖がらないで。ほらこれ、キャンプ場のスタッフ証。昨日、君を見かけたよ。シャルロッテンルンドのキャンプ場に泊まっているんだろう？　一人じゃ心細いだろうし、それにもうすぐ日も暮れる。安心して、信用してくれよ。森もちゃんと僕の自転車のことを知っているから」この季節だと日が暮れるのは九時以降だということをアリスは知ってはいたが、胸の鼓動が収まらない。それが緊張のためなのか、あるいはほかの理由なのか、判断できずに困惑した。彼の自転車に目を向けると、それは荷台の付いていないロードバイクだった。

「でもどうやって私を乗せるの？」

男はバックパックから後付けの荷台を取り出し、シートポストに取り付けて言った。

から大丈夫だ」

「体重、百ポンド以上ってことはないだろう？　これは百四十ポンドまで乗せられる

男は自分のバックパックを前に回し、後ろに荷物とアリスを乗せた。男のがっしりとした腰に手を添えながら、アリスの心臓は高鳴り続けていた。キャンプ場に戻ってからも、二人は暗くなるまで話し続けた。男は自分のテントからギターを持ってきて何曲もアリスに歌って聴かせ、そのどれもがアリスの世代が若いころに心に刻んだ歌だった。遠くの風力発電機が闇に消える時まで過ごしてようやく、二人はそれぞれのテントに戻ったのだった。

自分の目の前にいる男性がトムという名のデンマーク人――後から知ったことだが〝トム〟はデンマークではごく一般的な名前なのだそうだ――であることを彼女は知った。ヒゲが与える印象とは裏腹に、彼は彼女より三歳も年下だったが、人生経験の面では彼の方が上だった。自転車でアフリカを一周し、無動力の帆船で大西洋を横断し、その時は船の故障で名前も分からない小さな島に漂着したという。八極拳をたしなみ、マラソンチームと共にサハラ砂漠を駆け抜け、数年前には睡眠研究のための興味深い実験にも参加した。実験は一九七二年にテキサスのミッドナイト・ケイヴで行われた実験を、条件を一部修正して再度行ったもので、彼は地下三十メートルで丸々半年も過ごしたという。

「地底はどんな感じなの？」

「どんな感じか？　地底にいるという感じはしなかったよ。どちらかといえば、生きた何かの中で生活しているようだった」

　トムは博学で、冒険精神にあふれ、目の前の困難を楽しむような人間だった。アリスが暮らす島の男性にはおおよそ欠けているそういった特性に、アリスはのぼせた。その上トムは優しく輝く瞳をしていた。

「いろんなことをしてきたのね。この先は何か計画しているの？」

「デンマークには山がないから高い山に登ろうと思っている。ドイツでロッククライミングを学んだんだ。今は登山用具を買うためにアルバイトもしているし、毎週水曜日には専門の訓練も受けているんだ」

　アリスはデンマーク語をかけらも話すことができず、二人とも母国語ではない英語でコミュニケーションするしかなかったため、会話もなんとなくぎこちなかった。とはいえ、問題は言葉にあったわけではなかったのかもしれない。彼と話をしていると、アリスはどこか心ここにあらずの状態になり、話の焦点もぼやけ、こんな詩が頭に浮かんだりもした。「For shade to shade will come too drowsily（次から次へとやって来る影が眠気を誘う）……いけない」アリスは思った。「これはまずい、どうしよう」

　トムもまた、このか弱そうな、たまに無意識に中国語を話し出す女性に惹かれ、その後に予定していた峡湾でカヌーに乗る計画を取りやめた。彼にとってアリスとの出会いは、大自然のなかの冒険のように刺激的かつ予測不可能なもの、あるいはむしろ冒険以上の危険をともなうものかもしれなかった。トムはアリスのガイド役を買って出て、彼は自分のテントを、彼女は自分のテントを背負い、互いに緊張しながらもそれからの旅に心を躍らせる二人はまるで子供のようだった。そうして三週間が過ぎるころ、アリスは北欧を一周してコペンハーゲンに戻り、いよいよ帰国の途に就こうとしていた。彼女は自分のスーツケースを引き、彼も自分のものを引いていた。見送りだけのつもりだったトムは、だがそこで、一度も訪れたことのない台湾に行くことを決めたのだった。アリスのフライトは満席で、二人は別々の便で前後して台北に飛ぶことになった。台北に到着したアリスはすぐに帰宅することなく、空港に留まり、コペンハーゲンからバンコク経由で台北に到着する彼のフライトを待った。その日の夜、空港で互いを見つけた瞬間、二人の不確かだった思いは疑う余地もない確かなものになっていた。

台湾に戻ってから、アリスはポストいっぱいの郵便物の中に教職の採用通知を見つけ、何も考えずにH県へ向かう準備をした。唯一その大学に履歴書を送ったのだが、それもまた自分の夢見がちな性格ゆえだった。半分はそこに海があるから、もう半分は、物書きとしての夢を再び取り戻せると思ったからだ。物を書くためには、人里からは一見離れているが実際には適宜、人間観察ができるような場所を選ばねばならない。アリスがH県に向かう一週間前に、トムは台湾の登山団体とコンタクトを取り、大雪山（だいせつざん）の登山活動に参加していた。台北に戻ってきた後、アリスからH県についての諸々を聞いた彼は、彼女と一緒に行くことを決意した。

当初はアリスとトムは大学の宿舎に住んだ。結婚していなかった二人には狭い単身向けの部屋をあてがわれたが、公的機関が建てた宿舎はいずれも住めたものではなく、夏のひどい湿気は夕方になるとシーツも濡れてしまうほどだった。平坦な国から山の島にやってきたトムは、あちこちの山に登り、地元の友人とロッククライミングの練習も始めた。真の登山家になるにはスタートが遅すぎるといえたが、トムはやれるところまでやってみるという姿勢で登山に臨んでいるようだった。

「ここは本当に湿気がすごいんだな。スカンジナビアとは全然違う」

「それはそうよ、ここは熱帯だもの。それよりお金の心配はしなくていいの？」

「デンマークの旅行誌に記事を送っているから、しばらくは問題ないよ。まさか君の金をあてにして来たとでも思ってる？」トムは右目を瞬かせた。アリスは実は気付いていた。正直に話していない時、彼は右目だけを瞬きさせる。だからその雑誌を見せてほしいとも言わなかったし、それ以上、彼の状況や家族についても詮索することはしなかった。

それでいいではないか。この人の家庭のことを知らなくても、こうして一緒に暮らせるのだから。トムはというと、登山に夢中になり始めた理由を興奮しながら話してくれた。「岩壁を登っていると、目の前には限られた空しか見えず、足には自分の取るに足らない力しか感じない。岩の小さな隙間に指を入れると、目で見たもの、鼻で嗅いだ匂いのすべては自分にしか分からない。自分の鼓動が耳元で聞こえ、呼吸はだんだん重くなり、もし数千メートルの岩壁を登っているとしたら、いつ死んでもおかしくはない。それはまるで……」トムは瞳を輝かせた。「まるでいつでも神に会えるような感覚なんだ」

アリスは彼を見つめた。その瞳にどれほど魅了されてきたことだろう。もちろんその時も変わらなかった。ただ彼女を最も惹きつけてきた彼の特性が、どういうわけか彼女を最も不安にさせるものになっていったのだった。

時を重ねてゆくにつれ、魅惑的な、そしていつでも自分の元から去ってしまいそうなこの男に、アリスは猛烈な焦燥感を抱くようになっていた。彼を諦めようと思う一方で、彼が戻って来るたびに見せる、あの憔悴(しょうすい)したような、純真な深い瞳に心を奪われた。湿りきったこの宿舎のように自分の心が腐っていきそうで、だがどうすればいいのか分からなかった。

アリスはＨ県の作家Ｋを長く研究しており、そのこともあって作家の妻とも顔見知りだった。Ｋの妻は取材をきっかけに——これはまた別の物語になるが——彼と恋に落ちた。おっとりとした話し方で、サンダルをよく履き、髪は短く、美人とはいえないがこざっぱりとした雰囲気の、ポール・オースターに傾倒していた女性だった。彼女とＫは年が三十近くも離れていた。愛というものは人に不可解な判断をさせる——時には三十もの歳月を隔てた性や現実の婚姻にまつわる障害を超えてさえも。二人は心を通わせる恋をしているだけなのだと、最初は誰もが思っていたが、驚いたことに作家Ｋは前の妻と離婚し彼女と再婚した。周りの友人らは、二人の行き着く先は、Ｋが若妻と大量の原稿を残して先立ってしまうか、あるいは老人との連れ添いに嫌気を起こした若妻がついに文字の幻覚から目覚めるか、どちらかだろうと思っていた。しかし誰が想像できただろう。若い妻は、作家より一歩先にこの世を去ったのだ。

Ｋの若い妻は、Ｋと海辺を散歩していた時に、突然やってきた高波にさらわれてしまった。その前日、沖合で決して小さいとはいえない深海地震が発生し、その地域の一部の海岸で急速に潮が満ちたのだという。その時、Ｋはちょうどトイレに行っていたのだが、観光局が設置したその仮設トイレに突如海水が流れ込み、彼の膝の高さまで浸水した。彼は窓の向こうに、遠くの砂浜に立っている自分の妻が、突然の波に足をすくわれ静かに連れ去られてゆくのを見ていた。わずかな痕跡も残さずに、波は彼女を連れ去ってしまったのだ。

現場に目撃者がいなかったため、警察は調書を作成して二週間近く調査をしたが、最終的には事故として処理をした。警察が事故と断定した翌日、Kは自殺した。Kがとった自殺の方法は、特別ではなかったとも、非常に特別だったともいえるだろう。彼は家中のドアや窓に目張りをし、自分の原稿と手紙を一枚一枚ゆっくりと燃やしていき、最後は自分の書いた文字から焼け昇る煙と排気で衰弱死した。

Kの一人息子の文洋（ウェンヤン）は、母親を捨てて若い女性と再婚した父親に対し、大きな不満を抱いていた。やがて父親とは決裂し、母親を連れて東部を去り、台北でスポーツ用品の商売を始めていた。Kが自殺した後、文洋はアリスと相談し、父親の財産をすべて処分することにした。

「物も、家も、土地もいらない。作品集の出版については、教授にすべてお任せします。印税と不動産を売却したお金が母に入ればそれでいいです」彼はアリスに作家の前妻の口座を伝えた。作家の蔵書については研究室を一室空けてもらうよう大学に掛け合えば済むことだし、市街地にある家も不動産仲介業者に売却を依頼すればいい。当のアリスは、作家がたまに通っていた、小さな小屋だけを建てた海辺の二次林の土地をたいそう気に入り、大学の優遇預金を解約して作家の前妻に全額を振り込んで、その土地を手に入れたのだった。

所有物の処分を任されていたことで、アリスはKが自殺する前日の日記を目にする機会があった。そこには波が突然やってきたあの日の様子が綴られていた。「あれは一見して波などではなかった。海が突然、音も立てずに湧き上がり、気付く間もなく再び元の場所まで引いていった。そしてわずかに何かを取り上げていった。ただそれだけのことだ」

そのころトムは国際登山隊に参加し、シャモニーから冬のモンブランに登っていた。数週間後のある朝に彼は突然宿舎の台所に現れ、朝食を作り始めていた。

「ハイ」

「ハイ」

「ベーコンのオムレツ作ってるんだ、タマネギは入れる？」

「うん」アリスはそんなふうな顔の合わせ方に慣れてしまっていた。平静を装ってはいたが、自分の気の弱さに心底腹を立てていた。食事中、アリスはトムが強い光の反射で失明しかけた冒険談——それは彼女が思うに、彼がわざとゴーグルを外したせいなのだった。一七八六年、モンブラン初登頂を果たした医師のパッカールが失明寸前になったというエピソードがあるのだが、トムには探検家の「命を落としかけた」経験を追体験したがるところがあった——に耳を傾けながら、遠回しに話題を建築に移した。

「それならいつシャモニーに連れていってくれる？」

「いつだって行けるさ」

「シャモニーの家って素敵なの？」

「あんなに素晴らしい家に似合うのは君だけだ」

「夏の家のことを覚えてる？」彼女は突然、切り出した。

「ああ、なかなか趣のある家だったね」彼女の口元についたトマトケチャップを、彼はキスでそっと拭った。

「あんな家を建てたいの」

「本当に？」

「土地を買ったのよ」

「土地を買った？　家を建てられる土地を買ったということかい？」


その土地は海岸林の傍にあり、そう遠くない前方に海が広がっていた。一帯は主に岩礁海岸で、さほど厚くない土壌層があるため登記上は農地になっていたが、何かが育つとも思えない。アリスはKの原稿にすべて目を通してみたが、彼がこの土地を買った理由については最後まで分からなかった。買った土地の傍らに立っていたトムは、足に任せて海へ歩いていったかと思うと、突然、服を脱ぎだし、真っ裸で海へ泳ぎだした。まるで長く離ればなれだった恋人を思いきり抱きしめて肌を重ねるかのように。アリスはその場に立ちすくんだまま、青い海に浮き沈みする彼の淡い金色の巻き毛を見つめ、ふいに失くしてしまいそうな約束のような思いにかられた。彼は海から上がってくると、彼女に濃厚なキスをして言った。

「夏の家のような、僕たちの家を建てよう」

トムは図書館から建築に関する本を大量に借りてくると今度は研究に没頭し、山にはもうほとんど登ろうとしなかった。彼は天才ではないかもしれないが、ひとたび打ち込めばどんなことでも成し遂げてしまう勢いがある、その点についてはアリスも認めていた。だが、そのような人を果たして自分は繋ぎ止めておけるのだろうか。

トム曰く「外見は夏の家に似せてもいいが、全体のコンセプトは違うものになる。ここに合った夏の家を造る」そうで、つまり海風が当たるから家の向きを変えようというのだ。具体的には夏の家では入り江に面していた家の正面を太平洋側に向けるのだが、家全体を三十度回転させることで、三つの部屋のいずれも直接には海に面することのないようにする。三十度回転させるのは、海風が非常に強いことと、海から照り返される不快な陽差しが朝の心地よい目覚めを妨げるからだ。同時に建物全体に十分な陽が当たることになり、しかも突き刺すような眩しさがなくなる。右側の部屋は二階建てにして、上部の屋根裏部屋をさらに一メートル高くすれば、窓いっぱいに太平洋を眺めることができる。

トムの説明を聞きながら、アリスはそんな窓の前で書き物をする自分を想像し、その窓を「海の窓」と呼ぶことにした。トムはアスプルンドが夏の家の三つの部屋を繋ぐために設けた廊下も再現することにした。これで、部屋は互いに独立しながらも息の合った友達のような存在になる。「右が君の部屋、左が僕の部屋。左の部屋を少し後ろにずらせば、僕の部屋にも海が見える窓ができる」アリスはそんな距離感を気に入った。

中央の部屋は、屋外にも室内にも様々な植物を植えた、トロピカルな魅力たっぷりのリビングにデザインした。トムは海岸沿いの民宿という民宿にこっそり泊まりに行っては、自信ありげにアリスに言うのだった。「人が中で〝生活する〟ことを想定していない家が多すぎる。台湾では特に、はなから民宿にするつもりで建てている人もいるが、その場合の客は〝一泊限り〟がほとんどだ。でも十年二十年と住む家は違う。僕は僕らがずっと住み続けられる家を造りたい」その言葉に、アリスはこの目の前の男に再び狂おしく恋をした。

温暖な台湾東部には夏の家のあの有名な暖炉も必要ない。台湾の民宿には薪をくべるような飾りの暖炉を設置しているところも多いが、トムにしてみればそれはいかにもわざとらしく、馬鹿げていた。とはいえアリスの説明を聞いているうちに、台湾の田舎では普通にあったという「かまど文化」に魅了され、現代的なキッチンのほかに〝土間〟も作ることにした。

「ちゃんと使えるようにするよ。その土地の伝統料理を作れる家こそ、本物の家だからね」トムは言った。

配電に至っては、トムは丸々一年の時間をかけた。異なるメーカーのソーラーパネルを何度も比較し、角度を調整して、傾斜した屋根全体にパネルを敷くことにした。さらに各部屋のパネルの軒下には縁側を取り入れ、夕涼みをしたり物思いに耽ったり、昼寝したりできるようにした。ドイツから小型の海水淡水化装置も購入し、屋内の配管を海水と淡水とに分けて用途に応じて使えるようにした。また景観のために残す一部の空き地を除いて、クロヨナやヒルギダマシなど、塩に強い原生植物を家から一定の距離の数箇所に植えることにしたのだが、育った枝葉がソーラーパネルの上に陰を作らないようにと五十年間の生長速度までも計算に入れた。

一年半後、トムは家の平面図、３Ｄ図、配電図、配管図を完成させた。その間、家へのアイディアを語り、形にしていくトムを毎日見ていたアリスは、心の奥底に微かな震えを感じていた。それは蛇口をひねれば水が出るような、あまりにも単純すぎる幸福感だった。

着工前に、アリスは自分の持っている条件を総動員して銀行から多額の資金を借り入れた。家を建てることは彼女にとって、想像力の欠片もないくさくさとしたアカデミックな生活から抜け出し、何かのために生きているという気持ちにさせてくれるものだった。着工当日の午後、アリスは体に不調を訴え病院にかかると、医者から妊娠検査をするようにと勧められた。


トトと海の上の家は同い年、とアリスはよく言っていたものだが、確かにそれは本当だった。トトがお腹の中にいることを知ったトムの反応は、いかにも父親になる人間らしく、興奮しながら左右の部屋それぞれにトト用の空間を増やした。つまりは父親も母親も、子供と二人きりで過ごせる時間が持てるというわけだ。

実際のところ、トトが生まれた時にはまだ海の上の家は完成していなかった。出産から三カ月後、家の周りの植栽アイディアを固めていたアリスは、トトを軒下に置いて、家の外に様々な蝶のための食草を植え始めた。大学の同僚であり、蝶に関するエッセイを書いたこともある小説家のMと親交があったので、海辺に適した植物をリストアップしてもらい、植え方も教えてもらった。

トムはブルドーザーでならされた地面を耕し、両側に防風のための植物を植え、海辺に続く林間の小径を敷いた。

　しかし家が完成したその年、相次いだ猛烈な台風によって、山側へ十メートル後退して再建された海岸道路の基盤が崩れ始め、ほどなくして道路全体が崩落してしまった。そこで工務局は一部の山を切り崩し、さらに三十メートル後退した、少しばかり高い場所に新しい「海岸」道路を敷設した。この島の災害史でも有名な「八八水害*」が起こった後、「十年後には島の多くの場所が海になる」と盛んに議論されたこともあったが、多くの人々にとってそれは「非現実的」なものであった。災害で命が犠牲になると、災害は対抗しうるものだと人間は勘違いしてしまう。アリスはそう感じていた。なかには災害を擬人化し、大自然は「残忍だ」とか「無情だ」などと騒いでいるだけの人もいた。

　アリスの考えに対して、トムは時折、デンマーク人的なものの見方を披露した。「自然は残酷なものではないよ。少なくとも人類に対して特別に残酷というわけじゃない。自然は反撃もしない。意思のないものに『反撃』などできるわけがないのだから。自然はただ自然がすべきことをしているだけだ。海面が上昇するなら上昇すれば

*訳注　二〇〇九年八月のモーラコット台風（台風八号）により台湾中南部で発生した大規模な水害。

いい、僕たちが引っ越しをすればいい。間に合わなければ海に沈んで魚の餌になるまでさ。そういう考えもいいと思わないかい」

「どういう意味？」

最初のころはトムの言わんとすることがアリスには解せなかった。この土地もこの家も、彼女が有り金すべてをはたいて手に入れたものだし、ローンだって組んでいるのだ。だがアリスも少しずつ理解できるようになっていった。とにかく今の生活を一日一日過ごしていけばいいのだ。逃げるべき時は逃げ、立ち向かう時は立ち向かい、死ぬべき時が来たなら死ぬまでのこと。そう、まるで一羽の雲雀のように。

そして今、海は予測不可能な記憶のごとく、家のすぐ前にまで迫ってきていた。前年のクリスマス以来、アリスは満潮になると、正面の戸口からの出入りを諦めなければならなかった。一日に二度、アリスは潮に監禁された状態になり、数時間後に再び解放された。大しけになると海水が家の防水溝に沿って家をぐるりと囲み、裏口に様々な置き土産をしていった――フグの死骸、不思議な形をした流木、船舶の一部、クジラの骨、ボロボロの服……。翌日に潮が引くと、アリスは死んでしまった様々なものを跨いで表に出るしかなかった。

家が危険建築物である可能性があるとして、地元の自治体からは引っ越しするよう勧告されていたが、アリスは頑として立ち退かなかった。「家が流されてしまっても、それは私自身の責任です。どうか私の自由を妨げないでください。私はここの合法的な住人なんです」ゴシップ誌にも、「女性教授が独りで暮らす海沿いの太陽光パネルの家」などと記事にされたこともあったが、唯一よく書けていたのは、太陽の動きに合わせて動く太陽光パネルを含めてトムがこの家に巡らせたアイディアだった。

ダフと、この近くでバーを営む女性オーナーのハファイも、そのことについて彼女を説得しようと何度かやって来たのだが、最後は諦めるしかなかった。

「君の頭はまるで猪の歯みたいに固いな」ダフが言う。

「そのとおりよ。私はそういう人間なの」アリスは部屋の中に座り、窓の外の灰色の海を見つめていた。まるで別の生命体の中に座っているみたいだった。なんて素敵な家なのだろう。彼女の人生のなかで、この数年ほど素晴らしい時間はなかった。その素晴らしさといったら、まるでへこんだ部分が一つもないガラス玉、枯れて黄ばんだ葉が一枚もないクロガネモチのよう。唯一それがゆえに存在してはならなかった時間だったのかもしれない。

ついに一度もその前で書き物をすることのなかった「海の窓」の前に、アリスはただ静かに座っていた。海に記憶はない、だが記憶があるともいえる。波にも石ころにも、時間の痕跡が必ず残されている。記憶に伴うすべての苦痛をもたらすあの時間を、彼女は時に恨み、時に信じ、時にすがり、それは餌の付いていない釣り針に、痛みを伴うと知りつつも食いついてしまう魚のようなものだった。

アリスは静かに横たわり、まぶたの向こうに月明かりを感じながら波音に耳を澄ませ、すると遠くでガラスが砕けたような気がした。外では星ほどの大きさの雨粒が降り始め、じっとりとした、不穏な、うごめく空間が大地を包み込んでいった。


年内にも大規模な地震が発生するという予測はすでに気象当局から発表されていたが、この日の夜、人々は「ついに来た」という絶望に襲われた。地震の揺れのなかで家のありとあらゆる部分が悲鳴をあげている。いっそのことすべて埋もれてしまえばいいと、アリスは逃げる気など最初はまったくなかったのだが、揺れが急に激しさを増すと、本能的に何かに身を隠そうとした。これから死のうとしている人間なのにとふと思い、アリスは図らずも苦笑した。トムが建てた家は思いのほか頑丈で、地震が収まった後、大梁（おおばり）がわずかに傾いたのを確認しただけで、家は倒壊する気配すらなかった。だが満潮時には海水が家を取り囲んだばかりでなく、遠くの道路の手前にまで満ちていた。道路側から見下ろすと、家はまるで海の上に浮かんでいるようだった。

窓から外をのぞくと海水は建物の半分の高さまで来ており、壁に打ちつける波しぶきがアリスの顔にかかった。一階に続く階段まで戻ってみると、屋内にも浸水していて池のようになっていた。トムと一緒に敷いた赤レンガの床の上で魚が泳ぎ、巨大な水槽の中にでも落ちてしまったかのような錯覚を覚えた。軽い目眩に襲われ、何かにつかまろうとアリスが手を伸ばした先に、花梨の木の額縁があった。階段脇に掛けられていたその額縁の一角には、トトが生まれた時の小さな足形が飾ってあり、それは彼女に自らの苦痛と希望、そして強情さを思い起こさせる印だった。アリスは気付いた。今この瞬間の悲しみは、この島から青い空が永遠に消えてしまったように奇妙なかたちで隠されているのだ。その意味では自分はもう死んでしまっているのかもしれない。ならば死のうが死ぬまいがもはや重要ではないのだろう。

　悲哀と、波と、家が、波風を受けて小刻みに震え、その複雑な衝撃にアリスは立ち続けることができず、空気を吸おうと窓から頭を出した。その時、海面に漂う木板の上に何やらうごめく黒い影を目にした。

　小猫のようだった。いや、小猫のようではなく、確かに一匹の小猫が悲しそうな眼差しで彼女の方を見ていた。その目は片方が青色で、もう片方が茶色だった。

　アリスは窓から体を思いきり伸ばし、震える小猫を家に抱き入れた。驚きと恐怖のあまり威嚇することもできなかった小猫は、彼女の手のひらの中でただ小さくうずくまっていた。

「オハヨ」彼女は声をかけた。彼女はあの日の朝、トムと登山用具を背負った小さな大人のようなトトに向かって、冗談紛れに日本語で「おはよう」と言ったことを思い出していた。猫は全身びしょ濡れでぶるぶると震えている。それはまるで生きている心臓のようで、地震の揺れがまだ続いているのかと思わせた。

アリスはタオルで猫の体を拭いてやり、探し出した紙箱の中に入れ、クッキーを与えた。小猫は食べずにただ不安そうな瞳で彼女を見つめていた。今回の地震はどれほどの規模で、死傷者はどれほどだったのだろうか。思考する能力が戻ってきてはいたものの、テレビもなければ携帯もない。車の走る音もなく、まるで世界の果てか、アリスだけが取り残された孤島にいるようで、情報を得る手段もなければ判断のしようもなかった。唯一彼女にできるのは、目の前のこの小猫を気にかけることだった。体が乾くと、危険な状況が去ったと感じたのか、猫は疲れたように眠ってしまった。柔らかそうな前足を胸元にしまい、ふんわりとした毛玉のように体を丸めて。体のどこかの隙間から夢が入り込むかのように、たまに後ろ足をぴくりとさせた。

突然、どこからともなく再びゴオオオという大きな音が聞こえてきた。余震なのだろう。その時アリスの体に抗(あらが)おうとする力が湧き起こり、とっさに紙箱を抱えて隠れられそうな場所を探した。

数分前まではこのまま死んでしまえばいいと思っていたアリスの体は、この瞬間、無意識のうちに生きようとしていた。

# 第三章

ハファイとの会話がたまらなく楽しいのは、酒というものが突然もたらす哀愁に、彼女はいいとも悪いとも言わず、決して踏み込むことがないからだ。にもかかわらずその長い睫毛（まつげ）の下の瞳が、彼女こそが自分の悲しみの理解者であると思わせてしまう。

## 六　ハファイの七羽目のシシッド

「七羽目のシシッド」がこの海辺一帯で有名なのは、言うまでもなくハファイの存在ゆえだ。ハファイは美女ではないかって？　それは違う。ここ数年、確かにふっくらとはしてきたが、より正確に言えば少しふっくらとしたハファイにも輝く時があるということだ。ただ普通の人には分かりにくいだけなのだろう。

ハファイが作る料理はユニークで、阿美（アミ）族が常食する山菜をよく使うのだが、正直なところ口に合う人は美味しいと言うし、そうでない人の評価はあまり高くない。その点、酒については意見が分かれることはあまりない。ハファイが仕込んだ酒を美味しくないなどと誰が言えるだろう。この地を訪れる観光客は美しくパッケージされた粟酒や梅酒しか買うことができない。細長いカラフルな瓶に入れられ、綺麗な箱に包装された酒。それらはハファイに言わせれば粟酒などではなく土産用のチョコレートであり、七羽目のシシッドの客に言わせればサルの尿である。粟酒はやかんで飲むもの、食べ終わった碗に入れて飲むものであり、あのように包装された粟酒など粟酒とはいえないのだ。七羽目のシシッドの粟酒は粟のほんのりとした甘みと香りがあり、濾し切れていない酒粕が浮いていて、口当たりは滑らかだが後からガツンとくる。純朴でありながら荒々しく、ぐいっと飲み干せばたちまち腹の中でかっと暴れ出す。

　七羽目のシシッドが人を惹きつける理由は粟酒のほかにもある。それは窓、あるいはその海、というべきかもしれない。店はオマハ（海岸の荒れ地）に建てられ、建材はすべて近場の山で伐採した竹やシマサルスベリ、オガタマノキ、そして石片などだ。四面すべてに窓があり、どの窓からも、頑なに打ち寄せる太平洋の波を見ることができる。店内の装飾品は近隣の先住民集落の芸術家から贈られたものが大半だったが、どの芸術家の作品なのかと尋ねると、ハファイは決まってこう答える。「芸術家？　あんなの腹いっぱいになって何もすることがない奴らが作ったものでしょ。ツケ代わりに置いてく奴が芸術家だって？」

七羽目のシジッドのテーブルには客のメッセージが所狭しと刻まれており、三流詩人が残した詩も少なくなかった。平凡なものからそれらしいもの、明らかに誰かのパクりというものもあった。特筆すべきは各テーブルに必ず一皿の檳榔（ビンロウ）が置かれていることだ。ただし客が手をつけなければハファイも取り替えないので、テーブルの檳榔は食べない方がいいかもしれない。

普通の客にとって、ここはなんの変哲もない空間に感じるだろうが、ハファイのややふっくらとした体がその中を行き来していると、なぜだか不思議な魅力が空間に生まれるのだった。あまり掃除をしないがために海辺の砂がうっすらと被（かぶ）った床ですら、人々に心地よさを与える。常連客たちにとって、酒を飲んだ後にハファイに向かってぶつぶつ語りかけることは、まさに癒しを得るための儀式そのものだった。ハファイとの会話がたまらなく楽しいのは、酒というものが突然もたらす哀愁に、彼女はいいとも悪いとも言わず、決して踏み込むことがないからだ。にもかかわらずその長い睫毛の下の瞳が、彼女こそが自分の悲しみの理解者であると思わせてしまう。

真面目な話、このような店をハファイがたった一人で切り盛りできていることを、誰もが謎に思っていた。夜中に奇妙な小人たちがやって来て、食事の準備や細々とした雑用も全部済ませてくれているのではないかと思われるほどだ。

客たちの愚痴や独り言の相手をした後で、ハファイはたまに歌を歌う。不思議なもので、ハファイは台湾語*もできず英語も話さないというのに、どんな言葉の歌でも歌う。どこで覚えたのかと訊く客はいない。ハファイが何を歌ったか、覚えている客などほとんどいないからだ。その歌声は、歌そのものを聴く者の体の奥深くへと染み渡らせる。彼女の歌声は風に漂う種となり、その種がいつ自分の心の奥底に落ちたのかも知らぬまま、台北に戻ってMRT（新交通システム）に乗っている時にふと、ハファイの歌声が、車両内の喧騒を突き抜けて心に蘇る。車窓の外を眺めながら突然涙を流す人がいたならば、そんな者たちかもしれない。しかしハファイが歌うことはめったになかった。歌をリクエストしたり、あるいはバーカウンターに席を移して「ハファイ、歌ってよ」などと言ったりすれば、「百元あげるから、あんたが歌って聴かせてよ」と返ってくる。ハファイに歌をせがんだ客は二度とハファイの歌を聴くことはない。

七羽目のシシッドの客層はいたってシンプルで、大部分が先住民集落の人々か近くの民宿の客、そのほかはD大学の学生と教授といったところだ。ハファイは集落の一人ひとりを記憶しているし、店に来たことのある教授と学生もほとんど覚えている。民宿の紹介でやって来た客も自分の負担にならない程度に覚えた。通りがかりの一見客についてはいつも大いに歓迎していた。

ハファイが民宿をやらないのは、人手が足りないからでも、経済的に余裕があるからでもない。ハファイが思うに、この辺りの民宿のほとんどは民宿らしくなく、どれも台北からやって来た風流気取りの人たちが経営している宿泊施設に過ぎなかった。そのような民宿を選ぶ客たちも、たいていは凡庸でつまらなく、文句ばかりで可愛げのない人間ばかりだ。子供が騒いでいても注意しようとしない中産階級の家庭、夜にはカラオケで盛り上がる大家族、あるいは付き合いたてで旅行に来たというのに一日中部屋でセックスに明け暮れるカップル。旅行にでも出かければかつての情熱を取り戻せると思っている中年夫婦や、浮気旅行で来る中年男女も、もちろん多い。その両者の違いはハファイにしてみれば一目瞭然だったが。

ハファイが民宿を経営しないもう一つの理由は、客と写真を撮ることを嫌っていたからだ。最初のころ、ハファイが客と写真を撮ると、その写真をネットに上げたり、彼女に送ってきたりする客もいた。ほんの一、二時間過ごしただけの客（忘れっぽい

＊訳注　台湾住民の大多数を占める福建系漢民族によって話される言葉。台湾語は閩南語（主に福建省南部で話される中国語の一方言）の一種であるが、福建省の閩南語とは些か異なる。台湾の公用語である「国語」（マンダリン）とは大きく異なる。

ハファイは彼らを思い出せない）と写っている自分を見て、ハファイは無性に自分が嫌になり、苛立ちを覚えた。そんなわけでハファイに民宿経営を勧める常連客にはいつもこう答えていた。「経営なんてできるような器じゃないし。実際、ほとんどの民宿オーナーだってそうだよ。違うのは、あたしはそのことを自覚してるけど、彼らはそうでないってこと」

正直、ハファイは一部のD大学の教授と学生のことを好きではなかった。とりわけプロジェクトだかなんだか知らないが、そのためにやって来る学生たちだ。ハファイは知っていた。先住民集落の年寄りがフィールドワークの教授や学生に物語を語るのは、寂しさから記憶の中に浸りたいだけで、文化の伝承といった格調高いもののためなどではない。寂しさが、蛇口をひねったように彼らを滾々としゃべらせるのだ。だからハファイは思う。もし自分が論文を書くならば、文化の根源はおそらく寂しさにあると論ずるだろう。

七羽目のシシッドの常連客といえば、アリスももちろん、その一人だった。ここ一年、アリスはたまに一人で店にやって来た。ただし来るのはいつも客のいない早朝の時間。ごく一部の常連しか知らないことだが、七羽目のシシッドは閉店しない。いや、閉店しないわけではない。常連客がいつでも入ってきて酒を注ぎ、コーヒーを入れられるように、ハファイは海に面した小さな門を残していた。客は門の孔から手を入れて、掛け金を外せばいいだけだ。店はもちろん閉店している。営業以外の時間、ハファイは留守にしているか寝ているかで、「すべてご自由にどうぞ。阿美族にとって、家とは友人を歓迎する場所なのだから」ということ。これは「七羽目のシシッドの心得その二」である。心得その一は「酒は自分で注ぐこと」。ハファイにしてみれば、その門が常連客のために残したものだと知らずに無理やりこじ開けて入ってくる者は泥棒だ。

アリスが常連客になったのは、「海辺の家」が「七羽目のシシッド」まで五分とかからない距離にあるという、いたって単純な理由からだった。最初のころはアリス一人で、ほどなくしてトムと一緒に訪れるようになった。二人はいつも「灯台」と呼ばれるいちばん左の窓の席に座った。そこにはハファイが置いた水滴形のランプがあり、その灯りは見晴らしのいい時には遠くの船からでもはっきり見つけられるらしかった。

アリスはサラマ・コーヒーが気に入りで、トムは決まって粟酒を注文した。彼は近くに住む老人ばかりの家の修繕を気前よく手伝う、おおらかで聡明な人間だった。ハファイは、トムは阿美語が話せる初めてのデンマーク人かもしれないと思っていた。だからトトが生まれた時は海辺の住人のみんなが喜んでくれた。トムは台湾人のタブーを気にすることなく、生まれて半年も経たないトトを抱いてよく出かけた。トトはとても美しい目をしていたが、その沈んだ眼差しはまるで無邪気さと老いが赤ん坊のなかで同居しているかのようだった。

トムが失踪してからは、アリスはたまに一人で七羽目のシシッドを訪れた。ただし来るのはいつも客のいない早朝の時間だ。決まって家族と座っていた席に座り、海を見つめていた。いつのことだったか、夜も深まったころにやって来た時には、ハファイを起こさないように気遣ったのか電気すらもつけなかった。暗がりの中に座り、コーヒーポットから注いだ冷め切ったコーヒーを飲みながら、アリスは海を見つめている。その様子をハファイは部屋から静かに見守っていた。アリスの視線の先はもちろん海辺の家だ……いや、海面が上昇した今では「海の上の家」と呼ばれているが。

ハファイは分かっていた。アリスの魂が罠に捕らわれてしまったのだということを。今できることはただ彼女を見守り、罠の解き方を探し出してやることだけだ。今は無理を強いてはならない、さもないとアリスが散り散りに引き裂かれてしまう。ハファイはそう思っていた。

少し考えてみてから、ハファイは寝間着姿でアリスと一杯飲むことにした。彼女は淹れ直したコーヒーをそっと差し出したものの、暗がりの中で二人は視線すら合わせられない。ハファイの友人が流木で作った燭台を持ってきて火を灯してようやく、二人とも視線を向ける先ができた。ハファイはなぜかカワスがそばにいるような気がして、心がとても穏やかだった。二人して蠟燭(ろうそく)の炎と海を見つめていたが、ようやくアリスが口を開いた。「悪いわね、ハファイ、また勝手に入ってコーヒーを頂いちゃった」

「いつだって大歓迎よ。ここのものは全部あんたのものよ」

アリスの魂は彼女の体にはいない。ただここに座り、過去の温もりの中に生きているだけだ。いつか温もりが完全に冷め切る日が来るならば、それは新たな生活の始まりかもしれないし、すべての終わりかもしれない。粟が実をつけるか、あるいは枯れ落ちるかどうかと同じこと。ハファイにはそれが分かっていた。ハファイには分かるのだった。

「ハファイ、一つプライベートなことを訊いてもいい？　ご家族はどうしてるの？」

アリスは手元のカップを回した。

「答えなくてもいいのよ、聞かなかったことにしてくれれば」

「ハハ、かつては父親も母親もいたし、男を愛した過去もある。子供が欲しいとも思うけど。父親の名前を気にしなくてもいい子供をね」

アリスは海を見つめ、ハファイも海を見つめた。相手の目を見ない方がいい時もあるのだということを二人は知っていた。「この世界で独りぼっちなんて人はいないよ。今じゃこんなふうだけど、何年か前まではまだ四十五キロぐらいだったかな。町を歩けば男たちの視線を集めたものよ。ただし時間が過ぎて増えたのは体重ぐらいで、ほかは全部失ったってわけ」ハファイは明るく笑い出し、その様子がアリスにも感染したのか、彼女もいくらか無理をしながら微笑んだ。

「でも、あなたにはこの店がある」ハファイはうなずいた。確かに象徴的な意味からすれば、七羽目のシシッドがあるからこそ、ハファイは自らを支える骨組みを手に入れ、自分の考えと記憶を手に入れたのだ。

二人はサラマ・コーヒーを飲んだ。それはブラジル産のコーヒー豆に、高粱とハファイが山から採ってきた特別な香料を加えたコーヒーだった。たいていの客は最初は何気なく口をつけるのだが、そのコーヒーは甘い罠のように二口目、三口目を誘う。そして飲み終えると、ほとんどの客がカップの中の香りを嗅ぐ。ジャングルと黄昏と、森が燃えた後の焦げた匂いを混ぜたような香りだ。一度飲んだ客はほとんど例外なく、次からはこのコーヒーしか注文しなくなる。アリスがカップを鼻に近づけると、開かずの窓のように閉ざされていた彼女の顔が一瞬ほのかな光を見せた。

一匹のヤモリが窓ガラスに張りついている。海を見ていたハファイは瞳を輝かせながら、長い夢の中から目覚めたごとくに歌い始めた。

スラとナカオはパンツァの祖先

遥か昔　シラガサンに暮らしていた
スラとナカオはパンツァの祖先
彼らはシラガサンからキウィへと移り住んだ
ナカオの子は
トマイ・マスラ、カラオ・パナハイ、カロ・コォウ、タパン・マスラ
タパン・マスラは北の川辺のシウィディアンに住み
サパの岩の上はトマイ・マスラの家
カラオ・パナハイはキウィへ
カロ・コォウはタファロンへ移って行った

我らはパンツァの子
風の匂いに　川の流れに　目の前の海に
パンツァの子を見るだろう

歌詞は阿美語でアリスは一言も理解できなかったが、旋律に合わせて浮かんできたのは、山や木々、木の葉、そして谷間を吹き抜けてゆく風だった。テーブルのコーヒーカップのそばに、小さなしずくの溜まりができていた。

例の地震からしばらくハファイはアリスを見ていなかった。実際は「見ていない」わけではなく、面と向かって話をしていないだけで、窓の向こうを見れば、ちょっとした形跡からアリスが家にいるかどうかが分かる。たとえば、開いたままの窓。ある朝早く、ハファイはアリスが窓から身を乗り出し、一つ目のスツールに跳び乗り、そして二つ目、三つ目へと跳び移ってゆく姿を見かけた。海の水が緩やかに家を囲み、壁に一筋一筋の痕を残していた。アリスはスツールに跳び移るたびに足元をぐらつかせていて、まるで強風の中で海上に留まろうとしている海鳥のようだった。夕方になってアリスは荷物を抱えて戻ってきたのだが、椅子はすべて波に倒されどこかへ流されてしまっていた。ハファイは手伝いに行こうかと思ったが、アリスが誰の助けも必要としない人間だということも承知していて、だから静かに見守ることにした。アリスはどこからか木の板を引っ張ってきてその上に荷物をすっかり置くと、ゆっくり窓の近くまで押していった。そして窓から家の中に入り、手を伸ばして表の荷物を一つずつ中へと取り込んだ。

あんな家にまだ住めるとでもいうのだろうか。

ハファイがもっと不思議だったのは、数日前の夜までは絶望に暮れた雲雀（ひばり）のようだったのに、たった今遠くから眺めるアリスは、様子が少し違っているように感じたことだ。どう違うのかはっきりと分からないのだが、とにかくもうしばらくは生きてくれるような気がした。その人間が生きていけるか否かということは、多少なりとも周囲の人間が感じ取れるものであり、もしある人が突然死んでしまったなら、それは関心を寄せてくれる人が一人もいなかったということだ。そう思ったところで、ハファイは誰かと話がしたくなった。しかしこんな時に限って客が一人もいない。そこで彼女は歌で自分を慰めることにした。歌詞は即興、若い阿美族の娘、ハファイの物語。

歌声が聞こえたのだろうか、ほどなくしてアリスが窓を開け、か弱そうな白と黒のぶち猫を腕に抱きながら、ハファイに手を振った。

オハヨ。ハファイはアリスの口元から、そう言ったのだと読み取った。あっているか確信はないけれど。

## 七　アリスのオハヨ

地震の翌日、昼前にダフが水に体を浸からせながらやって来て、アリスの家の門をノックした。アリスが二階の窓から顔をのぞかせると、ダフは安堵して、道路脇に立っていた娘のウマヴも遠くから手を振った。

「無事でよかったよ。今朝も二回、来てみたんだが家にいなかったからさ。車がないし、どこかに出かけたんだろうとは思っていたけど、それでも心配だったから」

「今回の地震、ひどかったの？」

「どうだろう。揺れはそれほどじゃなかったんだが、沿岸地域では海水が逆流してほとんどが浸水してしまった。おそらく陸地が沈下したんだろう。村を移転する話は十年も騒がれてきたけど、これで本当に移転することになるかもしれないな。気象局によると、今回のものは予測していた『大地震』じゃなくて別の大地震の予兆らしい。負傷者が十数人出ただけで、亡くなったのは二、三人だ」

ここは悲しむところなのだろうが、アリスはそんな気持ちになれなかった。この十数年来、地震や水害が頻繁に起こるようになり、小雨だと思っていると傘を差す間もなくどしゃ降りになったり、台風の季節でもないのに立て続けに三つ台風が来たりしたこともあった。沢登りのルートは土石流に埋もれ、堤防脇の道路は川のごとくになった。漁民によれば、あちこちにできた堤防や消波ブロックの影響で向岸流の流れがつかめなくなり、季節ごとの水温も変わってきたという。それでも私たちは適応していかなければならない、そうでしょう？　アリスは思った。

「家に上がる？　窓から入って来られるわよ。あ、ウマヴは？　上がって来られるかしら？」

「門が開けられなくなったのか？　なら僕のところに引っ越さないか……ほら、その方が安全だし」

「大丈夫、家もまだ立っているんだし。ここに残りたいの」

「ああ……」彼にはどうすることもできない。ダフはアリスの性格をよく分かっていた。「何か手伝えることはない？」

アリスは少し考えて「それなら、お願い。町に出かけることがあったら食料品を買ってきてくれる？」

「分かった」

その時、猫の鳴き声がした。

「今のは何？」

「猫よ、白と黒の猫。昨日の朝、助けてあげたの」

「無事だったのか？」

「ええ、ちょっと待ってて」アリスは窓辺から姿を消したかと思うと、すぐに黒いマスクを被ったような、痩せ細った白と黒のぶち猫を抱いて現れた。猫の右足を軽く持ちあげ、遠くのウマヴに声をかけた。「ウマヴ、見て。オハヨって言うの」

ウマヴが嬉しそうに声を上げる。「うわあ、猫ちゃん！」どんなにおとなしい子供でも、動物を目にした時の興奮は抑えられないものだ。

「目の色が違う！」

「そうなの。片方が晴れで、片方が雨みたいよね。そうだ、町に行ったら、ついでに猫の餌もお願いできる？　ウマヴ、猫をいつでも見に来てね」

「分かった。ウマヴを病院に連れて行ってからまた猫を見に来るよ。ほら、ウマヴ、おばちゃんと猫にバイバイして」ウマヴは手を振りながら言う。「猫ちゃん、また見に来るよね？」

「見に来るよ」ダフはウマヴと手を繋ぎ、何かを思い出したかのようにもう一度繰り返した。「地震もいつ起こるか分からないし、夏になれば台風もやってくる。僕らの村に引っ越すこと、考えておいてくれ」


しばらく経てば水は引くだろうと思っていたのだが、なかなか引かなかった。午後にはダフがいろんな缶詰を買ってきてくれた。ウマヴは楽しそうにオハヨと遊んでいたが、ダフとアリスは会話をするでもなく、何をするでもなく、ただ子供と猫の様子を静かに眺めていた。

「おばちゃん、目の色が違っても、どっちも同じ世界に見えるの？」

アリスは肩をすくめ、彼女の知識の及ばない質問に困ってしまった。「それぞれの目で見えるものが同じ人っているかしら？」

ウマヴはそのことを真剣に考えているようだった。

それから数日というもの、アリスは潮が引いた時だけ、雨靴を履いて水を汲みに出かけた。満潮の時も外に出られるように、彼女は一階の窓の外にスツールを高い順に並べ、出かける時は窓から出て、まず一つ目の椅子に、そして二つ目、三つ目へと渡っていった。アリスの影が風のない水面に落ち、水の底から見れば空を横切る鳥のようだった。面倒なのは、波で椅子が倒されてしまうため、家に入る時はまた一から椅子を並べ直さなければならないことだった。だがある日、椅子が倒れておらず、見てみると椅子の脚に金具が取り付けられ地面の岩に固定されていた。きっと自分が出かけている隙にダフがこっそりやってくれたのだろう。

海が迫ってきているということは、トムも数年前から気付いていた。家を建てる時にも計測済みで、家から海岸線の最短距離は二十八・七五メートルだったのだが、一年後には海がさらに少し陸地に近づいていた。トムは毎月計測してはこう話していた。

「このペースでいけば、海はいずれ家に到達するだろう。でも家が水没するころには、僕らもとっくに死んでるよ」

沿海地域の地下水層はほとんど塩化して使えなくなっており、人々は瓶入りの水を買っていた。数年前に政府が補助金を拠出し、巨大なパイプで海洋深層水を吸い上げて淡水化させるプロジェクトを進めたことで、一部の住民は決して安くはない小型の淡水化装置を設置した。自然から搾取するだけ搾取して何も返すことをしない財団に政府が便宜を図っている——そのことへの抗議を示すため、アリスは海洋深層水を頑として引かなかった。まずは海洋深層水に投資している財団が、そもそもはセメント事業や鉱山事業で財を成したというのが抗議の理由だが、さらに彼らが大勢の専門家のお墨付きを取りつけ、海洋深層水事業が海岸の生態系に影響を及ぼさないと豪語していたところ、マスコミに問題を指摘され始めたことも一因だった。ある専門家によれば、深層水の構造が変えられてしまったことで、海中の塩分比率、対流の状況、さらには海底の砂にも微妙な変化が起きている可能性があるという。漁民たちもそのせいで魚群が消えてしまったと考えている。しかしこのような変化が果たしてどのような影響をもたらすのかは、誰にも断言できなかった。生態系の関連性というものは人間の想像など及ばぬほど複雑であるからだ。

トムとトトが消えてしまってからも、地震が起こる前までは、アリスは数日おきに野外の渓流へ水を汲みに行く習慣を続けていた。その川は、作家Mがアリスとトムを連れてモルトトレヒトアオガエルの夜間撮影に行った時に見つけたもので、海洋観光ホテルからさほど遠くないにもかかわらず、ほとんど人が踏み入らない場所だった。

Mは窪地に飛び込み、撮影場所を探しながら言った。「まったくセンスの悪いホテルだと思わないか？　君の住むヨーロッパの建物はこんなんじゃないだろう？　たまに可哀想になるよ。こんなにセンスの悪いリゾートに泊まった台湾の子供はそのうちセンスの悪い少年に育って、センスの悪い青年に成長して、ついにはセンスの悪い大人になるんだ。そばにこんなに面白い生き物がいるというのに、誰も注目しないなんてさ」

「悲観的すぎよ」アリスが言った。

「悲観なんかじゃない、世の中への怒りだよ」

「分かっていればいいのよ」

「でもホテルのセンスの悪さについてはまったく同意見だな」トムが言った。

センスが悪いからどうだというのだろう？　それでも客は入るのだから。アリスは、Mが自分の悲観的な世界に毎日どっぷりと浸かり、まるで不安症を患っているかのように思えた。彼がそれ以上に不安を抱いていたのは小説の執筆だった。前回の長編小説から何年も経っているのに、Mはどうしても作品を書けずにいた。アリスには分かっていた。彼は批評の罠にはまってしまったのだ。自分が作り上げた世界に向けられたごく一部の読者の意見を気にしすぎていたし、今の文学が置かれる環境に対しても行き場のない怒りを抱いていた。アリスが思うに、こういう時は待つよりほかはない。優秀な小説家は脱出ショーの魔術師のように必ず窮地から脱出してみせるが、出来の悪い小説家は水中から逃れられずに死んでいく。そう、誰にも助けることはできないのだ。

　翌日、トムとアリスは再びその渓流に来て川辺の空き地で野宿した。Mがいないこともあり、ごく静かだった。川の水で淹れた茶を飲んで満天の星を見上げると、アリスとトムは興奮と感動の渦に包まれた。中国で黄砂の嵐が頻繁に起こるようになって以来、比較的澄んでいた東部の空にも砂塵が舞うようになり、心を震わせるような、澄み渡った星空を見たのは本当に久しぶりのことだった。宇宙がなお慈悲深く、優しくこの星を見つめてくれているかのようだった。

「このお茶は人生最高だな」トムが言った。

「じゃあこれからはここの水を汲みに来てお茶を淹れてあげる」

「遠すぎるよ」

「遠くないわ」

「遠すぎる」

「遠くないってば」トムは少し笑って降参した。つられてアリスも笑った。それからというもの、トムはその川の水を数日おきに汲んでくるようになった。

　この世界で遠い場所などありはしない。もちろん近い場所もない。脳裏に突然浮かんだそんな言葉の中の矛盾について、アリスは考えていた。

ここ数日、アリスと猫との間には、災害を共にした不思議な信頼関係が生まれつつあった。猫はアリスの前でお腹を見せて熟睡するほどになり、アリスも猫を病院でしっかり検査してもらおうと思った。地震の関係で、太陽光エネルギーか風力発電を使用していた住宅地を除いては、島全体で六割近くが停電状態に陥っていた。復旧が進んでいるとはいえ、アリスはやっとのことで市内に自家発電のある動物病院を見つけた。

「いたって健康ですよ。強い猫ちゃんだ。目の色が違うんですね。野良猫で目の色が違うというのは私も初めてです」若い獣医師はそう言って予防注射を打ってくれた。

「全体的には被害が少ないといっても、多くの家が倒壊したらしいですよ。お嬢さんの家は大丈夫でした？」

「はい、無事でした」アリスはもう若くはなかったが、彼女の首元の皺に気付かない男性は、たいてい彼女が二十代かせいぜい三十過ぎぐらいかと勘違いする。アリスが無地の白いTシャツばかり着ていて太らない体質のせいもあるのだろうが、実際、遠くから見るとせいぜい大学院生だ。アリスはそれを嬉しいと思ったことはなかった。見た目は二十代でも、実際はもう四十を超えているという事実が変わることはないのだから。

アリスは病院で猫のもらい手を探してもらおうと思っていたが、受付の看護師から猫の名前を訊かれると、とっさに「オハヨと呼んでいます」と答えていた。看護師は少しきょとんとした様子だったが、書き方が分からないといって、アリスにカルテに書きこませた。「Ohiyo」そう書いた時、アリスはなぜか猫と暮らしてみようと思った。その名前——後からスペルミスに気付いたが修正はしなかった——を何度か繰り返していると、箱の中の弱々しい猫は頭をもたげ、呼びかけに反応しているようだった。知らない環境に緊張しながらも、目の前のその人間だけ信じている、そんなふうな眼差しを向けていた。アリスが優しくオハヨと呼ぶと、猫はしっぽを軽く振った。その瞬間、物理的ではない何かが、長い間沈黙し止めてしまおうとまで決意した彼女の心を揺り動かした。

予防注射を打った後、アリスは猫砂に猫砂のトレイ、医師に処方してもらった飼料のほか、猫じゃらしまで買ってしまった。猫はきっと永遠に理解できないだろう——マイクロチップを埋め込まれると誰かの所有物となり、名前までつけられることを。アリスもまた理解できなかった。つい先日まで物質的な財産のほとんどを「処分」してきたというのに、どうしてこんな小さな生き物のために「財産」を買い始めているのか。

病院を出る間際、アリスは病院のテレビで流れていた地震のその後のニュースを見た。ダフが言っていたように、今回の地震は単なるエネルギーの放出ではないと、専門家が見解を述べていた。続いて流れたニュースはアリスがこれまで聞いたこともない内容だった。太平洋に浮かぶ巨大な「ゴミの渦」がまさに分裂しようとしており、そのうちの一つがこの海岸に近づいているというのだ。アリスは空中から撮影された映像に見入りながら、なんと不思議なことだろうと思った。ニュースは外国メディアの報道を引用し、大多数の人間は自分がこれまで使ったことのある物をこの巨大なゴミの渦の中に発見できるだろうと、ユーモアと悲哀を交えた口調で伝えていた。

帰宅後、アリスはトトの部屋で『猫図鑑』を探した。トトは生まれて間もなく普通の子供よりも発達が遅いと診断され、小さいころはよく原因不明の痙攣（けいれん）を起こした。知能的な問題ではなかったが、三歳になるまで完全な言葉を話すことはほとんどなかった。中国語にしても英語にしても、あるいはデンマーク語にしても、トトは上手く話すことができず、たまにパパ、ママと呼ぶだけだった。彼にとって言葉を話すことは、喉からそれ以上のものを絞り出すことのように難しいことだったのだ。医者にもたくさん診てもらったが、ほとんどが発声器官に問題はないという診断で、可能性としては原因不明の脳の損傷、もしくは心因性によるものだと言われた。脳に対しての後天的な損傷もなく、アリスとトム自身、トトから一時も目を離すことはなかったし、トトの前では決して口げんかをしない模範的な親だった。ならば何が心因性の原因だというのだろう。とはいえトトは完全にしゃべらないわけではなく、時々、驚くようなことを口にした。たとえばいつだったか、トムと山登りに出かけた時にとても珍しい雌のキアシミヤマクワガタを捕まえてきたことがあり、しばらく家で飼っていたのだが、死んでしまい、標本にした。アリスとトムが朝食を食べていると、トトが飼育ケースに向かって、こんなふうにつぶやくのが聞こえた。ぼくはもう、君が見ていたものが見えなくなっちゃったよ。

トトは言葉よりも図や写真に対する感応度が高かった。一度、三人でパスタを食べに行った時のこと、トトが紙のランチョンマットの上に、注文用紙にチェックを入れるための鉛筆を使って、トムの登山ルートを一本一本書き始めた。最初のうちはアリスもトムもそれが登山ルートだと気付かなかったのだが、シーフードポタージュを飲んでいたトムが声を上げた。これは「能高越嶺（のうこうえつりょう）」のルートじゃないか？　二人は涙を流して喜び、汚れてしまったランチョンマットを下げようとするウェイターを引き止め、家に持ち帰って額縁に入れてまで飾った。それは今でもトトの部屋の壁に掛けてある。

トトは六歳のころからトムと一緒によく山に登ったが、まだ子供だからなのか、父親のようにロッククライミングに熱中することはなかった。ただしトトの体力はマラソン選手さながらで、その精神力も強靭だった。トトはそれよりも本で見た登山ルートを確認したり、図鑑を持って山で出会った昆虫を確認したりすることに興味があるようで、一日中部屋の中で図鑑だけを見て過ごすこともあった。また、鉛筆を使って昆虫をリアルに描くことが得意で、触角から枝分かれした一本一本に至るまできっちり描写し、しかもすべての昆虫を実物大で描いた。トトのために、トムとアリスは様々な図鑑を買って本棚にずらりと並べたが、その数は数百冊に上り、言語も三、四種類あった（トムはデンマーク語の図鑑を買った）。一般の『昆虫図鑑』、『鳥類図鑑』、『ヒトデ図鑑』、『クモ図鑑』から、なかには珍しい『足跡図鑑』、『哺乳類排泄図鑑』、『樹皮図鑑』、『トンボ目翅図鑑』、『シダ類胞子図鑑』などまであった。

アリスは図鑑にあまり興味はなかったが、図鑑が不思議なものだとは感じていた。彼女が傾注する文学とはどうも違う。文学には従うべき決まりがなく、繰り返しについては罪悪とすら見なされている一方、自然科学は人類が生まれ持った識別能力と、理性が創り出した様々な法則によって各種生物を分類する。そのため細部の共通点から分類を判断することが重要とされる。しかしアリスは直感的に、図鑑はある意味では詩のようでもあると思った。図鑑をじっくり見ていくと、人類が世界を知るための法則が分かってくるし、人間性を洞察する手がかりを与えてくれるような気もした。そんなふうに考えれば、トトもいつか特別な詩人になり、昆虫たちに詩のような言葉を語りかけるかもしれない。

アリスの目には、トトが生き物の種類を知ることで成長していくように映った。出かけて帰ってくる度に、トトは背が少し高くなり、大人になり、複雑でありながら規律的な世界を探索し始めているかのようだった。だからアリスはトトが読んだ本を読み、トトが覚えた昆虫を覚えた。分からないことがあるとメールでMに質問し、するとと返事はいつもすぐに返ってきた。相当に寂しい人なのだろう。彼女に唯一できないことは登山だった。渓流まで水を汲みに行くことはできても、一定の高さを超えた山には恐怖感がある。

トトが小学校に上がって二年目に起きた事故を、アリスは忘れたことがなかった。トトが近くの草むらで遊んでいた時に蛇に噛まれてしまったのだ。蛇の種類が確認できなかったため、いくつもの病院を回って解毒剤を打ったが一向に好転せず、そのまま昏睡状態が一週間も続いた。アリスはあらん限りの気力で、知る限りのすべての神に祈り続け、やがてついにトトが目を覚ました。彼女は時々、トトはあの時に本当は死んでしまったのではないかと思うことがある。その後も長いことアリスはトトに屋外の活動を一切させなかったのだが、それはトトにとってはまるで拷問だった。なんといってもトムがそのことに反対した。どんなに危険であろうと野外での生活は体験すべきものなのだと。

アリスは『猫図鑑』をめくっていた。今も隣でトトが自分の説明を聞いているかのような錯覚を覚える。図鑑の分類というものは興味深く、毛の長さや顔の形、さらにそれらを交差させた分類がある。しかしどんなに探してもオハヨのような猫は載っていなかった。まだ小猫だから体に特徴が出ていないだけなのだろうか。もちろん、看護師が言っていたように「この子は可愛い普通のミックス」なのかもしれない。ミックスとは雑種のことだ。しかしアリスが知る限りでは、家猫は「品種」に分類できないはずなのだ。家猫も交配を繰り返しているのだから、生まれた子供も雑種ということになるではないか。どうやら猫の分類も、人間が猫の世界を知るための、あるいは猫に代わってクラス分けをするための、人間が決めた規則でしかないのかもしれない。猫には猫の法則に基づいた別のクラス分けが存在するのだろうから。

それでは自然の分類はどうだろう、自然のルールに基づいたものなのか、それとも人間が決めた規則によるものなのだろうか。

まただ……文学的な鍛錬を積み重ねてきた彼女はいつも、こうした言葉の渦に陥ってしまう。知らず知らずのうちに『猫図鑑』だけでなく、本棚のほとんどの図鑑を読んでしまっていた。そしてふいに、この世界の成り立ちもどちらかと言えば図鑑式に近いのかもしれないと思った。若いころは勘違いをしているもので、世界は偶然のチャンスにあふれていると思いこんでいた――だが実は世界は整然と並んでおり、あらゆるすべては定めの中の偶然なのかもしれない。

翌日、アリスは一日中オハヨの姿を眺めていた。猫の動きにこんなに見入ってしまうとは自分でも思ってもみなかった。目を細めて本棚の上に寝っ転がってみたり、窓から入ってきた羽虫に忍び足でそうっと近づいてみたり、目を異様に見開いて、体中の神経を集中させたような瞳でアリスをじっと見つめたり……。

「なんでこんなに可愛いのかしら」アリスはため息をついた。猫が来てからあらゆることが変わったような気がした。そう、子供ができた時と同じように。その夜、アリスはオハヨを抱いて寝た。オハヨはアリスの脇の下に納まり、ゴロゴロと喉を鳴らした。何か夢でも見ているのだろうか。そしてこの夜、アリスは夢を見た。

そのひと月ほど前のこと、アリスはこのままでいてはいけないという気持ちから、日本で「夢のデコーディング」による治療を受けたのだった。「夢のデコーディング」とは、神谷之康(かみたにゆきやす)博士が何年も前に開発した技術で、彼は「国際電気通信基礎技術研究所」にある「脳情報研究所」の有名な学者だった。当時、神谷氏とその研究チームは「大脳核磁気共鳴(きょうめい)技術」をベースに夢を探測する技術を段階的に発展させ、最初は大脳の活動を簡単な幾何学図形にすることしかできなかったが、やがて夢を見ている時の脳波を映像に復原できるようになった。ただしそれはビデオカメラで撮影したような映像というわけではなく、何も放送されていないテレビ画面に流れるような分かりにくい線ばかりのようなものだ。「夢のデコーディング」は誰でもできるものではなく、専門医師の推薦があって初めて受けられる。神谷氏がこの研究を進めるようになったきっかけは、当時世間で人気を集めていた夢解き番組をやめさせる目的だった。ところが思いがけずその治療によって得られた映像をネタにして、テレビやネットでさらに多くの番組が放送されるようになってしまった。神谷氏は政界の力を借りて映像の用途の制限を立法化する手に打って出たが、もはや手がつけられない状況になっていた。この時世、誰もが何かにすがりたい思いがあるのだろう。

アリスを紹介したのは、東京の某女子大学の教授で翻訳家の松坂麗子(れいこ)だった。何年も前にMの作品の日本語版を共同で手がけたのがアリスと麗子で、そのころからの親交だった。文学に異常なほどの情熱を注ぐ二人の若き教授は、二つの言語の差異について細かく推敲しあった。たとえば麗子は小説に登場する「発財車(ファーツァイチェー)」というものが理解できなかった。アリスは台湾人が軽トラを「発財車」と呼ぶ理由を説明したり、排気量やモデルについても原作者に確認したりした。Mの小説に登場する主役男性の特徴もアリスが設定してやった。麗子によれば、日本語の男性の一人称は中国語よりもずっと複雑なのだそうだ。

麗子は別の学者からアリスの近況を知り、ネット電話で連絡をしてきた。最初はまったく受けるつもりはなかったのだが、麗子の一言がアリスの心を動かした。「夢のデコーディングで何かが解決できるとは思わないけれど、ちょっとした手がかりや問題を見つけたことで、前に進めるようになった人も多いみたい」

何年も連絡を取り合ってきたというのに、麗子と会うのは、東京に来たその時が実は初めてだった。丸顔で中肉中背、笑顔がとても日本的な女性だった。印象深かったのは、ごく一般的なプラスチックフレームの眼鏡――ハンドメイドの高価なものかもしれないが、その点についてはアリスの判断材料が足りなかった――をかけているのに、なぜかセクシーな網タイツを穿いていたことで、アリスはひどく不釣り合いな感じがした。学者でこんな網タイツを穿いている人にはめったにお目にかからない。

夢のデコーディングは一週間の日程で行われた。一日目はカウンセリングを受け、夜は五つ星ホテルのようなクリニックに泊まったが、枕とマットレスに脳波の検知装置が組み込まれているということだった。二日目と三日目は完全にフリーで、アリスは若いころに行った代々木公園と上野動物園を訪れた。トトを連れて行ったことのある多摩動物公園にも足を伸ばしたかったが、あいにく演習のために休園していた。四日目に、三日間のアリスの夢を映像にまとめたものが完成した。

アリスは自分の夢の映像を見て後悔した。医者もスタッフもスクリーンに映し出された線や点を解読することはできなかったが、アリスにはできた。記憶とはそういうもので、自分にしか分からないものなのだ。映像を見たすぐ後にシニアカウンセラーとの面談が予定されていたが、アリスは当日のうちに麗子に別れを告げ、飛行機で台湾に戻った。見送りに来た麗子は特に理由を訊くことはなかったが、その時の彼女はかなり目立つ紫色のタイツを穿いていた。

その晩、アリスは夢のデコーディングの時と同じ夢を見たのだった。夢から徐々に目覚めると、壁の時計はまだ四時といったくらいで、オハヨは安心しきって寝ている。猫という生き物は長い睡眠時間が必要なのだ。その横にはオハヨにひっくり返されたデジタルフォトフレームがあった。最初の一枚は、赤ちゃんのころのトトの写真。アリスは見なくても分かっていた。オハヨを起こさないように、そっと手を伸ばしてみたが届かない。アリスは頭に焼き付いた写真が一枚、また一枚と、めくられていくのを想像するしかなかった。もしかするとトトは死とは無関係の世界に閉じ込められているのではないか。そこは写真の中と同じで、決して死が訪れることはない世界。トトは今もどこかで標本箱を手に、まだ見ぬ何かを探しているのかもしれない。アリスはそう思わずにはいられなかった。

若いころのサリヤも、今のウルシュラのように美しく、あるいはそれ以上に美しかったかもしれない。それはより純粋な、ワヨワヨの美しさだった。〝サリヤ〟はワヨワヨ語で「イルカのように優雅で美しい背骨」という意味である。

## 八　ウルシュラよウルシュラ、本当に海に出るのか

アトレが海に出る前に、ウルシュラは上等のチチャ酒を準備していた。チチャ酒はワヨワヨ島の宝ともいえるもので、女たちや子供がイモ類の根を噛み、口の中で時間をかけて発酵させてできた濁り酒だ。時には三日間も噛み続けなければならないこともある。唾液は成分も匂いも一人ひとり違うため、チチャ酒の風味は噛んだ人間によって変わる。ウルシュラが子供のころから作ってきたチチャ酒は、島いちばんの芳し

さで有名だった。澱粉が融け込んだ彼女の唾液は、男たちを心酔させる香りを放ち、酔いの回りは優しいのに言葉にはできない動悸が生まれる。飲んだことのある者の一人は、ある瞬間に自分の未来を見たという。

アトレが射精した後、ウルシュラは用意したチチャ酒を彼に渡して言った。海の上で一口一口、大切に飲んでくれれば、私の匂いを、私の眼差しを、私の体の中の温もりを思い出すだろう、と。

そのアトレは今、どこにいるのだろう。


ウルシュラは島の男たちなら誰もが恋い慕う女性だったが、近寄りがたい存在でもあった。ウルシュラの父親を知る者はおらず、彼女のイナ(ワヨワヨ語で母親の意味)——サリヤは島いちばんの編み手だった。夫がいないことでサリヤは農地を与えてもらえず、女ゆえに海に出ることもできず、彼女は村の仕事をすることで村から農地を借り、魚を分けてもらい、その他の面倒を見てもらっていた。サリヤの主な仕事は島の人々に草履を作ることだった。ウルシュラは母をよく手伝い、林でカズラを集め、海辺でシチトウを摘んだ。カズラは草履の底、シチトウは草履の上面を編むのに使われる材料だ。草履だけでなくサリヤは漁網作りも得意だった。彼女が編んだ網にかかれば、あの最強の「イマイマ魚」でさえ逃げられない。サリヤがこれまで編んだ網はおそらくワヨワヨ島全体を覆ってしまうほどの大きさになるだろう。

夕方、男たちは海から戻ってくると、サリヤの家に寄って世間話をしたり、家の修理をしたり、いくらかの魚や時にはナマコや美味しいタコを置いていったりした。ウルシュラが初潮を迎えた後に知ったことだが、彼らが家にやって来るのは草履のためだけでも、漁網のためだけでも、物語を話すためだけでもなかった。彼らの本当の目当てはサリヤの手だった。ウルシュラはサリヤの手についてのこんな褒め言葉を聞いたことがある。

「枯れ草を蘇らせ、嵐の怒りを鎮めることができる手」

若いころのサリヤも、今のウルシュラのように美しく、あるいはそれ以上に美しかったかもしれない。それはより純粋な、ワヨワヨの美しさだった。〝サリヤ〟はワヨワヨ語で「イルカのように優雅で美しい背骨」という意味で、少女のころは長い髪を背中に垂らし、村を背に海辺にただ座っているだけで、ワヨワヨ島のすべてを酔わせた。

ウルシュラは月影に飛んでいくカモメを見るのが好きだった。砂浜で脱皮したばかりの蟹の抜け殻を集めるのも好きだった。だが今の彼女は翼の折れた海鳥のように、海から離れることができずにただ海を見つめている。サリヤはウルシュラの気持ちが痛いほど分かっていた。彼女は娘を静かに見守り、彼女の魂の中に小さな魂が宿ってはいないかと観察した。愛する人と添い遂げられないというのはワヨワヨの多くの女性の宿命だが、愛する人の子を授かることができれば、それもカパンの慈悲といえよう。生まれてくるのが男の子であれば、未来に新たな家庭を築いてくれるかもしれない。

ある日、親子二人そろって、家の前で草履を編んでいる時、ウルシュラがようやく言葉を口にした。

「イナ、なぜ女は海に出てはいけないの?」

「祖先が定めた決まり、自然の掟(おきて)だからよ。女は海辺で貝拾いしかできないの。それにトゲのある貝も拾ってはならない」

「誰が決めた規則なの?　破ったらどうなるの?」

「ナナ(ワヨワヨ語で娘の意)や、あなたも知っているはず。規則を破ったら海栗(うに)になり、みんなから敬遠されてしまうのよ」

「イナは誰かが海栗になったところを見たことがあるの?」

「海栗ならどこにでもいるでしょう」

「そうじゃなくて、イナ、人が海栗になったところ」

「ナナ、見た人なんていないのよ。海栗になる前に海に潜ってしまうんだもの」

「イナ、私はそんなの信じない」ウルシュラは長いため息をつき、ぼんやりとした遠い眼差しになった。そんな娘の姿を見ながら、サリヤも心の中でため息をつき、思った。私の愛しい娘、そんな真珠のような瞳に生まれてこなければ、どれほどよかったことだろう。

「イナ、私はそんなの信じない。私、タラワカを造る」

「なんですって？　だめよ、女はタラワカを持ってはいけないのよ……」

「タラワカを造りたいの」

ウルシュラがいったん決心したならば、もはや海の底に沈んでしまった石のごとく拾おうにも拾えない。それを分かっていたサリヤは話を続けなかった。

ウルシュラは男たちがタラワカを造っていると遠くから静かに観察し、ナレダとの会話の中でもしばしばタラワカの造り方について探ったりした。ウルシュラはナレダが自分を深く愛してくれていることを知っていた。もし彼女がアトレの子供を身ごもることがあれば、ナレダはウルシュラ親子の面倒を見なければならない。それもまたワヨワヨの掟だった。けれどウルシュラはナレダを愛してはいなかった。彼女は月（ナルサ）のようなナレダではなく、太陽（イクアサ）のようなアトレを愛していた。海に抗うことはできないのだ。それでもナレダが話してくれる海の話から少しでも航海の要領を聞き出したいばかりに、ウルシュラは彼が夕方に訪ねてくることを受け入れた。

鼻の形がアトレと少しだけ違うナレダの言葉には、説得力があった。「海は教えるものじゃない。海は命で覚えていくものなんだ」彼は大魚を愛するようにウルシュラを愛していたが、自分の舟に女性を乗せてはならないという、もう一つのワヨワヨの掟に逆らうことはできなかった。

ウルシュラは一人で材料の収集や処理を始め、家から少し離れた林の中に、まだ形にならない胎児のようなタラワカを隠し、夜にこっそりと舟を造っていた。サリヤの器用さを受け継いだウルシュラにとって、編む作業はなんの問題もなかったが、林の中から太い枝を運び出すのは骨の折れることだった。それでも手足にアザを作りながら、気力でなんとかこなすことができた。ウルシュラのタラワカは少しずつ形になっていき、彼女は海栗のトゲで作ったヤスリを使い、航海するアトレの姿を舟に刻んだ。

島は小さかったが、ウルシュラはすべてを密かに進めていたので、海に出ようという彼女の計画に気付く者はいなかった。ナレダはウルシュラへの愛ゆえに、ウルシュラの家にやって来る男たちは燃える情欲ゆえに、何も見えなくなっていた。唯一知っていたのはサリヤだったが、彼女は沈黙を選んだ。なぜならウルシュラはきっと諦める。サリヤはウルシュラの歩く姿と彼女が発する匂いから、ウルシュラが身ごもったことに気付いたのだ。自分の体にアトレの小さな魂が宿っていることを知れば、娘もおのずと諦めるだろう。

月が三度生まれては死に、死んでは再び蘇ったある早朝、ウルシュラがサリヤの寝床に潜り込んできた。

「イナ、私、明日海に出る」

「海に？」

「タラワカが完成したの。一度も海に出たことはないけれど、海の話もたくさん聞いたし、アトレから海の知識も教わっていたし、ナレダも私の海の先生になってくれた。アトレを無事に見つけるためには、あとは食糧とイナの祝福が必要なの」

「ナナ、アトレは死んだのよ」

「死んでなんかいない。私には分かるの、感じるの」

「ナナ、お腹に小さな魂が宿っていることは知っているの？　アトレはあなたのお腹の中にいるのよ」

「イナ、分かってる。お腹の中のアトレをアトレに見せたいの」

「ナナ、アトレがどこにいるか分かるの？」

「海の上にいるわ」

「海はとても広いのよ。お腹の中のアトレを連れて死ににいくようなものよ」

「愛する人のいない島で生きていたって死んでいるも同然よ。イナ、そうでしょう？」

「私はあなたの愛する人ではないというのね、ナナ」
ウルシュラに涙はなかった。彼女は沈みかけた船のようだった。船はますます重くなり、海水が船の中へ、中へと流れ込んでいく。
「許してイナ、許して」

サリヤは村の人たちに頼んでウルシュラを引き止めることもできたが、そうはしなかった。無駄だと分かっていたし、たとえ止めることができたとしても、娘が自分の目の前でゆっくりと朽ち果てていくだけだ。諦めるしかない、これはカパンの思し召しなのだ。カパンは彼女が海で死ぬことを望み、波が彼女の墓となることを望んでいるのだ。

説得を諦めたサリヤは、翌日の夜中に、ウルシュラと共にタラワカを岸辺まで押し運んだ。サリヤは舟を押しながら自分の魂が砂浜に埋もれていくのを感じた。ふいに、二人は月明かりの海岸に誰かが立っていることに気付いた。

掌海師だった。海にまつわることであれば、海に知らないことはなく、掌海師に知らないことはない。彼はすべてを静かに見守り、すべてを知りながら、それを変えようとはしなかった。ただ静かにウルシュラとサリヤのそばまでやって来て、タラワカを押すのを手伝った。そしてウルシュラのために「マナ」の祝福の儀式を一人で行い、タラワカの船首に大魚の骨を挿した。マナの祝福を受けていないタラワカは海の上で盲目となり、自分を魚と勘違いしてしまう。舟は自ら加速し、前触れなく海に潜り、本物の魚となって二度と浮上することはないのだ。

「カパン曰く、魚はいずれやって来る」サリヤを慰めようとしたものの、掌海師でさえも言葉に詰まり、ワヨワヨの諺を言うのが精一杯だった。

小さなアトレを宿して海に出たウルシュラは、タラワカを操る訓練を受けたことなどあるわけもなく、風に対抗することも、アトレが言うように「睾丸で方向を感じる」こともできなかった。ついには諦めて、心をカパンに、体をモナに預けた。掌海師の祝福を受けたおかげだろうか、最初の三日間は海も穏やかで、まるで平坦な陸地のようだったが、真の大海原というものを初めて前にしたウルシュラは呆然とした。こんなにも広く果てのない海で、いったいどこへアトレを探しに行けばいいというのか。アトレを探す——それはウルシュラを駆り立てる強固な意志であり、だが同時に自らを見失い、己を制することを妨げる感情でもあった。そしてまた、それはウルシュラの葬礼でもあった。サリヤが準備してくれた干し果物や干し魚、椰子、パンノキの実を煮た「海の糧」も残すところわずかとなり、海藻の袋に入った水もいよいよ尽きようとしている。牡蠣の殻で作った釣り針があったものの、釣りは考えていたほど簡単なことではなかった。

アトレは今、どこにいるのだろう。

掌海師の祝福が三日間しかもたなかったのか、その日は天気が急変し、海は大荒れとなった。ワヨワヨの次男の亡霊たちが、右へ漕げとウルシュラに伝えようとするのだが、次男ではないウルシュラに彼らの声は届かない。亡霊たちはマッコウクジラに姿を変えてウルシュラの周りを泳ぐことしかできず、しかし却って大きな波を立てることになってしまった。

ワヨワヨの次男の亡霊たちにも想像できなかっただろう。荒波がワヨワヨの少女をもう一つの島へと運び、その島がアトレが上陸した島とうりふたつであったことを。島にはちょうど三日月形の岬があり、ウルシュラのタラワカはその小さな入り江に運良くはまって止まった。舟の上で彼女は眠るように気を失っていた。

この時、ウルシュラは知る由もなかった。彼女が島を出てから七日間、サリヤは涙を流し続け、しまいには目から血を流し、七日目に夕暮れの砂浜に倒れたのだった。まるで一枚の貝のように、誰のものでもない一本の櫂のように。男たちがサリヤを発見した時も、彼女の背骨はやはりイルカのように美しかった。島のほとんどの男たちがサリヤの葬儀に参加し、誰もが自分の妻を失う以上に彼女の死を悼んだ。

そしてワヨワヨの次男の亡霊たちにも想像できなかっただろう。ウルシュラが漂着した島は、アトレが上陸した島と見た目はなんら変わらない――奇妙な物が無数に集まった――島であったが、実際はまったく違う方向に向かう、別の島だということを。

## 九　ハファイ、ハファイ、下流へ行くよ

たまに思うことがある。巡りめぐって結局のところ、自分は海辺に戻ってきてしまったんだって。

あたしがまだ十一ヵ月の赤ん坊のころ、イナ（阿美(アミ)語で母の意）は仕事を探すため、あたしを連れて先住民集落から町へ出ていった。イナの男がイナを捨ててどこかへ行ってしまったからだ。だけど町でできる仕事もあまりなくて、今度はあたしを連れて台北に出た。最初のころ、イナはどんな仕事もした。子供のお守り、病院でよだれ垂れっぱなしの老人の世話、分譲住宅の看板を持って町中(まちなか)をうろうろ。でも子供は小っちゃくても意外と金がかかるもので、イナも仕方なくカラオケ嬢になった。客はほとんど年寄りで、イナは何をするでもなく、一緒にピーナッツをつまんだり、酒を飲んだり、おしゃべりしたりするくらいだった。なかには手を触ったり胸を触ったり、尻を触ったりする客もいたかもしれない。数年後、イナは酒が入るとイナをサンドバッ

グにする男と一緒になった。あたしも小学生になっていたから、そのころの記憶ははっきりしている。あたしたちは川の流れなんてほとんどない谷川のそばに住んでいた。不思議でしょう？　そのころは川の水がほとんどない川辺に住んでいたんだ。

一歳で集落を離れたあたしにとっては、集落の生活なんて知りっこないし、イナが集落の話をしてくれても真っ白な空間しか頭には浮かんでこなかった。なぜだか知らないけれど、イナはあたしを連れて集落に戻るつもりはなかったみたい。故郷の集落のそばにも谷川があって、水が濁っていたからリタと呼んでいたって、イナは言っていた。台北に住んでいた時の川は、秋になると川辺がススキでいっぱいになって、遠くの建物がなければ故郷のようだったって。だからあたしも向こうの建物が見えないように目を細めて、故郷の景色はきっとこんな感じなんだろうなって想像していたよ。

一度、イナが思い立って近くのススキを採ってきて、ススキの芯を煮たスープを作ってくれたことがあったんだ。村であたしを生んだばかりのころ、最初はお乳の出が悪くて、リタの近くで採ったススキの芯のスープを飲ませてくれたみたい。まだ小っちゃかった当時のことなんて覚えていないはずなのに、スープを口にした時、あたしは一度しか飲んだことのない、その故郷のススキの芯のスープとは味が違うって思ったんだ。一歳の赤ん坊が味なんて覚えているはずないって、きっと信じてもらえないと思う。でもあたしは覚えてた、本当に覚えていたんだ。

そのころ住んでいた家は、廖仔が廃材のせき板を組み立てたものだった。廖仔は力仕事をしたり、トラックの運転手をやったりもしていた。仕事がない時は、橋の下で日雇い労働の声がかからないか待ってみて、あればやるという感じだった。もちろん仕事のない日の方が多かったけれどね。イナから聞いた話では、廖仔とはカラオケスナックで知り合ったみたいだった。あたしの印象では、酒を飲まなければおとなしい人だった。細身な上に小柄で、肉体労働をするようには見えなかった。ただ酒を飲むとタガが外れて、イナにケチをつけては彼女をぼこぼこにした。

あの時はどうしても理解できなかった。イナだって力では負けていないはずだし、阿美族の女はとても逞しいんだ、なのになぜ殴られっぱなしなんだろうって。たとえそれは仕方ないとしても、どうして殴られた翌朝も、入れ替わりで仕事に出かける廖仔に食事を作ったりしてやるんだろう。あたし一人を養うぐらいの力はあったのに、イナはなぜこんな男と一緒にいるんだろう。

自分に理解できないことがあると、あたしは決まって、あの都会の〝集落〟の河口近くに行って、大きな岩の上で歌を歌った。イナが教えてくれた歌、テレビで流れていた歌、クラスメートに借りたCDの歌、カラオケで歌われていた歌。歌詞を覚えるのが得意で、一言も意味が分からない歌詞でも全部覚えることができた。自慢じゃないけど、通りがかる集落の人たちはみんな上手だって褒めてくれた。あんまり上手だから粟も芽吹いてしまうよって。でも台北では集落の人も粟なんて育てたりしなかった。川辺にあるのはススキだけ。あんなの放っておいてもどんどん生えてきて、刈っても刈っても刈り終わることなんてないんだ。

小学生のころは毎朝早起きをした。遠回りして学校に行くのが好きだったから、五時ごろには家を出ていた。時計を持っていなかったから、自分の腕にペンで腕時計を描いて、時間は六時十分にして。あのころは自分に超能力があると本気で信じていて、友達に時間を訊かれたら、ぴったりに当てることができたんだ。本当にぴったりね、嘘じゃないよ。まるで体のどこかに時間が住んでいるみたいで、体の中であっちにいったりこっちにいったりしていた。

隣のクラスに、背が高くて色黒の蜘蛛と呼ばれていた男の子がいたんだけれど、あたしは彼がバスケをしているところを見るのが好きだった。手足がひょろっと長くて、動きがコミカルな男の子で、だけどバスケをする時は真剣そのものですごく恰好よかった。本当にすてきだったんだから。今でも男の真面目な表情を見るとグッとくる。デブでも痩せでも、金持ちでもそうでなくても関係ない。何か思いつめたように眉を固くひそめて手元の作業に視線を集中させている。そんな男にいちばん惹かれちゃうんだ。あたしはいつも六時十分までバスケをする蜘蛛を見ていた。この時間に帰ればからね。

蜘蛛は六時半には家に着く。帰宅時間は遅くても六時半までと父親に決められていた
　もうすぐ六時十分になるなと思ったら、腕時計を見るふりをする。すると蜘蛛は退場して、服で乱暴に汗を拭く。ある区間だけ帰り道が同じだったから、蜘蛛は自転車を引きながら、あたしの遥か後ろを歩くんだ。並んで帰ったことは一度もなかった。分かれ道まで来て立ち止まると、自転車を引いて追い越していく蜘蛛がこっちを見て、照れたように「また明日」と言って家に帰っていく。その時間を、あたしは毎日待ちわびた。彼が笑って、また明日と言ってくれるその時を。

　イナは明け方まで仕事だったから、いつもあたしの朝ご飯を作ってから寝床に就いた。イナが置いていく晩ご飯のお金をとっておいて日焼け止めを買うこともあったな。肌の黒い自分が嫌で、白くなりたかったんだ。晩ご飯は近所の家で食べさせてもらっていた。近所の人たちもよくしてくれて、夕飯どきにはいつも声をかけてくれたよ。あの集落の子供たちはどこもみんなそうで、あっちこっちの家でご飯を食べさせてもらっていた。あの年、集落の近くに川辺のサイクリングロードができるかなにかで、家が取り壊されるという噂が立ったんだ。外部の人たちがよくやって来て、集落の住民のために政府に反対すると声を上げていたよ。

　集落にはダフォンという熱心な人がいて、彼はみんなが選んだ「都会での頭目」だ

った。彼がマイクを持って台の上に立ち、「都市再開発は我々を排除するだけのもの、そうだろーっ！」と声を張り上げると、台の下のみんなも声をそろえて「そうだーっ！」と叫ぶ。彼は続ける。「我々はショベルカーなど恐れていない。運転する人がいなければショベルカーだってなんにもできない、そうだろーっ！」

「そうだーっ！」

「だから恐れるべきは人間なんだ。我々の家を取り壊そうとする人間も、我々を守ると言っている人間もだ。彼らは決して理由を言わない。彼らにとってのなぜと、我々先住民のなぜは意味がまったく違うからだ、そうだろーっ！」

　みんなが下で叫ぶ。「そうだーっ！」彼が言った言葉は今でもよく覚えている。夜に抗議集会なんかがあると、あたしはよく壇上で歌わされた。イナから教わった歌を歌うと、年寄りも若者も、目から雨を降らすように涙を流していたよ。

　行政に何度か水と電気を止められて、集落の家も取り壊されると、政府が建てた「国民住宅」に引っ越す人も少しずつ出てきた。あたしはあんな反対運動なんかしても無駄だと思っていた。政府はあんなにも巨大で、あたしたちはこんなにもちっぽけなんだから。ただ、そんなあたしたちでも行政の手に負えないこともあった。ショベルカーで家が取り壊されても、集落のみんなはすぐに次の家を建てたんだ。拾ってきたせき板や選挙看板、波板やトタン板や流木なんかで組み立てた家。見た目も悪いし簡素だけど、ちゃんと生活できた。当時あの一帯に住んでいたのは、あたしたち阿美族だけではなく、いろんな集落から来ていた先住民だった。イナの話だと、ほとんどがイナのように何も考えず台北に出てきて、しまいには故郷に帰る金すらなくなってしまった人たちだった。イナは言っていた。「ほかに引っ越せと言うけれど、どこに引っ越せと言うの？　あんな息もできないような所、私たちが住み慣れるはずもないし、漢人の大家のなかには私たちを見下す人もいる」って。廖仔(リャウェ)はいつも手際よくイナの家を建ててくれたよ。それがあたしの思いつく、イナが彼から離れないたった一つの理由だった。

　みんなが川辺に家を建て直して間もないころ、酔って帰ってきた廖仔が、イナを殴りつけたんだ。本棚に置いてあったあたしの『辞海』を、イナの頭に、肩に振り下ろした。イナは壁の何かに頭をぶつけたのか血を流して、髪が赤い血でべったりと絡まっていた。あたしは怒って廖仔を蹴った。その『辞海』は、テストでいい点を取った時に先生がくれたものだったんだ。先生は「呉春花(ウー・チュンファー)は将来、先生になれるかもしれませんね」とまで言ってくれた。なのに廖仔は、その『辞海』であたしの顔を殴ったんだ。ひどいよね。でも『辞海』で殴られたのは本当に痛かった。傷痕も残ってる。ほら、目立たないけど、まだ見えるでしょう？　あの時は、漢字は難しいものだから辞書で殴られると痛いんだと思ってた。今でも歌を歌うと、右耳だけ自分の声があまり聞こえないんだ。その日、初めてイナが泣くのを聞いたよ。イナの泣く声が川の流れの音とあいまって、二つの水があたしの心に激しく打ちつけるようだった。

イナはよく言っていた。「ここの川を、記憶の中のリタだと思いたい。だけどこの川はリタじゃない。よく似ているけれどリタじゃない」あたしは川辺に住むのはどうなんだろうと思っていた。夜中に眠れないでいると、木と石の泣く声が聞こえてくるし、その声を風が川のこっちからあっちへと運んで、またこっちへと運んでくるんだ。まるでわざと人を悲しませようとしているみたいに。

その日の夜、あたしは寝返りを打つばかりで寝付けなかった。まだ夜も明けないうちに起き出して、あの大きな岩の上で歌を歌った。三曲ぐらい歌ったところで太陽が昇ると、突然、金色の蜻蛉（トンボ）の群れが川に集まってきたんだ。蝶のような蜻蛉で、普段は一、二匹ぐらいしか見かけない珍しい種類だった。でも、あの日は大群で飛んできて、まるで一斉に登校するか会議でも始めるかのようだった。目を閉じると、今でもあの日の蜻蛉の、一匹一匹の目が浮かんでくる。蜻蛉の目は緑色で、緑色の目で見る世界はやっぱり緑色に映るんだろうかと、いつも思っていた。

あの日は、あたしにとって忘れられない一日だった。学校に向かっていると、蜘蛛（ジージュー）が背後から現れて、声をかけてきたんだ。「よっ、授業始まるよ」それから彼はスピードを落として、あたしの後ろで自転車を引きながらおしゃべりをした。もうすぐ校門というところで彼はあたしに追いついて、勢いをつけて自転車に乗りながら「歌、すごく良かった」って。そしてあっという間に校舎の後ろの自転車置き場へと消えてしまった。肩を左右に揺らしながら立ち漕ぎする姿は、なんだか今にも飛び立ちそうだった。「歌、すごく良かった」と彼に初めて言われて、あたしは小鳥になったような気分だった。

蜻蛉の大群が現れたその日の午後には大雨が降り出した。本当にすごいどしゃ降りで、誰かが空から石を力いっぱい投げ付けているんじゃないかと思うほど、雨がトタン屋根に猛烈に打ち付けていた。その日、イナは体調を崩して仕事を休んでいた。夜中にイナが窓を開けて表を見たら、空は闇夜よりもずっと暗かった。真夜中の三時ごろに廖仔(リャウエ)がやって来て、青ざめた表情でイナに言ったんだ。「オートバイでハファイとどこかの宿に行け。ここに五百元ある、すぐに準備しろ。泊まる場所が見つかったら電話をくれ、俺もすぐに行くから」

「どういうこと?」イナが訊いた。

「この雨だと洪水になるかもしれない。雨が降り続くってラジオで聞いて、とりあえずここに戻ってきたんだ。しばらくお前たちもほかの場所に移った方がいい」廖仔はそう言った。

「あんたを待ってから一緒に行く」イナが言った。

「いや、あとでモウリのバイクに乗っていくから、先に行け」

　雨が最も強まったころには、イナはあたしを連れて市街の宿に到着していた。骨董品さながらの古いポットを使っているような安宿で、あたしたちは風呂に入るよりも先にテレビをつけた。テレビの中の画面が上下に小刻みに揺れていた。ニュースではあたしたちの集落がちょうど映っていて、洪水がきていたんだ。あたしたちの集落が、テレビの中で小刻みに揺れていた。


　翌朝になっても雨は降り続けていた。イナは廖仔のオートバイにあたしを乗せて集落に戻った……戻った、と言うのは違うのかもしれない。なぜなら集落はもうなかったから。集落のあった場所は黄色い水で覆われて、集落は消えてなくなっていた。大水で右手の堤防が決壊し、近くに新しく建ったビルの地下室にまで浸水していて、水はまだ引いていなかった。洪水にしてみれば相手が先住民だろうが漢人だろうが関係ない。警察が立入禁止のテープを張っていて、中に入ることはできなかった。あまりにも激しい雨だったから、捜索隊は三日目になってようやく救助活動を開始して、泥や岩の間から次々と遺体を発見した。あちこちにぶつかったせいで骨は折れ、体は破損し、折りたたまれ、もう人の形なんてしていなかった。イナとしばらく歩いていたら、イナがいきなりあたしの目を手で塞いだの。でも指と指の間に隙間があった。その隙間から、蜘蛛(ジージュー)の服を身に着けた、腫れ上がった体が見えた。足がちぎれて背は小っちゃくなっていたけど、肩の部分は完全なままだった。それは見覚えのある肩、あたしが自分の身を預けることはなかったけれど誰よりもよく知っている肩だった。体中の血が氷みたいに凍てついて、心臓が虫に食われたような思いがした。ずっとずっと泣いていた。声も出ないほどに泣き続けた。

雨はその後も降り続いて、集落の人の記憶によると、まるまる十日間は降ったということだった。イナは一滴の涙もこぼすことなく、川岸に沿って歩き続けて、あたしに言った。

「ハファイ、ハファイ、下流へ行くよ」イナは頑固な猪のように、川底の岩間や平坦な場所までも捜索隊以上にくまなく捜して、三体もの遺体を見つけた。生存者はなく、みんな遺体だった。あの日、集落に残っていた人は全員が遺体となって発見されたのだけれど、その中に廖仔(リャウェ)はいなかった。彼は集落の人ではないから別の所へ流されたのかもしれない。イナはそう言った。ひたすら歩き続けるイナに、あたしはもう息が続かなくなって、やめよう、もうやめようと頼んだんだ。そこでイナは捜索隊から借りたテントにあたしを寝かせて、その後も自分は歩き続けた。戻ってくるのは決まって真夜中だった。そして早朝に起き出して、あたしに言うの。「ハファイ、ハファイ、下流へ行くよ」

　あれは確か大雨が降り出してから十五日目の夜のことだった。イナは夜中に起き出して、テントから出ていった。その気配にあたしも目を覚ましたら、イナが誰かと話をしているのが微かに聞こえてきた。勇気を出してテントの入り口まで這っていって、角をそっとめくって表をのぞいたら、イナの前に誰かが立っていた。体の大きな人で、はっきりとは見えなかったけど若者のようでも中年のようでもあり、少年のようにすら見えて、その影はふいに大きくなったり小さくなったりした。二人は何か話していたのだけれど、突然、その人と目が合ったの。その目は、なんて言えばいいのか……ああ、なんて言うんだろう、一頭の虎と、一匹の蝶と、一本の木と、ひとひらの雲に、同時に見られている感じだった。そんなふうに言ってもきっと分からないと思うけど。

　あたしは転がるように元の場所に戻って寝たふりをしたものの、頭の中にはあの男の目ばかりが浮かんできた。テントに戻ってきたイナは泣いているみたいだった。洪水があって以来、涙を流したのはその時が初めてだったと思う。あたしは起き出して「どうしたの？」と声をかけると、イナが言った。「おいで。カワスが教えてくれたの」カワスは阿美語で祖先の霊のこと。「彼がどこにいるか分かったのよ」

　イナはあたしの手を引いて、腰まで水に浸かりながら川を渡り、それから岩に上って、さらに岩から岩へと跳び移った。あの夜の月明かりは薄暗くて、石の影がやっと見える程度の明るさだった。誰かが見ていたらきっと二人の幽霊だと思っただろうね。イナは確かな足取りで暗闇の中を跳び渡り、まるでムササビの目を得たかのように少しのためらいも迷いもなかった。

そろそろ日が昇るというころだった、イナは大きな岩の上に立つと、闇のような淵を見下ろしていた。そして次の瞬間、淵の中に飛び込んだんだ。あたしは驚いて立ちすくんだ。水の中で広がったイナの黒髪はまるで生き物のように沈んでいき、水中で開いたスカートは一輪の白い花のようだった。岩の上で泣きながら待ったよ。突然、背筋に冷たいものを感じたと思ったら、雨が再び降り出していた。雨粒が首を伝って背中へと流れていった。今思えばあの時、川の音は完全に消え去っていた。どれぐらい経っただろう。開いていたスカートの花が、暗闇の中へすうっとすぼんでいって、続いてイナの黒い髪が浮き上がってきたんだ。イナは半目を開けながら、息を切らせて言った。「リャ……廖仔（リャウエ）の顔が……み、見えた」イナに言われたとおりに捜索隊から借りていたトランシーバーで状況を伝えると、間もなく隊員たちが駆け付けてきて、イナに言われた場所から廖仔の遺体を引き上げた。淵の底の岩と岩の間にはまっていたそうだった。引き上げられた彼の体はひどく水ぶくれしていて、まさに大きな猪（いのしし）のようだった。

「今、何時?」あたしが時計を持っていないことを、イナは忘れてしまったんだろうか。

腕に描いた時計は六時十分を指していて、あたしは六時十分だと答えた。その時の空は白く濁っていて、霧が立ちこめたあの谷間の光景は、今でも忘れられない。たった今もこうして話していると目の前がかすむんだ。嘘じゃないよ。あの時は霧かと思っていたけれど、本当は砂だったんだ。雨が止んで太陽が昇ると、土が砂に変わり、霧だと思って中を歩いたら顔に砂が当たった。イナは何も言わずに岸辺に向かって歩いていった。あたしは追いつけずにいて、するとある瞬間にイナの姿が視界から消えて、世界に一人だけ取り残されたような気がしたよ。

アリスはコーヒーを一口飲んだ。カップが空になった。ハファイを見つめていると、ふいに昔読んだ小説の内容が理解できたような気がした。ハファイはカウンターでコーヒーのお替わりを入れてくれたが、一度差し出したコーヒーを引っ込めて言った。

「コーヒーは飲み過ぎるとよくないから、酒にしてあげる」

アリスはハファイの冗談に苦笑いした。

ハファイが続けた。「たまに思うんだ。イナが集落を出ていった時、彼女は身一つで何も持っていかなかったんだけど、それなら愛だって置いていけばよかったんだ、それなら安全だったのにって。あの日、あたしは知ったの。人は四六時中自分を殴るような相手でも愛することができるものなんだって」それはハファイが自分自身に向けて言葉にした、母親に下した結論だったのかもしれない。

アリスは同意するようにうなずいたが、それはハファイの言葉にではなく、自分が思う人生への見方に対してだった。人生というものは、自分の考えを挟むことは許されず、ほとんどは否応なしに受け入れるしかない。オーナーの独断で料理が決まるレストランで食事をするようなものなのだ。うつむいたアリスは、そこで初めてハファイの足に目を留めた。いつもなら運動靴か普通の靴を履いているのだが、今晩は寝ているところを起こされたからか、サンダルをひっかけていた。両足の親指は二つに割れていて、普通の人よりも一回り小さな、もう一つの親指が付いていた。そこに視線を留めてはいけないと思い、アリスはすぐに顔を上げて窓の外を見ると、その窓に無数の、色とりどりの蛾が止まっていた。羽には大小様々な目の模様があり、何かをじっと見つめているようだった。

その時、アリスは海の上に、島の海岸に近づきつつある何かを見た気がした。

# 十　ダフ、ダフ、どの道から山に入るのか

「俺のチンコだって曲がらないんだ、どうしろってんだ！」ダフは黒熊（ヘイション）に追い付き、自ら捜索隊の先頭に立った。ダフは若い捜索隊員に軽い下ネタをよく言うのだが、彼らもそれに慣れていた。ダフがこんな冗談を口にする時はたいてい捜索が行き詰まり、捜索隊の士気を笑いで奮い立たせる必要があるからなのだと、皆もよく分かっていた。そして今がまさにそんな時だった。

方角と形跡についての判断を任されていた黒熊だったが、その目は、追う側だったはずが追われている獲物のようだった。ダフは彼が自信を失ってしまっていることを悟った。山では体力以上に自信が重要な時がある。自信を失えば、体は真っ先に反応してあらゆる作業を放棄しようとし、だが山は、その萎縮した気持ちをすかさず察知する。危険が起きるのもそういう時だ。ダフは何も言わず前方に踏み出し、先頭の黒熊と位置を交替した。彼は黒熊の肩を叩き、後ろで少し休むようにと合図した。

無理もない。トムの捜索活動はこれで六日目になるというのに、何一つ手がかりが見つからないのだ。全員が最も首をかしげたのは、一帯の山道に彼が通った形跡がまったくないということだった。わずかでいい、ほんのわずかでも痕跡が残ってさえいれば、ダフはトムの向かった方角をはっきり判断できるというのに。

「ダフ、次はどの道を行く？」黒熊が尋ねた。ダフは答えられなかった。いつものダフなら、十二時間前にその場にいた牡（おす）の水鹿（サンバー）が向かった方角を迷わず指し示すことができるのだが、この状況を前にして捜索対象の向かった先すら分からない。ダフは自分のふがいなさに腹立たしくなったが、どうにか感情を抑えた。経験上、感情的になることは判断を見誤らせるだけだということを知っていたからだ。唯一想定できるのは、トムがなんらかの拍子で足を踏み外し、崖下に転落した可能性だった。そうだとすれば、ここから見下ろす樹冠に遺留物が引っかかっていてもおかしくないし、あるいは何かが落ちた形跡が残っているはずだ。枝が折れていれば色の違いですぐに分かる。だがその形跡もなかった。なんの痕跡もなかった。ましてや崖下の谷も、別の捜索隊が既に捜索していたが、なんの発見もなかった。

「この道じゃないってことはないだろうか?」もう一人の隊員の彎刀(ハイナ)がダフに訊いた。

「さあな、数日前降った大雨のせいかもな。あんなに降りやがって、ちくしょう!」

捜索ヘリからも発見の知らせはない。トムの発信機は完全にダウンしてしまったのか、すでに九日近くも信号が途絶えている。当初の信号は確かにトムが登録した登山ルートから認められたのだが、その後、信号は途絶えてしまった。ダフの考えでは発信機が故障した可能性は低い。慣れた登山者であれば、発信機は一つだけでなく複数個携帯するのが普通で、しかも発信機は太陽光で作動するのだから、現代のテクノロジーとして複数の発信機が同時に故障するなどあり得ない。

もちろん完全にないとは言い切れない。すべてはあの一連の悪い予兆が示したものだったのだろうか。それともこの後も悪いことが続くというのか。ダフはそう思わずにはいられなかった。

ダフが捜索隊を組んで山に入るという知らせをアリスが受けたのは、ちょうどススキが花穂をつける、布農族にとっては遠出を控える季節だった。出発前にアリスに電話をかけると、ウマヴがくしゃみをし、ダフが玄関を出て空を見上げると、ハス・ハス（メジロ）が群れをなして左へと飛んでいった。これはスハイスス・ハザムといって不吉な前兆だ。悪い予兆がまさに同時多発的に起こったのだ。ただここ数年は、ダフはマサム（禁忌）は守るべきなのかという問題について考えてきた。たとえばハス・ハスが左に飛ぶことを凶兆とするなどあまりにも理に適わない。ハス・ハスは山中に生息する鳥で、群れで行動する習性もある。しかも無秩序に飛ぶので左へ飛んでいくことなどよくあるのだ。ましてや今の時代、そんな禁忌のために計画を取りやめるなんてあまりにも……とそこまで思いかけて、ダフは次に浮かんだ言葉を強くかき消した。自分は布農族であり、そもそも禁忌を信じないこと自体、最たる禁忌を犯すようなもの。それを不敬な言葉で否定するなどもってのほかだ。父が生きていればこう言ったに違いない――たとえ森林生態学の修士という高い学歴を持っていようと、山の神は敬わねばならない。

「山がなければ森の何を研究するというのか。我々に狩り場を与えてくれる森は、我々が尊び敬うべきものだ。研究の対象などではない」力強く響く声で戒（いまし）める父をダフは想像できた。

それでも、今は人命がかかっているのだ。ダフは予定どおり出発することにした。たとえ不運に遭遇しようとも、彼にとって責任は禁忌以上に重要なものだった。何より今回はトムのため……いや、アリスのためであるかもしれない。ダフは大きな声で石（パドゥ）と月（ブアン）を呼び、一匹をガソリンタンクの上に、もう一匹を後部座席に座らせた。石と月はダフが飼っている黒の台湾犬で、月の胸元にはタイワンツキノワグマのような三日月模様が入っている。一方の石は口が少し曲がっていて、初めての狩りで猪の牙にやられた痕だった。どんなに自分より強大な獲物が襲いかかってきても、石は不動のまま持ち場を守り通す犬だった。石と月はダフが山に入る時の心強い仲間なのだが、その二匹は今、山道の周りをうろうろとするだけで、たまに空を見上げては、天に昇ってしまった匂いをたどっているかのようだった。

自分がどこへ向かうのか、そしてなぜここにやってきたのか、人間には時々分からなくなることがある。十数年前、ダフも小米（シャオミー）のためにここへ移ってきた。当時は国立大学の森林生態学の修士号を取ったばかりで、彼の集落においてはとても珍しいことだった。「森を研究するのに院を受けるのか？　ならば魚を捕るのにも院に行くのか？　セックスするにも学位が必要なのか？」友人たちは誰もがそう言ってダフをからかった。当時は先住民が研究するテーマといえば母語か社会学関連だったのだが、ダフは森にしか興味がなかった。

院を卒業すると、ダフはまずは兵役を済ませることにした。一度、中隊の仲間たちと公務でH市に出張した時のこと、酒で盛り上がり駅前のスパへ「マッサージ」に行こうという話になった。お目当てはもちろん看板にある怪しげな「オイルデトックス」だ。店に続く薄暗い階段を上っていった時、酒が入っていたためかダフの鼓動はいつもよりずっと速かった。二階は小部屋に仕切られ、控えめな明かりが灯されているだけだった。仲間の三人はそれぞれ個室に入り、ダフも十分ほど待っていると、女性がドアをノックして入ってきた。「私でよろしいですか？」ダフは彼女の顔をよく見もせずにうなずいた。

サービスの流れについては酒の席で仲間の一人が説明してくれていた。「〝エステティシャン〟がオイルでマッサージを始めるんだが、三十分か一時間かそこらで仰向けになれといって明かりを落とすから、それが〝重点マッサージ〟に入る合図だ。そこからは遠慮せずにいけよ」

ダフはマッサージベッドにうつ伏せになり、呼吸穴からヒールのサンダルを履いた女の足の指を眺めていた。とても繊細な、意図的に作られたような足の指だった。心臓が追われる水鹿（サンバー）のように高鳴る。どこから来たのか、職業は何かと、型どおりの話題を振る声はとても軽やかで優しく、ダフは道なき森の中をさまようような心地がした。会話を続けるうちに、彼女も台東（たいとう）出身だということを知った。

ただし「重点マッサージ」に入っても、ダフは緊張のあまりうまく勃起できず、背を向けた彼女は懸命にしごき続けていた。そうして時間を知らせるアラームが鳴った。結局ダフは射精もできず、彼女の体に触れることもなかった。腰の辺りまで髪を垂らした彼女は、背中だけを見ると二十歳そこそこにしか見えなかったのだが、年の話になると正直に二十八だと明かした。

「ベビーフェイスなんだね」

「そう、幼く見られるの」

「名前は？」

「小米（シャオミー）、八番です。これからもご指名、よろしくお願いします」通信会社かどこかのカスタマーサービスの受け答えみたいだとダフは思った。彼女は紫色のワンピースに、腕には何本ものブレスレットを付けていて、見た目は台北の町で見かける若い女性とたいして変わらなかった。顔は丸いが肉付きがよいというタイプでもなく、いかにも気の強そうな鼻をしていた。先住民とは思えないような肌の色だったが、目のくぼみにはその特徴があった。部屋を出る時、ダフは視線を落として彼女の足の指を盗むように見たのだが、そのうつむき加減は一見、恥ずかしがっているようでも、あるいはここに来たことを後悔しているようでもあった。なんて美しい指なんだろう。ダフは思った。

それからダフは車でH市に度々通うようになり、店に入ると伏し目がちに「小米、八番で」とマネージャーに伝えるのだった。やがて顔なじみになると小米はダフと夜食に出かけるようになり、嫌な客にあたった時などはダフに文句を漏らすこともあった。客の中には最後まで「イカなかった」という理由で代金を安くしろという輩もいるらしい。「そこまで面倒見切れないわよ、でしょ？」小米は少し訛りのある台湾語でそう言いながら、取り出したタバコに火をつけた。長年、部屋にこもって仕事をしてきたせいなのだろう。彼女の肌は、知り合った当初よりもずっと白くなっていた。

小米は普段は夜八時から明け方六時までのシフトに入り、昼間の時間はほとんど睡眠に充てていた。ダフは退役後は研究機関で布農族と森林に関する研究に携わるつもりだったが、故郷に戻って小学校でしばらく代講教師を務めていた。そのうち小米にいつでも会えるようにと、思い切ってH市に引っ越してタクシー運転手になると、毎朝六時に店まで小米を迎えにいくのにも都合がよかった。

はじめはダフとは男女の関係を持たないと小米は決めていた。店の先輩マッサージ嬢から、客に恋愛感情を持ってはならない、割り切る自信がないならセックスすらやめておいた方がいいと言われてきたからだ。「そうなったら泣いてもわめいても、誰にも助けられやしないのよ」そう言ってくれたのは、自分を妹のように可愛がってくれた小玲姐（シャオリンねえ）さんだった。小玲姐さんは夫が違法薬物で突然死し、二人の子供を養うためにこの道に入った人だった。マッサージの時は明かりをぎりぎりまで落とし、客の顔を絶対に見ないようにするのが彼女の習慣だった。

それでも時間が経つと、物静かに自分の話に耳を傾け、決して自分の体に触れようとせず、毎日のように仕事上がりの自分を迎えに来てくれるこの客に、小米はいつしか心を許すようになっていた。彼女は自分の携帯の番号を教え、家の鍵を渡した。彼女の家は店の近くに借りたワンルームで、ここ数年は家と職場の店を行き来するだけの生活を送り、母の代わりに父の借金を返済していた。小米が眠っている間、ダフは決まって昼ご飯を買いに行く。そして戻ってくると眠る彼女のかたわらに座り、彼女をただ静かに見ていた。つけまつげを外した彼女は、あの非の打ち所のない、芽吹いたばかりのような足の指を持った小米に戻っていた。マッサージベッドの小さな呼吸穴から見た、あの完璧な足の指をもつ小米に。

タクシー運転手になってからも山を忘れることができなかったダフは、登山仲間をつくり、救助隊にも参加した。山で事故が起こると、タクシーで駆けつけて救助作業に当たった。森に対する豊かな知識で多くの遭難者を助け出すことに成功し、ダフがその道で名を馳せるのに時間はかからなかった。遭難救助隊のメンバーはツアーガイドや中学校の教師、夜市でステーキの露店をやっている人、薬を売っている人など実に様々なのだが、ひとたび集合の声がかかるとそれぞれ仕事を中断して集まり、救助隊を結成する。余暇には登山仲間となり、中には登山界のレジェンドともいわれる人物も少なくはなく、漢民族もいれば、先住民族の布農族、阿美族、撒奇莱雅族、太魯閣族もいた。彼らの共通点は山を愛し、生活のために山を諦めきれなかった人間たちだった。

ダフはあのころがたまらなく懐かしかった。だが振り返ることを恐れていた。脆くてあやうい記憶が打ち砕かれるか、さもなければ自分で書き換えてしまいそうだったからだ。ダフはあのころがたまらなく懐かしかった。しかし当時の記憶をたどっていくうちに、その後の歳月をも思い出してしまうのを恐れていた。だからダフはなるべく振り返らないように努めていた。

その日、夜になっても手がかりは何一つ見つからなかった。トムが入山登録をしたその山は、ダフにとって困難なものではなかったが、周囲にある連峰は数ある名山よりも危険な山々ではあった。名山というのはいわば既に探索し尽くされ、決められた登山道に登山客があふれかえるような山のことだ。しかも出発地点から頂上までさほど遠いわけではなく、新しい登山ルートを開拓するという登山の本質はとうに失われた、単なるハイキングのためのような山である。しかしこの山は違う。山がもつ本来の神秘さや直感性をたたえた、本物の山なのだ。本物の山には常識は通用しないということを、ダフは常々感じていた。捜索時にも普通では考えられないような事態に度々遭遇したものだ。かつて奇莱山で遭難した学生たちを捜索していた時には、道沿いに遭難者のものと思われる服が点々と脱ぎ捨てられていたことがあった。だが、その日の山の気温は零度近くまで下がっていた。ある若い捜索隊員が尋ねた。

「救難信号かなにかでしょうか？」

「そうとは限らない。国内外の救難記録には、発見された遭難者がほとんど服を身に着けていなかったという事例がある。低体温症のために、逆に暑いと錯覚して服を脱ぎ出してしまうんだ。これは助けを求める信号なんかじゃない、朦朧として方向を見失い、もはや正常な精神状態にないということだ。急ごう」ダフの予想通り、学生たちが発見された時には全員が意識を失い、服をほとんど着ていない状態だった。

ダフは国際救難隊の訓練に参加することもあった。海外の捜索隊員から聞いた話では、何日も遭難して外部と連絡が取れない状況が続くと、救助に来た捜索隊を故意に避けるようになるという。もはや幻覚なのか錯覚なのか、それとも現実なのかを判断できなくなってしまっているためだ。生命力は残っているのに捜索隊の呼びかけに応えなかったり、捜索隊から隠れようとしたりする者までおり、まるで狩人の追跡に怯える獣のようになってしまう。それゆえダフは、捜索時に大きな声で呼びかけることもあれば、隊員に静かにするよう指示して沈黙しながら形跡を追うこともあった。そんな時、ダフは何かに近付いたような感覚を幾度も覚えたのだが、その感覚はすぐに消えてしまうのだった。

連日の捜索活動も徒労に終わり、遺体すら見つけることができなかった。ダフにとってもアリスにとっても大きな打撃であり、何よりもアリスの落胆した眼差しがダフには耐え難かった。トムが失踪してから一ヵ月の間、捜索を志願する各地の救助隊が次々と山に入っていったものの、新しい発見はなかった。しかし果たしてそんなことがあり得るのだろうか。ダフは頭を抱えた。新聞は今度の失踪事件を奇怪な未解決事件として伝えたが、それも無理はないだろう。山で遭難したならば遺体が見つかるものだが、今回はまるで雨水になった雲のように、川面に降り落ちた雨粒のように、判断のしようも追跡のしようもなかった。

その他の未解決事件と同じように、ほどなくして捜索活動は収束していった。世界は想像を絶する巨大な機械さながら、誰かが失踪したからといって動きを止めることはない。しかしダフは自らの心に渦巻く謎とアリスと交わした約束から、再び山に入ることを決めた。ただし今回は別のルートをたどり、まったく別の視点から捜索をすることにした。

ほかのどの部族よりも、布農族(ブヌン)は山の部族だった。ダフは次男で、叔父のダフの名を受け継いだ。無患子(ムクロジ)という意味だ。無患子という植物は平凡でありながら逞しく、ダフの性格もどこか似ていた。だがどんなにタフな性格であっても、たった一人でウマヴと向き合うには限界があった。小米(シャオミー)はウマヴを身ごもってから情緒が不安定になり、一ヵ月に十万元の収入があったマッサージ店にも行けなくなってしまった。この小さな町で暮らす若い小米にとって自分を美しく飾り立てることは唯一の楽しみだったが、一方ではほかのマッサージ嬢と同じく、小米もまた薬物に手をつけてしまった。ダフは何度もやめるよう説得したが、小米は彼の優しさと堅実さに依存しながらも、自分の人生はこんなもので終わるはずがないという思いが、すべてを受け入れるダフに辛く当たらせた。そんな自分が許せなかった小米は、ある客からこっそりクスリを買い続け自分に自分を忘れさせたのだった。

実際、ダフはそんなに強い人間ではなかったが、弱い人間にも思われたくなかったから、タクシーを走らせる時間を長くして、できるだけ彼女との衝突を避けた。ある日、家に帰ると、あるはずのバイクがない。家の門を開けるとベビーベッドの上でウマヴが泣いていて、そばには誰もいなかった。ダフはメモを見つけ、そこには「台北に行く。ウマヴをよろしく」と書かれていた。小米を捜そうと思えば簡単に見つけることはできただろうが、ダフはそうしなかった。大型スーパーのカルフールでベビーシートを買い、ウマヴを助手席に座らせ、タクシー運転手の生活を続けた。そして運転中はずっとウマヴに話しかけていた。

物語を聞いている時のウマヴの目は水鹿（サンバー）のようにきらきらと輝いているのだが、物語が終わるや、その目はたちまち石に変わってしまう。寝付いたウマヴは静かな車の中で小さな体を緩やかに起伏させ、時折、呼吸を乱して急に泣き出すこともあった。まだ赤ん坊だが、ダフはこの子が何かを知っているように思えた。まるで傷ついた小鳥のようだ。彼女が成長してこの世界に向き合わなければならないのだと考えると、ダフは毎日のように不安になった。傷ついた鳥は森の中で生きてはいけないということを、ダフは知っていた。

ダフは山道を一人で歩いていた。徐々に道から逸れてゆき、道も次第にぼやけてゆき、最後はけもの道だけになった。ダフは自分が「山」に入ったのだと分かった。それは登山客に踏み固められたような山道でもなく、登山客がロープを縛りプラスチックの標識を残していくような山道でもない。石（パドゥ）と月（ブァン）は時に姿を見せたり、時に森の中に隠れたりしながら、吠えて主人に位置を知らせた。布農族にとって、勇敢で鋭敏な犬を猟犬にすることはごく重要であり、彼らは猟犬である以上に孤独な自分の仲間でもあった。犬選びには目と尾を必ずチェックするようにと、ダフは父に言われたことがある。自信のない犬は尾をピンと上げないし、賢くない犬の目はよどんでいるか落ち着きがないかのどちらかだ。落ち着きのない犬に森の危険を見抜くことはできない。

森の中をすばやく移動するのがダフのお家芸だった。背が高いと森の中を敏捷（びんしょう）に動けないから、布農（ブヌン）族では百七十センチ以上は障害扱いされるんだと、ダフはよく冗談で言っていた。石と月は主人より一歩先に林を抜け、水源を見つけていた。それは小さな渓流で、誰かに語りかけるような軽快な音を響かせていた。ダフは飯盒炊爨（はんごうすいさん）の道具を取り出し、まずはお茶を淹れた。温かなお茶を飲み、目の前の景色を眺めていると、それまで抱えてきた苦悩をしばし忘れることができた。山の中は決して静かではなく、静かになることもない。生き物たちは水源を見つけると、我を忘れて独特な声を発するものなのだ。ダフはそう思った。

いつか父に連れられて狩猟に出かけた時、ダフは父からある物語を聞いたことがある。父親との狩りが好きだったのは、よく物語を話して聞かせてくれたからだ。銃を背負い、罠の見回りをしながら、父の物語を聞くのがダフの一番の楽しみだった。その日、渓流の傍らで休憩していると、父が言った。「昔は川が話したりなどしなかった」

「どうして今はこんなおしゃべりなの？」

「布農族は山深くに住み、生活は苦しかった。日々狩猟や農耕に追われる生活だったから、布農族はあまり踊りを踊らない。歌はたまに歌うが、それを記録する者はいなかった。ある日、男と女が山へ作業に出かけたが、二人は実はずっと互いを想っていた。一緒に山に出かけられることを喜んだ二人は、自分で作った歌を代わる代わる歌った。谷川にかかる丸木橋に差しかかると、狭い橋なのに二人は一緒に渡ろうとした。男の方が注意散漫だったのか、女の方が何かに気を取られたのか、女は足を踏み外し橋から落ちてしまい、女を助けようとした男も川に転落してしまった」

「死んじゃったの？」

「死んだとはいえない。ダフ、人は生きていなくても、死んだとはいえないこともあるんだ。川のせせらぎになったその二人のようにな」

生きていないのに死んだとはいえない？　ダフはその言葉の意味が分からなかった。

「それ以来、川はさらさらと音を立てて流れるようになった。聞いてごらん、優しい音だろう？　布農族が山へ狩りに出かけたり、畑を耕したりしていると、いつも川のせせらぎが聞こえてくる。後にその音を真似て生まれたのが布農族(ブヌン)のピスス・リグ（和音）だ」

ダフの父親は歌も上手で狩りも得意だったが、平地においては完全なる敗者だった。感情を自制できないことに悩み、工場の仲間とも些細なことでよくぶつかった。だからなのか、休日になると猟銃を背負って山に出かけ、猪と向き合うことで、先人狩人の誇りと恐怖心をしのんでいた。ダフは初めて巻き狩りに参加した時の、父親のあの眼光を今でも覚えている。犬が獲物を追い立て、父は狩人たちに囲い込みの陣形を指示していた。ダフの視界は流れ落ちる汗でぼやけ、道すらよく見えなくなっていたが、周囲の音と直感に頼りながら自分の持ち場まで走って行った。するといくつもの場所から同時に銃声が鳴り響き、その音は鳥のように森のてっぺんを飛び立ち、旋回し、やがて消えていった。

ダフは歌を歌ってみたが、合わせてくれる相手がいなければ、歌など味気のないものだ。彼は干し肉を取り出して石と月(パドゥブアン)に与え、自分は気付けのために、何本か引っこ抜いた芹(せり)をそのまま噛んでお茶で流し込んだ。石と月は、彼にとって森における家族だった。ダフは少し考えてから、夜は少し上の方でテントを張ろうと決めた。そこならば水源から近いし落石の危険も少ない。彼は振り返って石と月に声をかけた。「今晩はもう休んで、明日また捜すことにしよう。お月さんだって休まないとな」

ダフは頭上の空と、木々と、星々を眺めた。そしてふと、集落の長老がよく言っていた言葉を思い出した。「空や森の木、雲や星とよく語り合うことだ。彼らはディハニン（神々）の化身かもしれぬ。語らねばハニトゥ（精霊）がお前一人の時を狙って現れるぞ」ダフは彼らと語り合おうと思ったが、何を語ればいいのか分からなかった。

辺りから犬の吠えるような羌（キョン）の鳴き声と虫の音が聞こえ、くすんだ色の蛾がランプに留まっていた。しばらくしてダフは蛾の数が多くなっていることに気がついた。なかには子供のころによく見た巨大な蛾もいて、昆虫に詳しい登山仲間によれば、確かヨナグニサンという種類だ。淡い緑色をした蛾は長い尾が美しいオナガミズアオ、無数の眼状紋でこちらをじっと見ているのは山繭（ヤママユ）で、それらの蛾は飛び回ることはめったになく、たいていは木の一部のように静かに幹に張り付いている。

ダフはふと、遠くから何やら細い影がゆっくり迫ってくるのを感じた。それを確かめようとして顔を上げると、雨が降り出していた。

雨糸は煌（きら）めき、雨水に姿を変えた月明かりのごとく、ダフの体に降り注いだ。

# 第五章

遠くの空が明るくなり始めても、雹はまだ消灯前の外灯の明かりを受けながら、青く銀色に輝く小さな隕石のように海岸に打ち付けていた。

## 十一　海上の渦

朝起きて七羽目のシシッドの掃除をしている時が、ハファイが最もはつらつとしている時だ。外から漂ってくる潮の香りが店内の藁敷きや木の椅子の匂いとない交ぜになり、クッキーの香りにも似た幼心をくすぐるような匂いが、ハファイを雑念から解放してくれた。

七月の最初の日曜日、七羽目のシシッドに見慣れないひと組の男女がやって来た。

彼らは店に入ってくると「灯台」の席に陣取ってカメラを設置し、午前中はずっとそこから動かなかった。男は大柄で、いかにもカメラマンといったポケットだらけのベストを身に着け、大きな撮影用のリュックを背負っていた。浅黒い肌に角刈りの頭、一重の目、スポーツ好きで、しかし細かいところも見逃さない、そんな印象を与えた。女の方はというと濃いめのメイクに骨ばったスレンダーな体付きで、顔はまるで作りもののようだった。こんなところに来てまで銀色のハイヒールを履き、テレビの中でしか見かけないような容姿をしていた。まあ、美人といえば美人だね、ハファイはその点はかろうじて認めた。

女は席についてパソコンを開くと一心不乱に画面に張りつき、相方など存在しないかのように男には目もくれない。男は一眼望遠鏡と、ロゴがわざとらしく入ったプロ専用のカメラを設置していた。ハファイは一目で彼らがバードウォッチングの客ではないと分かった。バードウォッチング好きな友人らから聞いた話では、川上の工場が水をせき止めたことや汚染の関係で、河口の魚が激減し、ここ数年で海鳥のほとんどは姿を消してしまったのだという。しかも今日は「灯台」の席から一羽の鳥も見かけないし、辺りは薄暗くぼんやりとしていた。

「観光？」

「いえ、仕事です。今日は海を見に来たんです」男が答えた。

「ここで何年も見てるけど、海というのは本当に大したものだよ。ごゆっくりどうぞ」ハファイはユーモアを交えて言った。彼らはアリスの家を撮りにきたのかもしれない。数年前まで多くのメディアが取材に殺到したものだった。ハファイはパナイ・クスイの昔のCDをコンポに入れ『也許有一天（いつの日か君は）』をかけた。当時は若者に人気だったパナイだが、ハファイも海辺で彼女のライブを聴いて心を激しく揺さぶられたことがある。パナイはゆったりとした調子で歌うのに、ハファイに伝わってきたのは重々しい切なさだった。まるでその日が永遠に来ないかのように。

いつの日か君は　繁華な町を去ろうと思うかもしれない
いつの日か君は　母が幼いころに見たあの天国のような景色を　見たいと思うかもしれない

男はスペシャルメニューを注文した。今日のスペシャルは「三心（さんしん）セット」だ。ハファイが前日山で採ってきたアダン、ススキ、月桃（ゲットウ）の芯をアレンジしたもので、主菜は猪のすね肉のグリルと蒸し魚から選べた。男はカウンターで名刺を差し出した。想像どおり某テレビ局のカメラマンで、女のほうは外回りのリポーターだった。

「阿漢（アハン）と呼んでください」

「私はリリー」重厚なアイメイクに長いまつげと青緑色の瞳をした女は言った。

「なんの取材？　うちの店は取材お断りだよ」

「おかみさん、違うんです……この店もリポート一本分になるぐらい素敵ではあるんですが……今回はグルメの取材ではなく、実は海に浮かぶゴミの島がこの海岸に衝突すると聞いてやって来たんです」

「なんの島だって？」

「最近ニュースでも頻繁に報道されていますよ。島というか、〝ゴミの渦〟と言った方が正しいかしら。テレビは置いてないんですか？」

「ないよ」テレビはハファイが最も嫌うものの一つで、新聞も取っていなかった。

リリーは長いまつげをしばたたかせて説明を始めた。「三十年ぐらい前に、人類が捨てたゴミが海流に乗って巨大なゴミの浮島になっていることを、科学者が発見したんです。想像し難いですけど、すごく興味深い話だと思いませんか。そのゴミの塊がここに漂着するというので、今、世界中が注目しているんです。だからおかみさん、ぜひ協力してください」

「協力って何を？」いったいどこが興味深い話なのかハファイには皆目分からなかった。

「この店から撮らせて欲しいんです。ここからの眺めも最高ですし。その時になったらぜひ、おかみさんにもインタビューさせてください」
「テレビに出るなんてごめんだね」ハファイは手を振って断ってから、心配そうに尋ねた。「もしかしてほかのマスコミも来るの？」

午後になると近くのホテルや民宿は記者でいっぱいになり、なかには外国人の記者までもいた。空にはヘリコプターやパラグライダーが行き来している。海岸は肌の色も背の高さも様々な記者であふれ、しまいにはテントを張る者まで現れた。しかしハファイは阿漢（アハン）とリリー以外の記者を店には入れなかった。できれば二人にも出ていってもらいたかったのだが、ハファイは新しい客は断っても、客を追い出すようなことはしない。それを聞いた阿漢とリリーは大いに喜んで、「これでほかと違う画（え）が撮れる。この様子じゃどこも同じ人たちにインタビューしているし、カメラの設置場所まで同じだからな。なんとも最高だね」阿漢が言った。

タブレットを手に、台北のスタジオとヘリコプターとやり取りしていたリリーが続ける。「ヘリが沖の方でゴミの渦の一端を捉えたみたい。でも最近は岸辺の流れが速い関係で、ゴミの渦が沖へ押しやられちゃって海岸に到達する時間もつかめないって。局からの情報だと、ルソン島で形成された低気圧が北上し始めれば、気流でゴミの渦がばらけて一部は日本、残りはこっちに向かうだろうって、専門家たちは推測してる」

「ヘリコプターから撮影すればいいじゃない」ハファイは言った。

「もちろんヘリからも撮影していますけど、ここ数日は海風も強いし、ヘリの燃料も馬鹿にならないんです。僕らが撮りたいのはゴミの渦がまさに島にぶつかる瞬間。近くの住民にもインタビューしなければならないし」阿漢が言った。「そうだ、このあたりで船を出してくれる人っていますか？」

「阿隆（アロン）なら出してくれるかもね。彼の携帯を教えてあげるよ」阿隆は海辺で彫刻しながら魚を捕って暮らす若者だ。

ハファイは目の前の見慣れた海を見ながら、二人が話す内容をどうしても理解できなかった。まるで小さいころに解けなかった算数のようだ。かつて人々が捨てた物、海が呑み込んでくれると思っていた物が、一度は潮の流れに運ばれていったのちに、今ゆっくりと戻ってくるというのだ。

「あの家ってまだ誰か住んでいるんですか？」リリーは「灯台」の席から外を指さしたが、それがアリスの家だということはハファイには見て確かめるまでもなかった。

「もちろんだよ」

波が運んでくる理解しがたい様々な物に、アリスも徐々に慣れていった。

オハヨを拾った日から、真っ暗闇だったアリスの生活に一筋の光が差し込んでいた。

朝はオハヨの鳴き声で目を覚まし、餌をやり終えた後は「海の窓」に面した書き物台の前でぼうっとしたり、目的もなく漫然とペンを走らせたりしながら過ごす。パソコンは使わずノートに書き留めていたが、書き物をしているというよりは、海に祈り、海に願う、海への儀式のようだった。オハヨが現れたことによって、アリスはある思いを抱くようになっていた。オハヨだって自分に出会えたのだから、トトもほかの何者かと出会い、やがては面倒を見てもらえることだってあるかもしれない。そのような思いが、死に向かおうとする彼女を思いとどまらせた。

最初はオハヨに良い里親を探すか、動物保護施設に送ろうかとも思っていた。けれど動物病院で買ったキャリーバッグに入れてはみても、結局はどうしてもバッグから出してしまうといった繰り返しで、そのたびにアリスはオハヨの頭を優しく撫で、猫もざらざらとした舌でアリスの手を舐め返すのだった。自分を撫でてくれるこの人間は自分を必要としている——猫にもそれが分かっていたのだろうか、書き物台に座るアリスの膝に遠慮なく上ってきたり、広げたノートの上に陣取ったりと、どうやってもどいてはくれない。自分を追い払うことなどできはしないのだと、猫ながらにお見通しのようだった。アリスは仕方なく書き物を続けたり、ただ海を眺めたりした。海の色は、若いころに見たそれとはずいぶん変わっていた。今はぼんやりとくすんでいて、海から放たれる澄んだ光もほとんど見られない。まるで長い結婚生活の末に、体に肉がつき始めて絶望している中年女のようだった。
　あれこれ思いを巡らせたり書き物をしたりしているうちに、アリスは台に突っ伏して寝てしまうこともあった。オハヨはいつも時間を見計らったように起き上がり、体をぶるぶるっと震わせると、窓の外へぴょんと出ていってしまう。最初はもう戻ってこないのではないかと心配したが、オハヨはスツールを伝いながら岸に〝上陸〟する技を覚え、泳ぎもできるようになっていた。裏門が見える窓の向こうに、振り返りもせず草むらに消えていくオハヨの姿を、アリスは見つめる。アリスが一人でいられる時間は、長くても二、三時間。それを過ぎると再び死を意識し始めてしまう。その思いがまさに湧き上がろうという時に、オハヨが軽やかな身のこなしでアリスの前に姿を現し、ニャーニャーと鳴くその声が死への衝動をかき消してくれるのだった。死に向かう目に見えない扉に、誰かがそっと鍵をかけてくれるかのように。

　大学で教鞭を執り始めてからずいぶん長い間、効率のためにアリスはパソコンで入力していたが、そのうち音声入力が広まると、アリスも流行にのって使うようになった。そのせいもあってか再び手書きで書き物を始めた時はなんともぎこちなく、書き方を忘れてしまった漢字も多かった。最も厄介だったのは消去することだった。削除キーで一気に消してしまえるのとは違い、一頁書き終えようというところで頁ごと丸めてゴミ箱へということもあった。けれどアリスは逆にその感覚が好きだった。文字をなるべく長く頭の中に留めてから、一文字一文字を、紙の上に形にしていく。土から生えてきた草を草刈り機で一気に刈り取ってしまい、再び芽が出てくるのを待つように。アリスは小説を書きたいと思った若いころの気持ちを取り戻そうとしたが、どうしてもできなかった。数年来、台湾の多くの渡り鳥のように、その気持ちはもう戻ってこないのかもしれない。文字を吐き出すだけの機械になりつつあった自分に嫌気が差し、その腹立たしさを論文の審査にぶつけていた。こんな論文を書いて給料までもらっているなんて馬鹿げている！　そのうちアリスは学術界でも並ではない厳格さで有名になり、「彼女に論文を審査させるな」と誰もが噂した。凶暴な魚がアクリル板で仕切られ引き離されるごとくに、アリスは学術界から隔離されていった。

数日前、何かを書こうと思い立ったアリスは、町にある書店にノートを買いに出かけた。パソコンが普及してもノートへの需要はあるようで、店内には様々なノートが置かれていた。ノートを手元に置き、何かを書き留めておきたいと思う人が今もいるのだろう。彼女はある青い表紙のノートを気に入った。表紙には何も書かれていない青一色のノートで、中の「紙」はとても不思議な手触りだった。店員に尋ねたところ「これはドイツ製のノートですごく特別なものなんです。植物から精製したこのオーガニックのリキッドを使うと、書いたものを消しゴムのように簡単に消せるんですよ。

麻の繊維から作られている紙なんですが、普通の紙のような質感です」

「まるで本物の紙のようですね」

「いえ、これは本物の紙ですよ」

それもそうだ。まず紙という概念があり、そのほかの素材で作られた「紙のようなもの」はすべて「紙もどき」、あるいは代替品と見なされてしまう。自分もそんなロジックに陥ってしまったのかもしれない。アリスは、この新しい紙と世界のつくりがどこか似ているように感じたが、その時はただ漠然とした感覚だけだった。そして家に帰る車の中で、ある考えがふと脳裏に浮かんだ。二十年ほど前から、この島では「グリーンライフ」や「スローライフ」といったものが謳われるようになったが、それらも言ってみれば、ある間隔で流行する新しい事物と変わらない。島の人々はその意義を追求するのではなく、「目新しい」事物だから追い求めようとする。「新しい」という言葉は呪文のように、魔笛のように、人々をそこに向かわせるのだ。確かにこの紙もまた様々な「新しさ」を思わせる。だがそれはデジタル式に脳裏に留まるのではない、確かに必要とされるかのように、一つひとつの文字を生み出し、まるでそこに永遠に留まろうとしているかのようだ。

「そうよ、その点が似ているんだわ」

アリスはそのノートを何冊も買い込んだ。海の窓の前に座り、『不思議の国のアリス』のネズミのしっぽのような詩を書いたり、眠りこけたオハヨをスケッチしてみたり、時にはトトの昆虫観察日記を写したりした。アケボノアゲハ（梨山）、ワイモンルリシジミ（九份二山）、タマムシ（梅山）、ザウテルニセシカクワガタ（神秘湖）、モチヅキコクワガタ（拉拉山）……昆虫の名前もなかなか興味深いものだとアリスは思った。知らなかった昆虫の名前を今では暗記できるまでになり、彼女の頭の中には一つの森が、一つの山が丸ごと入っているかのようだった。

その日、アリスは再び小説を書いてみようと思った。この紙に繰り返し小説を書き、消してはまた別の小説を書き、書いてはまた消す、そしていつか誰かがこの小説を読んだ時には、一篇の小説ではなく実は無数の小説になっているかもしれない。といってもその時、アリスの脳裏に浮かんだ出だしは、これだけだった。

目の前に広がる森は見たこともないような森だった。まるで本に書かれたような完璧に出来上がった森だ。

そう書いたところでもう筆を先に進めることができなかったが、それでも構わないとアリスは思った。何かのために書いているわけでもないのだし、この二行だけでも一篇の小説になり得るかもしれない。そこで彼女はペンを置き、今日の天気を感じてみようと、窓から頭をのぞかせた。すると自分の家から七羽目のシシッドにかけて、大勢の人がテントを張っているではないか。なかにはカメラをこちらに向けている人もいる。アリスはそんな目の前の光景に目を疑った。家の中から誰かが頭をのぞかせていることに気付いたカメラが、新しい獲物でも発見したかのように一斉にこちらを向いた。

　アリスの頭の中は真っ白になった。昼間の色と海に反射する光線が不可思議な衝撃となって彼女を包み込み、今にも胸から何かが飛び出しそうだった。次の瞬間、彼女は窓から身を乗り出し、イルカのごとく窓の外へジャンプした。

　このところ、どこへ行っても、ダフはあの日の山で見た光景を思い出す。乳白色に包まれた渓谷に、どこからともなく雨のように現れた若い男。

　人間は山のどこかに本当の意味で「戻れる」ものなのだろうか。隣に座っているウマヴはちょうど髪留めを外したところで、前髪がきちんとそろっているかどうか、全神経を集中させてチェックしていた。

　ダフはこの麺屋「老山東（ラオシャンドン）」の常連客で、いつもどおり乾拌麵（ガンバンミエン）（汁なしの麵）と貢丸（ゴンワン）湯（タン）（豚肉団子のスープ）を注文し、ウマヴは牛肉スープに入った餃子を頼んだ。ウマヴは布農（ブヌン）族の顔立ちをしていたが、肌はとても白かった。町中（まちなか）で生まれ育ったウマヴのような子供は、見る番組も触れる情報も、台湾やアメリカ、日本、韓国、あるいはほかの国のごちゃ混ぜで、着る服も生活スタイルもネットの影響を受けている。今の世代の布農族は、ある意味では自分の世代とはまったく違う人種なのかもしれない。ウマヴは髪留めを留め直すと、テーブルの端を鍵盤に見立ててリズムよく指を動かし始めた。演奏が一段落したところでダフが訊いた。

「何の曲？」

「調子の良い鍛冶屋」

「調子の良い鍛冶屋か」

数年前、今どきの教育にならって、ダフはウマヴにピアノを習わせた。ピアノは彼女が最も興味を示したものだったからだ。しかし彼自身は音楽に関してはまったくの門外漢で、「調子の良い鍛冶屋」の作曲者が誰なのかも知らなければ、メロディすら頭に浮かんでこなかった。知り合いに鍛冶屋なんていないし、なぜ〝調子の良い鍛冶屋〟で〝調子の悪い〟鍛冶屋ではないのか。映画に出てくる鍛冶屋はたいてい物悲しげで、少なくとも鉄を打っている時は悲しそうな表情をしているではないか。ましてや今は鍛冶屋などもういないかもしれない。

テレビでは美しいキャスターが標準的な北京語で奇妙なニュースを伝えていた。スピーカーが壊れているのか、音量は大きいのだがバリバリという雑音が入って聞き取りにくい。かろうじて耳に届いたのは、ゴミ、島、太平洋などいくつかの言葉だった。ニュースキャスターの声も甲高く耳障りで、今はどこのテレビ局も騒々しくしゃべるアナウンサーを起用する向きがある。

小さな店内はどこも油でベトベトしているが、ダフはこういう店の方がつまみ料理が美味いのだと感じていた。店主は生粋の地元の人間で、中国山東省の生まれでもないのに、息子が山東の嫁をもらってから店名を「老山東」に変えた。その嫁が来てから餃子の味も変わったような気がしたが、実際は餃子の皮が変わっただけで餡は昔と同じだった。

ダフはリモコンを見つけて音量を下げ、テーブルの上のベトついた新聞——今どき新聞を置いているのはこんな店だけだ——を広げた。そこでようやく、あのキャスターが報道していたのが、少し前から世間を騒がせているニュースだと分かった。新聞の見出しには「危機！　ゴミの渦が間もなく台湾を包囲」とあった。

【本紙取材】ゴミの島、間もなく台湾を包囲！　一九九七年、海洋学者のムーア氏は北太平洋に広範にわたるプラスチック廃棄物を発見した。それは世界最大のゴミだまりであり、ゴミの島、ゴミの渦などとも呼ばれる。このゴミの渦は海面下の海流の関係でその場に留まり、範囲は米カリフォルニアの五百海里沖から日本の沿岸にまで伸びている。

ムーア氏はゴミの渦を発見した当時を次のように振り返る。ロサンゼルスからハワイまでのヨットレースに参加する予定が、レース前日に個人の船で「北太平洋の渦」に入ってしまい、まるで異次元の世界に迷い込んだようだったという。その海域はほとんど風がなく、強烈な高気圧のため海流の流れも遅く、航海する者なら誰もが避けるエリアだった。気付けば船はゴミだまりの中にあり、来る日も来る日も彼はゴミの中を進み、ようやく七日目にこの巨大なゴミの渦から抜けることができた。当時は既に一億トンを超える浮遊ゴミが北太平洋に漂い、ハワイ群島を中心に東西に二つのゴミの渦が形成されていたと、ムーア氏は話す。現在は更に範囲が広がり、少なくとも二億トンの規模にまで巨大化しているという。

ムーア氏は一族が経営していた石油事業から莫大な遺産を受け継いでいたが、北太平洋のゴミの渦の発見をきっかけに事業を放棄。「アルガリタ海洋研究財団」を創設し、環境保全活動に身を投じた。ゴミの渦に立ち向かうことは、人々の地球温暖化への取り組みを喚起させる隠喩(いんゆ)的な意義があり、自分はその戦いの陣頭指揮を執る用意があるとムーア氏は話す。

「アルガリタ海洋研究財団」の元研究統括部長エリクソン氏によると、ゴミは海のゴミベルトに運ばれると自然分解していたが、一部のプラスチックや複合材質のゴミは分解への耐性が強く、北太平洋のゴミの渦には五十年前の形を留めた物まであるという。多くの環境保全財団はゴミの渦の組成成分を研究するため莫大な資金を投じ、ゴミを海上で「消滅」させる溶剤の開発も試みたが、溶解によって毒性の強い各種物質が放出されることが判明し、ゴミの渦の周辺海域の生物の絶滅を早めてしまう可能性から、実現には至らなかった。

科学者の分析によれば、ゴミの渦は二割が船舶と油井、残りの八割が環太平洋の陸地からのゴミであるという。これらは色形が様々な半透明状のゴミで、しかも海面下にあるために人工衛星でも捉えることができず、船縁から一部を確認することしかできない。小さなプラスチックの分子はスポンジのように、海に流れ出た炭化水素やDDTなど人工的に作り出された危険な化学物質を吸着する。それが食物連鎖に組み込まれていくのだ。海鳥や海亀が食べ物と勘違いして呑み込み、死んだ海鳥の体内からは百円ライター、歯ブラシ、注射器などが見つかっている。エリクソン氏は、人類のゴミが海に流れ込み、更に海洋生物の体内に取り込まれ、最後には人類の食卓に戻ってくると説明する。簡単明瞭な説明だが、紛れもない事実である。

創立から十余年後、「アルガリタ海洋研究財団」は倒産したが、ゴミの渦は今も存在している。いくつかに分裂し、その一部が太平洋の西側、すなわち我々の住む島へと向かっている。環境資源部は数年前に米国とゴミの回収、またはゴミの渦の進行方向の転換について対策を協議したが、あまりにも範囲が広いため徒労に終わった。たとえ回収できたとしても、それをどこに埋めるかも問題であった。今この瞬間もゴミの渦は黒潮に乗って東海岸に接近している。分解できずに長年海上を漂ってきたゴミの渦にいかなる有害物質が含まれているか不明だとして、環境資源部は沿岸部の住民に避難勧告を出している。

まったく不可解なことだ。「ゴミの島がここの海岸にやって来るんだって」ダフはウマヴに言った。

「ゴミの島って何？」

「言ってみればこんな感じだ」ダフはビニールのテーブルクロスの端をくいっと引いた。「こういうものを海に捨てるとするだろう？　すると海の一箇所にどんどん集まって、島みたいに大きくなっていくんだ」

「私のサンダルもそこにある？」

「かもしれないよ」

「パパの望遠鏡も？」

「その可能性はある」

「ママのゴムも？」

ダフは答えなかった。まだ幼かったころ、ウマヴはどこからかヘアゴムを見つけてきたのだが、ダフはすぐに小米（シャオミー）のものだと分かった。彼女のものはすべて処分したつもりだったが、見落としたのだろうか、あるいはあえて見落としたのか。幼いウマヴは母親のものかと尋ね、ダフは違うと答え、ウマヴはそうだと言い張り、彼は違うと繰り返した。ウマヴは「これはママのだもん」と言い、ダフの返事も待たずにヘアゴムを大事にしまった。先日の水害でそのヘアゴムもどこかへいってしまい、彼女も忘れてしまっているものと思っていたのだが。

望遠鏡の話が出て、ダフは再びあの日のことを思い出した。

アリスを連れて捜索ルートを再びたどった後、ダフは直感的に、別のもう一本のルートから捜してみようと思ったのだった。その日は一人で山に入ったのだが、何もかもが不調だった。何よりも悔しかったのは、バックパックを整理している最中、十数年愛用してきた望遠鏡を谷底へ落としてしまったことだ。学生時代に何カ月もインスタントラーメンだけでしのいで、やっとのことで買ったブランドものだった。落下地点は山壁にぴったり沿った場所で、取り戻すことはほぼ不可能だった。ダフは諦め、その日は早めに休もうと決めた。麓（ふもと）で採ってきた檳榔（ビンロウ）の葉を取り出し、内側に折った両端にアーミーナイフで穴を開け、穴に先を削った竹片を通して即席の皿を作った。

そして道すがら抜いてきたヤダケでスープを作ることにした。ヤダケはまず先端を折り、別のヤダケの根元に巻き付けるようにくるくると回しながら皮を剝(む)いていく。

　ダフが火を起こし始めたその時、彼は谷へ向かう人影を感じた。

　こういう時は石(パドゥ)と月(ブァン)が真っ先に追いかけていくはずなのだが、その日に限って二匹はぴくりともせず、何も察知していない様子だった。ダフが一喝すると、二匹はようやく我に返ったように跳ね起きた。相手がもし一般の登山客なら、驚いた拍子に危険な事故にもなりかねない。ダフは走らずに前方の影を追い、声をかけることにした。

「すみません！　山に猟に来た者です。よかったら一緒にお茶でもどうです？　いい茶葉を持ってきたんです。酒もありますよ」

　ダフは二匹を連れてゆっくりと近付いていったが、相手はどうやらこちらと距離を取っているようだ。一見して中肉中背の男のようだったが、がっしりとした体格の若者にも見えた。一人で山に入るのが好きな登山客かもしれないし、ならばわざわざ邪魔をすることもない。ダフは何度か追うのをやめようとした。そして足を止めた時、相手が手招きしているのをはっきりと感じたのだった。今度は自分が決断するよりも早く石と月が先に飛び出し、ダフも仕方なく後に続いた。

　男の影、石、月、ダフ——追っているうちに、まるで息の合った隊列ができていた。三十分ほど経ったころ、その影は灌木(かんぼく)の茂みへと入っていった。茂みはダフから十数メートル離れたところにあり、微かな月明かりを頼りに相手の動きを確認するしかなかった。茂みの前まで来たところでダフは少しばかり迷ったが、思い切って中へ入っていくと、先を行っていた石と月が取り憑かれたように吠えだした。雨がいよいよ激しさを増し、大きな音を立てて森に降り注いだ。ダフは急いで防水ジャケットを着た。

灌木の茂みは小柄な布農族にとってても丈があまりにも低く、ダフは地面に手をつきながら前進するしかなかったが、しばらく匍匐状態で進んでいくと、体を起こせる場所へと抜け出た。月が雲に隠れた暗闇のなか、ダフは巨大な岩盤の下にいるような気がした。二匹の犬はどこに行ったのか分からない。前方の道の状態を確かめようと手を伸ばすと、驚いたことに自分の足元の先に、大人が両手を広げたほどの大きな穴が開いていた。穴の脇には巨大な檜の根が伸びており、穴は樹の陰となって外からは容易に見つからないようになっていた。暗がりのなか、穴はどこまでも深く、まるで底なしだった。一瞬、ダフは呼吸が乱れて鼻から雨水を吸い込んでしまい、胸が苦しくなるほどむせ込んだ。あの影は、この穴を自分に見せたかったのだろうか。

ダフが大声で石と月を呼ぶと、二匹はすぐに姿を現した。彼はテントに戻り、ハーケンとロープ、ヘッドランプを準備することにした。あの穴の中に下りてみなければならない、ダフはそう思った。

「パパ、見て」テレビを指さすウマヴの声がダフを現実に引き戻した。

画面に映っているのは、七羽目のシシッドではないか。ダフは「灯台」のあの席からのアングルだとすぐに分かった。

映像はアリスの家に移動し、数秒間、動かなかった。七羽目のシシッド側を向いた窓から、誰かが頭をのぞかせている。アリスだ。

アリスは考える余裕もないかのように、次の瞬間、窓からジャンプして海に飛び込んだ。しぶきもさほど上がることはなく、それはまさにイルカのような美しいジャンプだった。

ワヨワヨ島を発ってからの時間を、アトレは歌によって数えた。掌海師(しょうかいし)によると、ワヨワヨ人はすべての星に向けて歌を作ってきたのだが、そのあまりの数の多さにワヨワヨのすべての歌を覚えた者はいない。新しい歌を歌ったと言えばそれは嘘になる。ワヨワヨ人にとっては、どんな歌も遥か昔から存在するものであり、新しい歌など実はどれも思い出されて歌われるもの、いかなる歌もすべては古い歌だった。だからこそなのだろう、初めて耳にするワヨワヨの歌に、思わず涙を流してしまうのも。

太陽が生まれて死にゆくたびに、アトレはワヨワヨの歌を一曲歌った。そのうち歌った数も忘れ、両親や村の人たちから教わった歌なのか、即興で口ずさんだ歌なのかも分からなくなっていった。歌は伸びやかにどこまでも続き、まるで洋々たる大海のようだった。歌を歌う時、アトレはいつもウルシュラが傍にいてくれたらと思った。彼女ならきっと一緒に歌ってくれるだろう。二人の歌声から新しい歌も生まれたかもしれない。そう思いながら、アトレは無意識に自分の喉をつまんでウルシュラの声を真似、自分の歌に合わせるように歌った。しかし歌声が止むと、耳元に海風が吹き抜け、自分がまるで空っぽの洞穴、砂浜に脱ぎ捨てられた蟹の抜け殻のように感じられるのだった。

アトレは自分の体に変化が起きていることにも気付いていた。歯茎からは出血し、体の節々が痛み、思うように泳ぐこともできなかった。水中で目眩（めまい）がし、陸上と錯覚することもあった――それまでは海で目眩を起こすことなどあり得なかった。

数日後、アトレは右足に化膿したできものを発見した。できものはちょうど自分が描いたワヨワヨ島の位置にあり、アトレはそれを悪い予兆なのだと捉えた。このところ天気はますます暑くなり、昼近くには〝家〟の中にこもるのだが、それでも異様なほどの暑さだった。それ以上に耐え難かったのは、島全体が強烈な陽差しを受けて鋭い光を放ち、至るところで腐臭が漂うようになったことだった。異臭は海の生臭さと一緒くたになって襲いかかり、アトレは嘔吐を繰り返し、体は衰弱していった。島にハエや蚊が大量発生し、海流が不安定になっていることにもアトレは気付いていた。

もう一つの世界に近付いているのだろうか。

アトレは掌海師から聞いたもう一つの世界の存在を知っていた。自分はそのもう一つの世界に近付いているのかもしれない、ふとそう思うと、一方ではその想像を抑え、一方ではその可能性に期待した——自分はワヨワヨ島にやって来た、あの白人の世界に近付いているのだ。空に地獄の鳥が飛び、海に悪魔の船が行き交うあの世界に。その世界も果たしてカパンが統治しているのだろうか。それについてはアトレには定かではなかったし、確かめる術もなかった。だからたまに島に何者かが上陸すると、それがどんなに遠くであっても、アトレは島の下に潜って隠れるのだった。彼は島の至るところに海中に続く〝井戸〟を掘り、すぐに身を隠せるようにしていた。それでも、アトレはもう一つの人種に捕らえられるところを想像し、その想像は悪病のようにまとわりついて離れてはくれなかった。

最近は地獄の鳥も悪魔の船も頻繁に出現し、ほぼ毎日のように目にするようになっていたし、海の中では全身黒ずくめの〝人間〟に幾度となく遭遇した。アトレの存在に相手が気付いたかどうかは確かではないが、彼らよりも優れた泳ぎで、とにもかくにも身を隠した。ただし彼らは光を発する物体を持っていて、その光がウミヘビのように水中を動き回るので、アトレは自分の姿を見られたかもしれないと思う瞬間があった。僕を探しているのか？　そんなはずはない。この世で自分の存在を知っているのはワヨワヨ島の人たちだけだ。いや、カパンも自分の存在を知っている。そう、海も知っている。

　その日、アトレの不安は頂点に達していた。体は衰弱し、全身が火照り、立つことすらもやっとだった。そんな時、彼は頭上に翼を持った地獄の鳥が、自分の存在に気付いたと直感した。地獄の鳥は島に激しいつむじ風を起こしながら、島の北西に降り立ったのだった。そこはまさに島の中で最も〝地面〟がしっかりしている場所の一つであることを、アトレは知っていた。自分のいるところまでは、徒歩だと丸一日かかる距離だが、それより早くここに到達してしまうかもしれない。翌日、その予想は的中し、早くもその方向から音が聞こえてきた。アトレは最後の力を振り絞り、槍を手に取り、家の近くに掘った〝井戸〟に被せていた覆いを取り払い、海の中へ潜っていった。

　まさにその時、海に雹が降り出し、水面に飛び出した魚たちが巨大な氷に当たって次々と気絶したのだ。ほどなくして海は死んだ魚や気絶した魚で一面を覆われ、アトレはおびただしい数の魚が浮かぶ海の水面下を泳ぎながら、自らも巨大な魚になったような気がした。

## 十二　もう一つの島

　この夏は島の人々の記憶に深く刻まれることになった。どんよりとした空模様の夏の日、島が眠りから目覚めようとする夜明けに、海辺の小さな町に雹が降ったのだ。太陽が昇り始めるまさに直前のことで、住民たちのほとんどが深い眠りから起こされ、部屋の外へ出たり窓際に立ちすくんだりしながら、目の前の縮んでしまったような世界を不可解な気持ちで眺めていた。遠くの空が明るくなり始めても、雹はまだ消灯前の外灯の明かりを受けながら、青く銀色に輝く小さな隕石のように海岸に打ち付けていた。雹はトタン屋根やアスファルト、海岸の石階段、外灯、道に停められた車にも降り注ぎ、天地を揺るがすほどの大きな音を発していたにちがいない。しかしどういうわけか、この日を振り返る誰もが、まるで無声映画でも見ていたかのように音の記憶がまったくないのだった。

　七羽目のシシッドの天井にも幾つもの穴が開き、夜が明けたばかりの空から光が差し込んでいた。一筋の光の先にちょうど割れたコーヒーポットがあり、あたかも光がポットを割ったかのようだった。浜辺にテントを張っていた記者の多くも、雹に当たって怪我をした。ベテラン記者らは町中のホテルに滞在していたため、浜辺にいた大半は若手の者たちだった。麻雀卓に向き合っているかのごとく大げさな身振りでリポートをする某ベテランキャスターは、しかしなぜかこの日に限って五つ星のホテルに戻らず、前日と同じ服装でテントを出てきたところを雹に打たれ、気絶して病院に運ばれた。このことは週刊誌にも取り上げられ、その後目を覚ました彼女は驚くほどおとなしくなったという。けたたましさが持ち味だったというのに、しとやかに、しかも理路整然と話すようになり、ほどなくしてメインキャスターから下ろされた。

一方、海岸にいた記者たちは雹のさなかに生中継をした。全国に流れた中継映像はひどく混乱し、画面は激しく揺れ、リポーターたちは手当たり次第のもので頭をかばいながらカメラに向かっていた。朝のニュースを見ていた視聴者は、驚嘆しながらも滑稽に感じたことだろう。

雹は突然やってきたが、去るのも早かった。誰もがこの雹のせいで、あのゴミの渦が巨大な波に乗り陸地に打ち上げられた瞬間を見逃すことになった。その非現実的な光景は、まさに雹が最も強く降っていた時に起こったのだ。しかし雹が降り出したおかげで、海岸にいた記者たちも道路まで戻って中継を続けていたため、難を逃れることができた。雹が止むと、今度は白い雲、灰色の雲、そして紫色の雲が、入り乱れながら巨大な雲へと積み上がっていった。まるで漂泊する神話、推敲の過ぎた詩句のようなその光景は、人々の心を震わせ、涙を誘った。海辺の先住民集落に暮らす住民の後日談によれば、それはかつて見たこともない雲であり、台風直前に見られる雲のどんな変化よりも目を瞠るものだったという。カメラマンたちがこの奇観を収めるのに夢中になっていた時、巨大な波が、微かな朝日を受けながら岸辺に向かっていた。この日の雹の音をほとんど皆が思い出せないのは、そのためだと考える人もいる。近くで聞こえていたはずの雹が打ち付ける音よりも、その後に押し寄せてきた力の方が遥かに巨大だったのだ。それは天から発せられた音にも、大地から発せられた音にも聞こえ、あるいは遠い昔から沈黙していた空の月が、ため込んでいた声を一息に吐き出すかのようにも聞こえた……それが海から聞こえてくる音だと気付いた時にはもはや、波は目の前に迫っていた。

取材陣たちは興奮に包まれながらも雹の中継に必死だったが、突然やってきた巨大な波が海岸のすべてを呑み込んでいく光景を前に、誰もがただ呆然と立ち尽くした。一人ひとりの足に、まるで枷をかけられたかのように。

雹が店の屋根を突き破る瞬間の撮影に成功した阿漢とリリーは、踊り出さんばかりに喜んでいた。しかし遠くの海を見つめていたハファイは、海の様子がおかしいことに気付くと、二人を急いで裏二階に避難させた。その直後、この阿美族の女性の鋭い直感が的中した。海が海面の高さを急激に変えて店内に海水が流れ込み、七羽目のシシッドを丸ごと海に引きずり込もうとしたのだ。店は最初の一波には持ち堪えたが、波はまたしぶとくやってくる。それを承知しているハファイは波が引いていくのと同時に、既に理性を失い泣き叫ぶリリーを抱えて道路へ走れと阿漢に指示した。阿漢は身に着けていた余計な装備をすべて外し、ハンディカム一台だけを手に、リリーを背負って走り出した。

ハファイがカウンターに置かれたイナとの写真をとっさにつかみ、七羽目のシシッドから飛び出した次の瞬間、海の上の家に面した壁が倒壊した。薬草の入った缶、大切にしていたコーヒー、粟酒をつくるための酒粕、ベッド、大量の手紙、台北のあの川辺で拾った石……なにもかもが投げ出された。目と鼻の先にある海の上の家もそれに呼応するかのように、手前の部屋が半分崩れ落ち、トトの写真、本棚ごとの本、オハヨが入っていた小さな段ボール箱、トムの登山ロープ、アリスが若いころ自ら製本した初めての詩集、資源回収ボックスに入れるはずだった古着などが外に放り出され、波が運んできた異臭を放つ様々なプラスチックゴミと一緒くたになった。人間に捨て去られたあらゆるものがそこに収集されたかのようだった。

実際、高波が襲ってきたのは一、二度だけで、海は間もなく静けさを取り戻し、海岸も再び姿を現した。だが情景は一変していた。海辺は奇妙な品々であふれかえり、まるで彼方の見知らぬ星に降り立ったような錯覚を覚える。道路まで避難した阿漢(アハン)はリリーの様子を確かめてから、野次馬で集まっていた集落の人々に彼女を預け、自分はすぐにカメラを回して目の前の異様な光景を中継し始めた。海の上の家の周辺を撮影していると、白鷺(シラサギ)の死骸が写り込んだので、阿漢はレンズを近づけた。野鳥の会に属していたこともあった彼にはすぐに珍しいカラシラサギだと分かり、私心からその映像を長めに撮っていた。すると、倒壊した壁の隙間から全身びしょ濡れの白黒のぶち猫が現れ、画面を左から右へと走り抜けた。

その画面の中にアリスはいなかった。彼女は病院のベッドで目を覚ましたところで、その映像を目にしたのだった。ためらっていたのはほんのわずかな間だけで、彼女は病室に入ってきた看護師を押しのけ、何かに突き動かされるように病院の門を目指して走っていった。

# 第六章

前触れもなく、ハファイが歌い出した。その声はまるで草木が泣いているかのようだった。

## 十三　アトレ

山道を歩いていたアリスはずっと何かの匂いを感じていた。どんな匂いかと訊かれれば、太陽の熱気と海水の侵略性、魚の臭みと荒々しい麝香……そんなふうに対照的で、決して同時に現れることのない匂いが入り交じったような匂いだ。

アリスは少年の匂いだと分かっていた。あまりにも強烈なため、たとえ彼が傍にいなくても匂いの記憶が蘇ってくるようだった。彼女の腕の中でオハヨがもがいている。

ここで放してしまったら、またどこへ行ってしまうか知れず、アリスはオハヨをしっかり抱いて足取りを緩めた。猫というのはなんと柔らかな生き物なのだろう。オハヨを腕に抱きながら、アリスは幼稚園の時に拾った黒い小猫のことを思い出していた。家族に黙って三日間こっそり家で飼っていたのだが、三日目に幼稚園から帰ると猫はいなくなっていた。けれど両親も兄も、猫を捨てたことを認めなかった。そこでアリスは〝ハンスト〟を続け、しまいには病院で点滴を打たなければならないほどに衰弱した。やがてある晩、病室のベッド脇で涙を流しながら菩薩(ぼさつ)に祈る母親の姿を見て、アリスはようやくお粥(かゆ)を口にした。猫は結局戻ってはこなかったが、道ばたで黒猫を見かける度に、アリスはあの時に捨てられた、あるいはどこかへ行ってしまった猫ではないかと思うのだった。

ようやく海の家が見えるところまでやって来ると、少年は遠くに人だかりを見つけて指をさしてみせた。あれは取材にやってきた記者たちと海岸を掃除している人たちだ。アリスは辺りを見回し、少し高めの場所を見つけて立つと、黄色がひときわ目立つ自分の車を見つけた。

「ダフが充電してくれたのね」アリスは独り言のようにつぶやいた。

アリスは大きく深呼吸をした。ほんのわずかな時間のなかで訪れた運命の転換に、アリスは何かに突き動かされているような気がした。山道は目に見えないほどの霧雨(きりさめ)

でぬかるみ、メジロの群れがアリスと少年の右前方へと飛び去った。

カメラが窓辺の自分に向けられた日のことを、アリスは思い出そうとしていた。いったい自分に何が起こったのか。腹が立ったわけでも、逃げようと思ったわけでも、自分の命を絶とうと思ったわけでもなかった。あの時はオハヨが散歩から帰ってくるのを待っていた。何かを待つ者にとって何より重要なのは、生きているということだ。あの時はただ、突然のことに体がとっさに動いてしまったのだろう。

アリスはいつもそんなふうだった。大学のころにも何度か同じような経験があり、一度はバレンタインデーに相手にすっぽかされた時のことだ。呆然としながらカフェの支払いを済ませ、店から出ようとしたはずが、床まである窓に思いきり激突して店中の人を驚かせた。家に帰ると、今度はガスを付けたまま消し忘れて家族を驚かせた。アリスの激しいリアクションのせいで、ほどなくして恋人からは別れを切り出された。そんなアリスを案じた母親は、アリスが幼少時から慕っていた祖母に彼女を預けることにした。

あの日、なぜ恋人が来なかったのかは今でも分からないし、彼の顔ももはや思い出せはしない。ただ、あの小さな漁村で過ごした記憶だけはくっきりと刻まれていた。漁村の小道、その突き当たりに建つ海に面した媽祖廟（まそびょう）、牛車の轍（わだち）が残る泥道、潮の香りを乗せた海風……目を閉じればすべてが浮かんでくる。海辺に住みたいと強く思うようになったのも、そのころの思い出があるからだろうか。

幼い時、母親に連れられて母方の実家に戻ると、祖母はよく自分を連れて牡蠣の収穫に行ったものだ。牡蠣棚から剝がした牡蠣を粗編みの麻袋に入れ、一袋ずつ牛車に積んでいく。干潟の上を行く牛車は、アスファルトの道を行く時とは大違いで、とても柔らかな、まるで生きている何かの上を踏んでいくようだった。ずいぶん経ってから気付いたのだが、その感覚は森の地面を歩いている時ととても似ているのだった。

当時は石化工場が南のもう一つの村に進出していた。工場が建ってからは、祖母の牡蠣田には年々泥が堆積し、海面にはたまに油が浮き、空は常にぼんやりと霞むようになった。祖母は数日おきに牛車を引いて冷たい海水に入り、牡蠣田を見回ったり収穫したりしていた。牡蠣の収穫はたいそう過酷な肉体労働で、冬は骨を突き刺すような海風にも耐えねばならない。それでも、大量の牡蠣を載せた牛車が行きよりもずっと深い轍を残して進むところを見れば、心は安堵と満足感で満たされる。牡蠣を収穫して戻ると、祖母は椅子に腰かけ、午後いっぱいかけて殻を剝いていく。牡蠣の殻はあんなにも硬いというのに、中の身はとびきり柔らかい。あの時の数カ月、アリスは毎日のように牡蠣のスープ、牡蠣のオムレツ、牡蠣の揚げ物、蟹のノコギリガザミ、そして裏庭で育てたサツマイモの葉を食べた。そんなふうに一日一日を過ごしているうちに、いつしか恋人の顔もふと消えていた。

後に当時を振り返っては、漁村で過ごしたその数ヵ月で自分の性格は変わったのかもしれないと、アリスは思うのだった。大学に復学した時も、周りからはまるで別人だと驚かれたものだ。


トムと二人で海辺に家を建て始めた年、アリスは兄からの電話で、祖母が亡くなったことを知らされた。

「原因は？」

「老衰だよ」

「老衰……」アリスは兄の言葉を繰り返した。祖母は肺と腎臓の病に十年もの間苦しんだが、村のほとんどの住民も同じような病で亡くなっていた。アリスとトムは休日を選んで、あの小さな村まで車を走らせた。村に入るとほとんどの家は扉が閉ざされていた。砂浜からは北の方に新しく建てられた石化工場が見えた。建設への反対運動が何年も続いたということはぼんやりと記憶にあったが、結局は建設されたというわけだ。アリスは祖母の家で過ごした時間を覚えていた。当時はまだ石化工場など建っておらず、冬には大勢のバードウォッチング客が集まり、まるで人生に何らかの変化を期待するかのように、望遠鏡の後ろで首をすぼませていた。後からMに聞いた話では、渡り鳥も別の方角へ飛来経路を変えてしまったという。

工場には人手は必要だが、年寄りは必要としない。一度、アリスが祖母を訪ねた時に、祖母は近所の住民が患った病気や症状について細かく話して聞かせてくれた。普段は言葉数の少ない祖母だというのに、その日は休みなくしゃべり続けていた。ひとたび話をやめたら、それきりになってしまうとでもいうかのように。アリスは祖母の話を聞きながら、祖母よりも早くこの世を去った年寄りたちはきっと、寂しさから病を引き起こしたに違いないと思った。

埋もれてしまった牡蠣棚は、砂浜に立ったトムの臑（すね）の高さほどしかなかった。祖母の家や牛小屋、海辺の牡蠣棚は、もはや何を記念するでもない記念碑のようにたたずみ、タマシダや砂泥にじわじわと占拠され、引き取り手もいなければ処分されることもなかった。

「ここはのどかな漁村だったんだろうね。今じゃロケ地ぐらいにしかならないけど」トムが言った。アリスは彼に鋭い視線を向け、「ここは略奪に遭ったのよ」と返した。しばらく立っていたせいか泥地に足を取られて動けなくなり、アリスはトムの助けを借りてようやく泥から抜け出した。遠くの煙突からは黒煙がもくもくと上がっていた。アリスはふいに、昔祖母が履いていた「タビ」という指の割れた履き物であれば、泥に足を取られないことを思い出した。

あの日、海に飛び込んだアリスは、頭を強く打ち、同時に手足が麻痺したのだった。海水は恐ろしいほどに冷たく、目の前は真の暗闇だった。次に目を覚まして最初に思ったのがオハヨのことだった。ちょうどテレビに海岸の無残な姿が映し出され、アリスはその映像の中に、一目でオハヨを見つけた。

「私を探してる、絶対に」アリスは点滴の針を抜くと鋭い痛みを感じた。注射嫌いの彼女は、意識があったなら医者に喧嘩を売ってでも注射を断っていただろう。アリスは駆け足で病院の出口を目指したが、看護師と遭遇しないように遠回りした。そして出口にたどり着くと外来患者を装い外に出た。着ていたのが自分の白いTシャツだったから良かったのだろう、だが家の窓からジャンプした時に着ていたものとは違っていた。

きっとダフが着替えを持ってきてくれたんだ、私が病院服が嫌いだと知っているから。アリスは思った。タクシーに飛び乗ったものの一銭も持っていないことに気付き、内心焦りながら海の上の家にダフがいてくれることを祈った。家の近くまでやってくると、運転手は混沌とした様の海岸に目をやり、代金はいらないと言い出した。

「お嬢さん、ここに住んでるの？　海に浸かったんじゃもう住めないよ。代金はいいよ」

「だめです、今たまたまお金を持っていなかっただけなんです」アリスは車のナンバーと電話番号を控えて言った。「明日必ずお返ししますから！」

海の上の家に近付いていくと、真っ先に月(ファン)と石(パドウ)がアリスの姿を見つけて吠えだし、その声にダフと集まっていた警察もアリスに気が付いた。急いで駆け寄ってきたダフはシャツがよれよれで、目の下には隈(くま)ができ、端(はた)から見るとひどく不幸そうな人だった。家の周りでは警察なのか救難隊の関係者なのか、立入禁止の黄色いテープを張っている。

「さっき彼らが場所を空けてくれて、家から飛び出したものを一箇所に集めたんだ。見つけたものは全部あそこにある。大丈夫、ちゃんと僕が見張っていたから」ダフは言った。が、なぜアリスがここに現れたのかと尋ねることはしない。ダフはいつもそうだ、とアリスは思った。まったく束縛されないというのも、女は嫌がるものなのよ、ダフ。

空気中にはアリスが嗅いだこともない生臭さが漂っていた。海藻と、波に打ち上げられたあらゆるものが入り交じった臭いなのだろう。

「オハヨを見なかった？」

ダフは首を横に振った。彼がオハヨがなんなのかを忘れてしまったのか、あるいは本当に見かけなかったのか、アリスには分からなかった。近くの村人たちが海岸に集まり何やら話しこんでおり、何人かが遠くからアリスに向かって手を振った。悲しんでいるのか落ち込んでいるのかは見て取れなかったが、この事態への心の準備はできているように見えた。

数年前に海水が上昇し始めて以降、沿岸に残ったのは海の上の家と七羽目のシシッドぐらいで、ほとんどの沿岸住民は山へ移り住んでいた。できるだけ海から遠ざかろうとしたのだ、海が疫病か何かであるかのように……。だが、山も決して安全とはいえなかった。大型のテーマパークやホテルが建設された当時、流れ盤の斜面を切り崩したため、大雨が降ると一部の区間では必ずといっていいほど崩落事故が起きた。

「ここの山はいつか、こけてしまいそうだ」とダフも言っていた。

海の上の家に向かうアリスの元には沿岸警備隊やら警察やらが話を聞きにくるのだが、彼女は取り合わずにダフと会話を続けた。「ハファイは無事？」

「ああ、大丈夫だ。叔父の家に来てもらおうと思ってる。アリスも来るといい」

アリスはしばらく沈黙して「ダフ、一つお願いしてもいい？」

「もちろん」

「車を充電してほしいの。終わったらここに止めておいてくれる？　取りに来るから」

「それはいいけど、行き先を教えてくれ」

「分かってる、折を見てちゃんと教える。海辺の人たちは大丈夫？」

「みんな無事だ。ただ、今回の雹(ひょう)と高波は何かの凶兆だって噂で持ちきりだけどね」

何かの凶兆……起こった凶兆があまりにも多すぎて、もはや凶兆とはいえなくなっていた。アリスは家から投げ出されていた、オスロでトムと一緒に買ったブルーのバックパックを拾い、必要なものを中に詰め始めた。黄色のテープを跨(また)いで、片面の壁だけが崩れてしまった海の上の家の傍らで、アリスは薬箱を拾い、運良く抽斗(ひきだし)に入ったままの財布とカードを拾い、買ったばかりのオハヨのマットを拾い、トトの写真を保存した防水メモリを拾い……一つ、また一つと拾っていくうちに、地面に投げ出されたのがまるで自分の人生であるかのような気がして、涙があふれかけた。アリスは話を続けて気を紛らせた。

「いったい何があったの？ あれらは何なの？」

「ゴミの渦が運んできたのさ。しばらく前にゴミの渦のニュースがあっただろう。世界中で捨てられたゴミが、海流の関係でゆっくり集まって……」

「ああ、思い出した。かなり大きなニュースだったわね。政府が対処するって話じゃなかった？」

「政府の話をまさか信じるのかい？」すると突然、ダフは何かを思い出したように自分の腿(もも)を叩いた。「ああ、オハヨって、アリスが拾った白と黒の猫のこと？」

「そうよ、覚えてなかったの？」

「わるい、わるい。君が突然現れて急にほっとしたのか、さっきはなんのことだか分からなかったんだ。そういえばある記者が猫を撮ったって言ってたな」

「ええ、私も病院でその映像を見たの」

「少し前にハファイの店にいた記者なんだ。探してくるよ」そう言ってダフは人混みの中へと駆けていった。

　アリスが七羽目のシシッドの方に視線をやると、建物がいかにも寒々しくぽつんと岩盤の上に立っていた。あれはハファイが半生を費やし心血を注いだ店だった。そう、海の上の家が自分の一部であるのと同じように。

　ダフが戻ってきた時、アリスも片付けをほぼ済ませていた。彼は角刈りの大柄な男性を連れてきており、簡単に挨拶を交わしてから、男はカメラのモニターを見せてくれた。画面の中のオハヨはゴミだらけの海岸をミーミーと鳴きながら歩いている。少し緊張している様子だった。映像はアリスが病院で見たものと同じだったが、ニュースではカットされた映像が続いていた。オハヨは浜辺から道路に跳び乗り、アリスがよく水を汲みにいく小径の方の草むらに消えていった。

「猫が好きなんです。画にメリハリが出るので撮り続けていたんですけど、あっちの方角に行ったみたいですね」

「ありがとう。ダフ、私、捜してくる」

「一緒に行くよ」

「いいの、ここにはダフが必要よ。もしできるなら、残った私物を片付けておいてくれない？　それからハファイのこともお願い。近所の人たちの力にもなってあげて。ああ、私ってば、そんなのもうとっくにやっているわよね」

「分かった。なら、ちゃんと居場所を教えてくれよ。このままじゃ心配だ」

　管轄の警察に引き止められそうになり、アリスは振り返ってダフに助けを求める視線を送った。

「僕の携帯を渡しておくよ」機転を利かせたダフが携帯電話を取り出し、アリスと警察の間に立ち塞がった。「大丈夫、先に行かせてやって。彼女も無事なんだし、後で警察局に財産の損失届けをさせるから」ダフとは顔見知りということもあって、警察もしぶしぶ諦めた。

　ダフは振り返ってアリスに言った。「僕がかけたら必ず出てくれ」アリスはうなずき、足早に立ち去ろうとした。しかし月（ブアン）と石（パドウ）が追いかけてきて離れようとしない。

　アリスは大声で怒鳴った。「戻りなさい！　海の方に戻るのよ！」

「オハヨ、オハヨ」アリスは猫の名前を呼びながら、水汲みの川に続く小径を歩いていた。そのころには辺りも暗くなり、小雨が降り始めていた。バックパックに防水カバーをかけると、自分も雨合羽を羽織った。道は滑りやすくなってはいたが、アリスにとっては歩き慣れた道だ。夜になれば気温も下がるし、猫に万が一のことがあるかもしれない。アリスはオハヨを早く見つけたい一心だった。オハヨの名を呼びながら山道を進んでいたが、前方の曲り角のところで、土砂崩れのため道のほとんどが埋もれてしまっていた。まだすっかり暗くなりきってはおらず、アリスは状況を確かめてから土砂を乗り越えようとした。しかし土砂はかなりの高さがあり、諦めて脇の草むらから通り抜けることにした。その時、パタパタと羽ばたく音が聞こえてきた。

数秒後、数十匹ほどだろうか……いや、おそらく数百匹を数える蝶か、あるいは蛾が、アリスに驚いて一斉に草むらから飛び立ち、土砂の向こうへと飛んでいった。群れはばらばらに飛んでいるようにも、組織立って飛んでいるようにも見えた。薄暗い中、色まではっきりとは確認できなかったが、どれも手のひらほどの大きさがあった。唐突な出来事にアリスは思わず悲鳴を上げた。とその時、ミーミーという猫の声、そして羌（キョン）のような鳴き声が聞こえた。声はとても近く、足元の土砂の中から聞こえてきているようだった。

尻餅をついていたアリスは足に絡みついた蔓（つる）や草を払い、土砂の向こう側へと回った。すると草むらから、こちらに近付いてくるオハヨの姿がまず視界に入った。続いてアリスはぎょっとした。泥のような肌の色をした少年が地面に倒れていたのだ。少年は土砂に埋もれ、身動きが取れない状態なのだとすぐに分かった。その目は恐怖に怯(おび)え、涙を滲(にじ)ませていた。

その時、アリスの脳裏にある映像が蘇った。いつだったか、ダフが仕掛けた罠に羗がかかった時のこと、彼とトムはその羗を撃ち殺した後、交替で担いで山を下りた。アリスは罠にかかった羗の写真を二人に見せられた。足は折れ、まだ息のあった羗の目には絶望が漂ってはいたが、生き延びたいという意志をアリスは感じ取ったのだった。その日の晩、アリスは彼らのために食事を作ることを拒んだ。彼女はなんとも感じていない男どもに腹を立て、そんな写真を戦利品や話題のネタにする彼らに腹を立てた。

そして少年のこの時の眼差しは、あの時の羗と同じものだった。

## 十四　アリス

目の前にその女が現れた時、アトレは掌地師(しょうちし)から教わった咆哮(ほうこう)の儀式を思い出した。掌地師によれば、自分の理解できないものに遭遇した時は、心臓の脇の力を使って叫ぶ。すると心から発せられた声に邪悪な霊は退散してしまうというのだ。アトレは叫んでみたが、叫ぶたびに胸と足に痛みが走り、それは魂が石の刀で魚のすり身のごとく切り刻まれていくかのような痛みだった。アトレは何度か叫んだ後で、思わず泣き出してしまった。

　掌地師はこうも言っていた。「ひとたび涙を見せれば、それは屈したということ、助けを求めることになる。そうなれば儀式のすべては失敗に終わる」

　最初のうちは女もアトレの咆哮の儀式に驚いたようで、悲鳴を上げて土砂の上から転げ落ちた。しかし再び土砂の上によじ登り、アトレの目には奇妙に映る動物を腕に抱き上げた。やがてアトレが危害を及ぼさないと分かったのか、女は彼の置かれた状況を確認し始めた。アトレの足に石がのしかかっているのを見ると心配そうな表情を浮かべた。しばらくすると今度はアトレの緊張を和らげようとしたのか、絞り出したような笑顔を向け、彼の足に覆い被さった石や泥を動かし始めた。痛みのせいなのか、あるいは別の理由からなのか、その間、アトレは海に帰ることを阻まれた海亀のように涙を流し続けた。

　アトレにとって、女は彼が想像していた、または本で見た白人とは少し違い、クラゲのように透明な皮膚を持つ別の人種だった。女の背はそれほど高くはなく、あるいはアトレよりも少し低いぐらいだったかもしれない。

　アトレの足を解放すると、女はジェスチャーを交えて話しかけるのだが、彼には一言も理解できない。とはいえ彼女の動きや口調から、自分に敵意がないことだけは確信できた。アトレも二言、三言話してみたが、彼女には通じないようだった。土砂で身動きが取れなかった時、痛みを紛らせるために鳥の鳴き真似をしていたのだが、アトレはその鳥の声で感謝の気持ちを伝えることにした。口を尖らせ、空気を唇と喉元に送ると、時に甲高く時に低い〝さえずり〟が響いた。人間の言葉を話す鳥でも見たかのように、女は目を丸くしてアトレを見つめていた。

「音は誰にでも通じるものだ。すべての波音が人間の心に届くように」アトレは掌海師(しょうかいし)が言った言葉を忘れてはいなかった。掌海師は紛れもない智者だった。

アトレは人に見つからないよう海に潜った、あの時の記憶を残していた。その時の彼の体は異様なほどに熱く、冷たい海に飛び込むと、海水の冷たさに体が焼けるようだった。鮫(さめ)から逃げる負傷したカマスのごとく、アトレは必死に泳ぎ続けた。どれぐらい泳いだだろう。突然、魂が喉から飛び出るほどの強烈な痛みがアトレの胸を襲った。まさにその時だった。巨大な力がアトレの背後から押し寄せ、それが高波だと直感した彼はすぐに、全身の力を抜いて自らの体を波に預けた。波に揉まれながら、アトレは自分が陸地に押しやられていくのが分かった。足、脇の下、背中の上、そして目の前に、島の得体の知れないあらゆる物が充満し、その中でアトレも島の一部のようになっていた。

　陸地に叩き付けられた時、アトレは魂が抜けてしまうかのように感じたが、幸い波が引いた後も魂は体に残っていた。彼は大きな岩の中に身を隠した。中が空洞になっている変わった岩で、周囲には同じような形の岩が幾つも並び、まるで岩同士が真似し合っているみたいだった。海に長く浸かりすぎたためだろうか、体がどんどん冷えていく。生きながらえるためには陸地に向かわねばならない。アトレは直感的にそう思った。遠くに人の群れが見える。奇妙な服をまとい、奇妙な道具を手に持っている。彼らに見つからないよう、草の動きに合わせながら慎重に移動した。

　草むらに潜んだアトレは改めて辺りをじっくりと観察した。ここはまったく不思議なところだ。片側の陸地がとても高くなっており、その向こうには更に高い陸地が見え、天にまで届きそうだった。掌地師に話してもきっと信じてもらえないだろう。いや、掌地師はこの地も掌(つかさど)っていたのだろうか。この世界にこれほど広大な土地があることを、掌地師は知っていただろうか。

　アトレは高くなっているその陸地を目指して走り出したが、やがて体が言うことを聞かなくなり始めた。一尾の魚を釣り上げるほどの時間が経ったころ、いきなり足に何かがずしりとのしかかり、それきり動けなくなってしまった。

「僕は地面に捕らえられ、たくさんの石が僕を捕まえて離しません。尊敬するカパンよ、どうか僕をお助けください」アトレはぶつぶつとつぶやいた。

土砂に埋もれている間、アトレは地面に倒れたまま動くことができなかった。彼はワヨワヨの年寄りが教えてくれた、痛みを払う方法を思い出した。自分が魚になったと瞑想するのだ。年寄りたちが言うには、魚は最も痛みを知らない生き物で、釣り針にかかっても力強く海底に潜り、命果てるまで人間に抗い続ける。人間ならば針にかかった途端、すぐに屈してしまうだろう。

「ワヨワヨの民は魚のごとくあらねばならぬ。血が流れ尽き、動けなくなるその瞬間まで、決して屈してはならぬ。なぜならワヨワヨの民も海の子なのだから」

地面に横になったまま、アトレはこの世界を細かく観察した。この世界とワヨワヨとでは、色も匂いも、聞こえる音までも異なっていた。もちろん、海に浮かんだあの島ともまるで違う。世界とはこういうものだったのだ。何かをくぐり抜けると、同じようでいて同じではない世界があるのだ。アトレはそんなふうな結論にたどり着けたことが嬉しかった。

そして彼は女の足音に気付き、女が目の前に現れたのだ。

アトレを土砂から解放した後、女は繰り返し何かを話していた。ここで待っていて——アトレは彼女の手の動きから言葉の意味を推測した。だがアトレがその場に留まっていたのは、彼女を待つためではなく、留まらざるを得ないからだった。足の骨が折れていたのだ。足の折れた人間はどこへも行けない。どこへも行けないどころか、良い漁師にもなれず、海にもうまく潜れない。「僕はもう優れたワヨワヨ人にはなれない」アトレは思った。グワナに捕らえられたカモメのように、すべての希望を失ってしまっていた。

## 十五　ダフ

雹(ひょう)が屋根を突き抜けたあの瞬間、ハファイの体はかっと熱を帯び、骨まで鳥肌が立つかのようだった。台北で起きたあの洪水の前夜の感覚と同じだった。振り返ると、二人の記者がのんきにも撮影を続けていた。ハファイはすぐ裏二階に上がるよう叫んだが、二人ともきょとんとしている。

「早くしないと間に合わない！」ハファイは叫んだ。そして波がやってきた。

二度目にやってくる波が最も大きいのだとハファイは経験から知っており、第一波が引くとすぐさま二人に道路へ避難するように告げた。阿漢(アハン)は片手にカメラを持ち、背中にリリーを背負い、水に浸かりながら必死に道路の方へと向かった。ハファイも彼の後に続き、その背後には無言の波が再び迫ってきていた。

第二波の波の音に、今度こそ誰もが立ちすくんだ。

路盤をごっそり抜かれた道路の上で、ハファイは七羽目のシシッドを振り返り、引き波に合わせて片側の壁が倒れていくのを目にした。

「イナ……イナ……」ハファイは海に向かってつぶやいた。


あの年の洪水の後、ハファイのイナは彼女を連れて東部に戻ったが、集落には戻らずに市街に留まった。ハファイのイナはマッサージ嬢の仕事に就き、町中(まちなか)に部屋も借りた。毎朝ハファイが起きると、イナはいつも朝食の準備をして待ってくれていて、その髪型は前の晩に出かけた時と同じなのだった。

ハファイはたまに思う。世間が言うように生活とは選べるものなのだろうか。イナがいなくなった後、イナと同じマッサージ嬢の道を選ばなかったとして、自分はほかに何ができただろうか。それにあの数年がなければ、七羽目のシシッドを建てる元手をあれほど早くは貯められなかった。人生は、いわば交換の連続なのだ。自分が持っているものと相手が持っているものとを交換する。自分の未来を差し出して、今ないものを手にする。交換を繰り返していくうちに、かつて手放したものが再び戻ってくるかもしれない。それがハファイの考えだった。

七羽目のシシッドが倒壊する瞬間を目にしても、ハファイは一粒の涙もこぼさなかった。おそらく予感していたのだ。この建物もいつかは返さねばならない。海に返されたのなら、それはそれで理に適っているというものだ。

　その日、ダフは七羽目のシシッドから投げ出された品物を片付けてから、アリスの車を大学まで充電しにいき、再び元の場所に戻してやった。そしてハファイの横に腰掛け、弁当を彼女の手に渡した。その間も、ハファイの視線は店のあった場所から一寸も離れなかった。

「住むところはあるのか？」

　ハファイは首を振った。

「僕のところに来ればいい。台東(たいとう)の布農(ブヌン)の集落に引っ越したんだ。みんな布農伝統の家を建てていて、実は僕も一軒建てた。僕はそこで寝泊まりできるから、ハファイとウマヴは叔父のアヌの家に泊まればいい。あそこならエアコンもあって快適だから。もしアリスも住む場所がなければ、彼女にも声をかけるつもりだよ」ダフは一気に話した。

　ハファイは首を振った。「あたしはホテルに泊まるよ」

「それじゃ金がかかるだろう？　建て直すにしたって時間がいるし、節約すればいつか七羽目のシシッドだって建て直せるさ」

　ハファイはうなずきもせず、首を振りもしなかった。

「少なくとも僕たちはまだ生きている」ダフは集めた品々を自分の車に乗せ、ハファイのために助手席のドアを開けた。ダフのその動作が自分にとってどれほど意味があったか……何年も経った後にハファイはそう振り返った。あの時、自分のために何かを決めることなどできなかった。誰かにドアを開けてもらうことが必要だったのだ。

車は海岸線を南に下り、ハファイは運転席のダフの物憂げな横顔の向こうにある海を眺めた。例のゴミの渦とやらが、海岸線をほぼ覆い尽くしていた。運転中、照り付ける太陽に光が踊り、ゴミはまるで宝石をまとっているかのようだった。運転中、ダフは一言もしゃべらず、娘のウマヴは乱雑に積まれたハファイの荷物の上に倒れ込むように寝ていた。

間もなく鹿野(しかの)に差しかかろうとするころ、ハファイが口を開いた。「コーヒーメーカーが無事でなによりだったよ」ダフは噴き出した。

「集落に戻ろうと思ったのはどうして?」

「もうずいぶん戻っていなかった。最初は学業のために町に出て、卒業後は集落で小学校の先生になるつもりでいたけど、妻と出会ってしまって、また集落を出たんだ」

ダフは静かな口調で、小米(シャオミー)とのことを話して聞かせた。長い道路をヘッドライトが真っ直ぐに伸びていく。

「町でタクシー運転手をしていた方が稼ぎもいいけど、最近もう潮時だと思ってね。集落のいいところは、いつ帰っても歓迎してくれるし、何をしたってなんとか生活はしていけるところだ。アヌという叔父がいて、彼も若いころ町に出て大学院に通っていたんだが、集落に戻ったある年、某財団が集落の美しい土地を買収して墓地にすると耳にしたんだ、それで友達やら銀行やらあちこちから金を借りて、どうにかその土地を買い取った。叔父はその土地に〝森の教会〟をつくり、観光客に布農族の粟の栽培や狩猟、伝統家屋の建て方なんかを体験してもらってる。もうずいぶん長くやっているよ。僕もたまには手伝ってきたんだけど、今回ばかりは完全に戻ろうかと思っている。ウマヴと遊んでくれる子供たちもいるしね」

「アリスには話した？」

「まだなんだ、つい最近決めたことだから」すべては始まったばかりなのだ。ハファイは思った。


集落に到着した時にはもう夜だった。ダフはウマヴを優しく揺り起こした。村のみんなが食べ物を用意してくれて、ハファイやダフばかりでなく、海岸の掃除に出かけていた村の人々も戻ってくるころだった。

その時、小柄でがっしりとした、まるで少年のころの笑顔のまま成長したような中年の男がやって来て、ダフの肩を叩いた。ダフは男にハファイを紹介した。

「アヌ、布農人（ブヌン）」ダフはハファイを指した。「ハファイ、阿美人（アミ）」

アヌは話し上手で、心を塞ぎ何も聞きたがらなかったハファイの耳を傾けさせた。森の教会を始めたきっかけ、借金の残高、銀行が家を差し押さえに何度もやって来たことなど、あらゆる話を披露した。

「俺の家は何度も競売にかけられたんだ」

「でも売られなかったんだよね？」

「買い手がいなかったからさ！　こんな所に住もうなんて思うのは布農族ぐらいさ、ハッハッハ！　銀行も運が悪かったね。聞けば俺に融資をしてくれた担当者、あれからクビになったんだとさ、ハッハッハ！」ハファイもつられて笑った。

「アヌに金を貸そうなんて奴は人が良すぎるか、抜けているかのどちらかだな」ダフが言った。

アヌは酔ってその場で寝てしまうと、ぴくりともしなかった。そのうち親戚や友人たちもみな家に帰ってしまった。ダフはシングルベッドが二つ置いてある客室にハファイを案内し、一つにはハファイが、もう一つにはウマヴが寝ることになった。

ベッドに横になったもののハファイはどうしても眠れない。するとウマヴも寝付けないのか、ベッドに座り直して窓の外の月明かりを眺めていた。

「ハファイおばさん、森の教会に行ってみない？」

「教会に？　今から？」

「うん」

「鍵は持ってるの?」

ウマヴは驚いたようにハファイを見た。「森に鍵なんてないよ」

道の突き当たりから、渓谷を見下ろせる高台の向こう側へと回ってみると、二人が着いたのは二本の巨木が立つ場所だった。「ここが入り口」ウマヴが言った。ハファイははっとして自分が勘違いしていたことにようやく気付いた。森の教会とはドアもなければ垣根もない、この森のことだったのだ。「入り口」に立った二人はまるで二匹の動物になったようだった。

「本物の教会があるのかと思ってた」

「本物の教会って? 教会に偽物もあるの?」

「そういう意味じゃないんだけどね……」ハファイは続けた。「この先には何があるの?」

「歩く木」ウマヴが答えた。

## 十六 ハファイ

「あるところに女の子がいて、田んぼに出かける時はいつも大きなカゴを持っていた。

でも、カゴの中を誰にも見せようとしなかった。女の子が野良仕事をしていると、決まって整った顔立ちの男が手伝っていたので、不思議に思った近所の人たちが、女の子の母親にこっそり言いつけた」

「何を植えていたの?」

「粟だろうね」

「ここだと、種を蒔いちゃえばあとは何もしなくてもいいって、パパが言ってた」

「女の子の畑では小石を拾ったり、土を耕したり、手入れが必要だったんだろうね」

「その女の子、イケメンなんていないって言い張ったんでしょ」

「そのとおり、ウマヴは賢いね。女の子のお母さんがいくら訊いても、女の子は認めようとしなかった。あのカゴにきっと何かあると思った母親は、女の子が病気で臥せっていたすきにカゴの中をのぞき込んでみた。すると中にはなんと長さ二フィート、幅七インチほどの魚が入っていた」

「それってどれぐらいの大きさ?」

「これぐらいかな」ハファイが魚の長さに手を広げてみせると、ウマヴも納得した様子だった。

「パパはそれより大きな魚を釣ったことがあるよ」

「母親は魚を料理して一人で食べてしまい、残った魚の骨をカゴに戻した。目を覚ました女の子は魚がなくなっていることに気付き、母親に尋ねた。『私の魚は？』すると母親は怒鳴り返した。『この間は餅を搗いておかずもなかったというのに、あんたったら、あんなに大きな魚を隠して！』」

「お母さんに誤解されて、女の子もすごく怒ったんじゃない？」

「お母さんに腹を立てたか、別のことで腹を立てたかは分からないけど、女の子はとても悲しんで、カゴに入っていた魚の骨を呑み込んで死んでしまった。あのイケメンは魚が姿を変えたものだったんだね」

「イケメンが魚になったんじゃなくて？」ウマヴが訊いた。

「そうだね。イナがこの物語を聞かせてくれた時はそんなこと思いつかなかったよ。ウマヴは本当に賢いね」

　そばで聞いていたダフも思わず笑った。阿美（アミ）族も布農（ブヌン）族も物語が好きな部族なのだ。幼いころ、ダフは父親に訊いたことがある。

「父さんは誰から物語を聞いたの？」

「年寄りから聞いたのさ」

「年寄りは誰から物語を聞いたの？」

「年寄りよりずっと年寄りの人からだ」

「でも、年寄りよりずっと年寄りの人も昔は子供だったんだよね？」

「そうだ」

「だったらその人たちも、子供の時に物語を聞いていたんだよね」

ダフの父親はしばらく考えて言った。「ダフの言うとおりだ。年寄りよりずっと年寄りの人も昔は子供だった。物語は子供たちを未知の世界へ連れてゆける、そして自分よりも年寄りの人々に起こった出来事を、子供たちに伝えることができる」

ダフはハファイの話に聞き入るウマヴを眺めていた。彼女は他人が話す時には見せないような表情で、ハファイにとりわけ心を開いていた。ハファイをここに連れてきた初日、ダフは実のところ彼女をとても心配していたのだが、翌日、夜中にウマヴと一緒に森の教会に行ったのだと聞いて安心した。なぜならあの森の木々は、人間の恐れる心、敬う心、慎ましい心を呼び覚まし、あの木々を見た者は死のうなどと思わなくなるからだ。


数日来、ダフは集落とH市を何度往復したか知れない。海岸から漂ってくる臭いはますますひどくなり、海岸線を車で走っていても異様なほどに蒸し暑かった。東海岸は相当昔に積まれたであろう消波ブロックが延々と続き、ゴミの処理をひときわ困難にしていた。一部の環境団体が、東部の大学や高校の若者を動員して海岸の掃除にあたっており、道行くどの区間でも若者たちがリレー方式でゴミを運んでいた。ただしゴミを積む車両がまったく間に合っておらず、短期間で海岸を元通りにすることは不可能に思えた。

ある海洋深層水会社の現場部門で主任を務めていたダフの中学時代の友人、阿力も現場の視察に訪れていた。新型ガスマスクを付けた彼がダフに言った。「新聞にはまだ書かれてないが、うちの会社、九割以上の設備とパイプラインがだめになったんだ。今ではパイプラインもほぼゴミの渦に覆われてしまった。水中カメラで状況を確認したんだが、君も見たら驚くだろうよ。もうこの海も終わりだ」

「県が発表しているよりひどいのか？」

「馬鹿言うな、県が正直に話すわけがないだろ？　それよりもうちのトップが高飛びするんじゃないかと心配だよ。パイプラインを太平洋に放置したままね」

「ほかは知らないけど、君んとこのボスならやりかねないな」

「ちくしょう、いつか県長だって逃げ出すかもしれない」

沿岸の住民にとって、海は畏れを呼び起こし、命を変える力を持つものであったというのに、今の海は牙を抜かれ、心の衰弱した老人になり果てていた。太陽に干されて軽量となったビニール袋が風に舞い上がり、それはまるで異臭を放つ花々のようだった。一時期H市に住み、自分も阿美族の一員だと思っているダフは、阿美族の今後の生活と、既に存続が危ぶまれている漁労文化を憂慮した。

数十年も海で漂流していたであろう硬質プラスチックの管を拾い上げ、阿力が言った。「ガラスならなんとか処分もできるだろうが、一昔前に作られた硬いプラスチックの管なんかはどうしようもない。知ってるか？　数年前、政府が多額を投じてゴミの渦を削減するとか言っていたが、あれはただのパフォーマンスだった。それなら引き揚げたゴミをどこに埋めるというんだ？　島の焼却場、ゴミ埋立地、ちょっとばかり進歩した分解場なんかじゃ、これらのゴミを消化できるわけがない。宜蘭や台北がこのゴミを受け入れると思うか？　冗談じゃない。日本と中国の間じゃ、もうゴミの押し付け合いが始まっている。でも言ってみればゴミの渦は公平だな。海で分散したから、今度は全員のもとに平等にゴミが届くことになるわけだ」

その日の夕暮れ、最後の往復をしていると、ダフはアリスの鮮やかな黄色の車が消えていることに気付いた。おそらく彼女が乗っていったのだろう。ちょうどその時ダフの携帯が鳴り、見るとアリスからだった。

「ダフ、あなたの狩猟小屋に住まわせてもらってもいい？」

「構わないが、しばらく使ってないから崩れたりしてないかな？」

「大丈夫よ、ありがとう」

「そこで寝泊まりするつもりか？」

「ええ……そうね」

「そこじゃ住み心地も悪いだろうに」

「平気よ、テントもあるし。それに登山用具もそろっているから心配しないで。そうだ、ハファイはどうしてる？」

「大丈夫だよ。ただ、七羽目のシシッドが倒壊してしまった」

「ええ、知ってる。海の上の家もそのうち倒れるわね」

「ああ、時間が経てばなんだって倒れるものさ。ところで今どこにいる？」

「ダフの狩猟小屋の近く」

「手伝いに行くよ」

「本当に大丈夫だから。聞いてダフ、しばらく一人で静かに過ごしたいの。機が来たら必ず声をかけるから」


夜、集落に戻ると、ウマヴから今朝もハファイを連れて〝歩く木〟を見に行ったと聞いた。「昼間と夜とではまた違うからね」歩く木とは、いわゆるガジュマルとクスノキの群生のことで、特にシダレガジュマルの木を指した。ガジュマルの気根は枝葉から地面に垂れて支柱根のようになる。その昔、集落はガジュマルの木を土地の境界線としていたが、時を経て、木が「歩く」ことに気付いたのだ。

「来年の春になったらきっと驚くよ」

「あの森のこと?」

「そう」

「蝶が飛ぶの」ウマヴが口を挟んだ。

「そう、蝶が舞うんだ。ここは冬になるとルリマダラ属の蝶が集まって、あちこちに金色の蛹(さなぎ)をつくる。しばらくして羽化すると、大量の蝶がひしめき合うように舞って、それはもう感動的だよ」

「なら来年は必ず来ないとね」

「ここに住めばいいさ。集落も人手が必要だし、かなりの観光客もやってくる。僕らはこの森とあの山に食べさせてもらっているんだ」ハファイは返事をしなかった。ダフは自分でも少しばかり唐突すぎたと思ったが、もう口から出てしまったものは仕方がない。


数日後のある晩、ダフが〝森の教会〟の前に建てた伝統家屋の手入れのために出かけたところ、寝付けなかったのだろうか、ハファイもそこにやって来ていた。二人はトウモロコシを窓辺に縛り付けながら世間話をした。その一週間というもの、ダフは海岸でのゴミの片付けの手伝いで疲弊していた。ハファイはそのことに気付いたようだった。

「疲れてるね」

「ああ」

「疲れがたまると、体からある〝気〟が出るんだ」彼女はダフの肩に手を置き、ゆっくりとほぐし始めた。

「そんなの初めて聞いたよ」

「あたしはプロだもの。ほんとうは昔、H市でマッサージ嬢をしていたからね」風が森の教会を吹き抜けてゆき、その唸り(うな)が遠くに聞こえる。背中に風を感じ、ダフは体がすっと軽くなった。「あたしのマッサージはきちんと学んだものなんだ。イナから手ほどきを受けたし、店の女の子たちにも教わった。手はいろんなものを感じることができるんだよ。関節とか筋とかに気泡みたいなものがあって、生き物みたいに体の中で動き回る。マッサージをする時は指や肘や関節を使って、その気泡をつぶしてほぐしていく。真面目な話、たまに体から黒い〝気〟が出ることもある。その気を吸い込んでしまうと、次の日は自分もひどい顔色になるんだ」

「不思議な話だな」

「不思議でもなんでもないよ」

「客はどんな人たち？」ダフは答えを知りながら尋ねた。

「みんな手コキ目当てに来る男ども。マッサージはついでだね」

ハファイがそこまでストレートに答えるとは思わず、ダフは驚いた。確かにH市のマッサージには二種類あり、一つは純粋なマッサージだが、ほとんどがもう一つのタイプだ。小米（シャオミー）も、そのもう一つの方のマッサージをしていた。ダフはハファイに見透かされたような気がして思わず紅潮した。

「なんてことない。自分の力で金を稼いだだけ」

「そうだな」ダフはどう反応すべきか分からず、笑いながら返した。「実は僕も行ったことがある」言ったそばから、またしくじったと思った。

「あの日、ここに来る車の中で言ってたね、小米のこと」

「そうだった？　小米のことも言ってた？」

「うん。そういえば、ハファイって阿美（アミ）語でなんの意味だか知ってる？」

「ああ。初めて七羽目のシシッドに行った時、偶然だなと思った。阿美族の言葉でハファイも〝小米〟（粟）という意味だったね」

前触れもなく、ハファイが歌い出した。その声はまるで草木が泣いているかのようだった。歌詞はハファイが即興でつくったもので、阿美の言葉だった。

八月の雨の下に埋もれた
米粒ほどの見過ごされてしまうもの
風が吹けばどこかへ落ちてしまうもの
君が通りかかった時
あたしの腕時計はちょうど六時十分
それはちょうど小米が芽吹いた瞬間

# 第七章

「今日の海の天気はどうかと訊かれて、ちゃんと聞こえていたら、必ずよく晴れていると答えるんだ」

「こんなに雨が降っていても、そう答えなければならないの?」

「そうだ」

## 十七　アトレの島の物語

「僕はルス・カドマン・アトレ」僕は言った。「アトレと呼んでくれ」

「私はアリス」多分、彼女はそう言ったのだと思う。

アリスは食べ物と臨時の家を持ってきた。臨時の家は、少々暑苦しいものの、雨に濡れずに済む。僕があの島に造った家とも少し似ていた。彼女は僕の傷口に変な匂いの薬を塗り、飲む用だという薬もくれた。

　彼女は木造の小屋のほうで、僕は臨時の家のほうで過ごした。最初は僕に小屋をあてがおうとしてくれたが、助けてもらった僕のほうがより快適な木造の小屋に住むなどあり得ない。それではワヨワヨの道理に適わないし、ワヨワヨの掟にも反する。最初のうちは僕の言葉をまったく理解できないようだったが、段々と互いの話の鱗片、話のしっぽ、話の魚の目が分かってくるようになった。

　あの白と黒の不思議な生き物は「猫」というそうだ。アリスはオハヨと呼んでいた。

「どんな意味？」と尋ねると、アリスは僕の質問の意味が分かったようで、何やら長々と話し始めた。しかし推測するのは難しくなく、朝起きた後、人に会った時にかける挨拶なのだと分かった。

「オハヨ」僕は真似して呼んでみたが、舌が思うように上手く動かない。猫は僕の呼びかけが聞こえたはずなのに、見向きもせずに行ってしまった。

「あなたたちは？　ワヨワヨ人はなんて挨拶するの？」彼女はそう訊いたのだろう。彼女には僕の島が〝ワヨワヨ〟と呼ばれることは伝えていた。

「イ・ワグドゥマ・シリヤマラ」

「どういう意味？」彼女は肩を上下させた。これはワヨワヨの習慣と同じで、〝分からない〟ということなのだろう。

僕は遠くの海を指し、それから両手を水平に広げ、穏やかな海を表現した。今日の海はまるで熟睡している動物、死んだクジラのように穏やかで神聖だ――「今日の海はよく晴れている」

「イ・ワグドゥマ・シリヤマラ」

「イ・ワグドゥマ・シリヤマラ」アリスは、彼女には舌が絡まるような言葉を繰り返した。

アリスは今のような生活に慣れていないらしく、夜はなかなか寝付けないみたいだった。彼女は不思議な箱を持っていて、指で押すと、それはまるで記憶する目のように、世界の一部を中に取り込んだ。彼女は花や虫、それから鳥たちの「影」を箱の中に取り込み、本と見比べていた。本には彼女が箱の中に見た「影」の「影」があった。あんな絵を僕も描いてみたい。本物の「影」のような絵を描いてみたい。

彼女は「机」と「椅子」というものも持ってきて、小屋の前に置いた。天気がいい日にはそこに座って、「ペン」――僕はあの島で絵を描くのに使っていた小さな棒が「ペン」だということをようやく知った――で、本にあるような文字を書いた。ひとたび書き始めると、アリスはなかなかペンを止めなかったが、その間、彼女の目は夢を見ていた。

何を書いているのかと尋ねると、「物語を書いている」のだという。
「物語を書いてどうするの？」
「物語を書いて、ある人を助けるの」そう言ったように僕には思えた。

彼女は僕の体に描かれた絵に興味を持ったようで、どういう意味かとたびたび尋ねられた。僕は肩に描いた物語、背中に描いた物語、肘に描いた物語を、一つひとつ話して聞かせたが、彼女が果たして話の内容を理解できたかどうかは分からない。絵の中にはかなり薄くなってしまったものもあり、僕はその上から新しい絵を描いた。左の腹に描き直したのは、アリスに助けられた日のことだ。彼女からもらったペンを使い、大地に捕らわれてしまった時の、僕が見た彼女の姿とその後ろの木を描いた。けれどその絵を見た時の彼女の目は、とても悲しそうだった。

彼女はさらに、これまで食べたこともないようなものを食べさせてくれた。僕にも山の環境が徐々に分かってきたので、足が少し良くなったところで、木材を使って小屋を大きめに改造し、小屋の前に雨除け（あまよ）の棚も作った。これで雨の日も字が書ける。

オハヨは早朝に時々、蟹やネズミをくわえてきて小屋の前の階段に置く。きっとアリスに捧げるためなのだろう。

字を書かない時、アリスはよく僕と話をした。最初のうちは相手の話す意味が分からなかったが、少しずつ「感じ取れる」ようになっていった。彼女は彼女の物語を、僕は僕の物語を話した。ワヨワヨのこと、ウルシュラのこと、母のこと、掌海師と掌地師のこと、それから砂浜に打ち上げられたクジラのこと……。彼女が分からなくても僕は構わないと思った。ワヨワヨ人にとって、話は嗅ぐことができるもの、触れることができるもの、想像できるものであり、大きな魚を追う時の直感のように、ぴったりと付いていけるものなのだ。

僕は自分の物語を語るのが好きだったし、アリスの物語を聞くのも好きだった。それに彼女の声と、彼女がオハヨを撫でる時の表情も。アリスの表情は、ある時は僕のイナを、ある時は僕のウルシュラを思い起こさせた。だから僕は、雨もさほど降っていない朝、二人で座って海を見る時に彼女に言った。「ワヨワヨ島の話をしてあげよう。君の心にワヨワヨ島の姿が浮かぶように」

僕らの島は勇士の島、夢が集まる場所、魚群が大移動する時の中継点、日の入りと日の出の座標、そして希望と水の休息地。僕らの土地は、絡み合った珊瑚の上に海鳥の糞が覆い被さってできていて、カパンは自分の涙で島に小さな湖をつくり、僕らはその湖に頼って生きてきた。

その昔、すべてのものは互いを模倣していた。島は海亀を、木々は雲を、死は生を模倣し、万物に大した違いはなかった。そのころ、僕らの一族は深い海の底に住み、海底に町をつくって生活していた。カパンは僕らが飢えることのないよう、蛍光エビを食べ物として与えてくれた。しかし、僕らは海の中で最も賢い種族だった。海に蛍光エビよりも美味な食べ物があることを知ると、無制限に捕食し、絶えず繁殖し、更には移動して町を拡大し、やりたい放題に振る舞った。結果として周りの水生動物を窮地に追いやることになり、ついにカパンの怒りに触れてしまった。

カパンは僕らに罰を与えることにした。ある夜、海底両側の火山が爆発し、町は巻き起こった塵埃に埋もれ、僕らの祖先は海面に浮上することを余儀なくされた。ちょうどその時、トストスの群れが通過し、その鱗のあまりのまばゆさに、祖先の目はつぶれて方向を見失ってしまった。失明を免れたわずかな者たちが彼らの面倒をみることになり、そのうちの一人が勇士サリニニだった。彼は射止めたトストスを年寄りに食べさせようとしたが、鱗の一枚一枚にカパンの印がくっきりと記されていることに気付いた。そこで一族は初めて悟ったのだった。すべてはカパンの怒りに触れ、カパンによって下された罰なのだということを。こうなったらカパンに許しを乞うほかない。勇士サリニニは、雨と霧の果てにある海の門まで泳ぎ、門を越えたところにあるという「真の島」、カパンが住まう地に向かうことを決心した。彼はカパンに許しを乞い、一族が存続できる場所をもう一度賜るよう懇願するつもりだった。

サリニニは数千個の太陽が生死を繰り返す間、休むことなく泳ぎ続けた。体の皮膚は剝(は)がれ、耳は聞こえなくなり、背びれもぼろぼろになった。なのに虹はいつまでも遥か遠くのままだった。全知のカパンはとうとうサリニニに心を打たれ、一族にもう一度チャンスを与えることにした。

「お前たちに島を与えよう。だが、人間の数は島の木の数を超えてはならない。そしてお前たちは水中に留まる力を失い、広大無辺の自由な海を失い、海に捕らわれた孤独と、溺れ死ぬ恐怖を味わうことになるであろう。海は盟友から殺戮者(さつりくしゃ)へと変わり、与える者から敵となる。それでもお前たちは海を頼り、海を信じ、海を崇(あが)めるであろう。我が民よ、我が歌声は雨水となり、眼差しは稲妻と化し、思いは海水のごとくあらゆるところにあり、そして我が口から発せられた言葉は、海のあらゆる生霊となってお前たちを監視し、諭(さと)すのだ」

こうして、僕らの祖先は海から陸地へと移り住み、ワヨワヨ島で生きていくことが許された。カパンのこの言葉も、海の祭祀(さいし)に唱える重要な祝詞となった。

それから何年も経ったある日、一羽の巨大な鳥が島に飛来し、毛繕いしている時に七羽の小鳥を生み落とした。七羽の小鳥はそれぞれ一つの部族を率い、僕らの祖先に陸地で生きるための術を伝授した。鳥たちは島を去る時に目玉を一つずつ残していき、七つの部族にそれぞれの目玉を守るよう言い残した。激しい雷雨が続くなか、七つの目玉は同時に割れ、二つの目玉からそれぞれ一本の手、もう二つの目玉からは一対の足が生まれ、残りの三つからは頭と、体と、生殖器が現れた……七つの部位は一つになり、色黒の、哀愁を帯びた顔つきの大男となった。男は自らを〝掌海師〟と呼んだ。

　掌海師は高い天賦を備え、目は魚のように寝ている時も開いたままで、海に潜れば海底の山脈や峡谷の地形、巨大な海藻の森の位置を記憶し、海の中で岩間から空気が吸えるワヨワヨ島一帯の岩の位置を知っていた。それだけでなく、海の喜びと悲しみ、興奮と憂いを察知し、雨や海流の動きを予言した。彼は毎日、島を三周し、一羽一羽の海鳥、吹き抜けるすべての海風、一つひとつの貝殻がもたらす知らせに耳を傾け、打ち上げられたどのクジラも、島の運命と未来にかかわる貴重な遺言を残してくれる、そう語ったこともあった。彼はまた、あらゆる海の、あらゆる海岸が持つ独特な匂い、その影と光を知り尽くし、遷移する海の生き物から得た彼の知識は天地の果てまで及んだ。唱える呪文は羽毛のごとく一つとして同じものはなく、模倣することはできない。波がもたらす知らせは緻密で微弱なため、掌海師は一本の木のように海辺にたたずみ、水も食べ物も口にせず、笑みすら浮かべず、陽差しに焼かれた黄色い髪を輝かせた。

掌海師は世襲によって受け継がれるのではなく、指導によって後継者が育てられた。掌海師と掌地師の子供は、自分の父親を父と呼んではならなかった。なぜなら掌海師は島の掌海師であり、どの家族にも属すことはなく、どの子供の父親でもないからだ。掌海師と掌地師は島の中から子供を選び、持つ限りの知識と力を伝授した。どの子供も成長できるとは限らないため、選ぶ子供の数は決して一人ではない。僕の父が掌海師だった。父は掌海師になるためのあらゆる訓練を受けた一人だった。僕と双子の兄も、ほかの五人の子供たちと共に掌海師になる訓練を受け、海に関するすべてを学んだ。

僕の父は生まれつき足が一本だけだったが、とても聡明な子供だったので、人々の予想に反して先代掌海師の指名を受けることになった。障害者であることを自覚していた父は、人一倍の努力を重ね、足いっぱいにフジツボが付着するまで泳ぎの練習をした。父はクジラの骨を杖代わりに突いて歩き、たった一本の足はまるで尾びれのようで、泳ぎの技術は誰にも負けなかった。

代々の掌海師は、掌海師を継承すると同時に、一枚の海図を受け継ぐ。海図は掌海師の背の皮膚の下に隠され、それは智恵の蓄積であり、カパンが示現したものだと伝えられていた。海図は時間の流れと共に変化し、ワヨワヨ島周辺の海象を刻々と示した。ただしそれが掌海師の背に浮かび上がるのは、島と掌海師が極限の苦痛にさらされる時のみだった。不漁で島の住民が飢餓に陥ると、掌海師は誰もいない場所でただ一人、自らを苦しめる方法を思索し始める。そして魂が死に近づいた時、海図は浮かび上がり、その図を参考に漁師らが海に出ると必ず魚が捕れた。

毎年、回遊魚が島を通過する時期になると、掌海師は七つの集落の代表を集めて、海上で海の祭祀を行う。掌海師は顔を下に向けたまま海面に一昼夜浮かび、海の生き物たちと交信し、彼らの犠牲によってワヨワヨ人が生かされていることに感謝した。一方、ワヨワヨの漁師である各集落の代表は、順番に網を海に投げ入れるが、どの生き物も網にかけてはならない。決して乱獲はしないという約束を示すための儀式だった。

掌海師はすべてのことを見通していたが、話はたいてい支離滅裂で、波のようにつかみ所がなかった。島の年寄りによれば、最初の掌海師は海鳥の鳴き声を真似てワヨワヨ語を創り、千以上もの波の音を表現できたという。細やかなさざ波や断続的な波、クジラの脂のように滑らかな波や、星明かりを映したあぶく、風に吹かれて立った大波や、魚群が残した暗流、浅瀬から生まれた波や、深海火山が起こす波。波の形は海の生き物ほどの数があり、しかも海鳥の声の音波は人間のそれよりも高く、普通の人間にはとうてい真似することはできなかった。このような言葉を理解できるようにしたのが掌地師であり、掌地師は言葉の狩人、舵取り、征服者だった。

小さいころ父に聞いた話では、遥か昔、掌地師は掌海師だったが、ある代の掌海師に双子が生まれたことで大きく変わったという。双子は同時に母親の産道から出てきて、一人は深い藍色の目を、一人は深い茶色の目をしていた。二人とも同じように聡明で機敏でありながら、異なる天賦を持っていた。掌海師は、海が運ぶ知らせだけではワヨワヨ人に良い暮らしをさせることはできない、だからカパンは二人の子供――どちらも次男ではない子供を授けたのだと理解した。藍色の目をした子供は父親の奔放さと海の知識を受け継ぎ、一方の茶色の目をした子供は海を陸地に変える法則をつかんだ。彼は極めて硬い三本の透明の瓶――僕が打ち上げられた島にはまさにこんな瓶がたくさんあった――を見つけ、その中に処女の陰毛、豚の腸、島で最も肥沃な土を入れ、瓶を携えて島を九十九周した。その間、空の星は少しも動かず、海に嵐が起こることもなく、ただ島の植物だけがどんどん生長していった。「島は十分に大きく、生き物は繁殖し、ワヨワヨ人はこれ以上求めるべきではない」掌地師はそう言って瓶を地面に叩き落とし、すると瓶は魚の目玉のような珠に無数に砕けた。この時、彼はある決まりを作った。島が人間を養うには限りがあるため、一つの家庭に成年男子は一人までとし、次男は生まれてから百八十回目の満月時にタラワカに乗って島を出なければならず、決して戻ってきてはならない。それは掌海師と掌地師の息子であろうと例外ではなかった。

　言葉だけでなく、掌地師には絵の才能もあった。彼の描く絵は、実際に起きた出来事のように真に迫っていた。もしくは実際に起きた出来事が静止した絵に収められていた。掌地師は家を建てるのも得意だった。彼は島の人間に、草や魚の皮、土などの材料を魚の膠でつなぐ技術を教えた。魚の膠は、魚の目玉や皮、骨や鱗を、樹液のような色になるまで煮詰めて作られる。魚の目玉が含まれているためか、膠でつないだところは陽差しや月明かりを受けてよく輝き、そこにまるで魂が潜んでいるかのようだった。ワヨワヨ島の家はごく一部にしか木材を使わない。それだけ木材はとても貴重なものだった。掌地師はこのように戒めていたという。島は小さい上に、貴重な木は生長が遅い。生長が遅いからこそ、木は我々以上の知恵を持つ。我々は個人が使用するもののために安易に伐採してはならない。

　掌地師がよく使っていた言葉に「ガス」というものがあった。ワヨワヨ語のなかで「ガス」には様々な意味があるが、たいていは理解できないものを形容する時に使う。掌地師はよく、ガスガス、ガスガスとつぶやいていた。彼曰く、この世界はガスだらけで、そのことは掌海師にとっても掌地師にとっても同じだった。

　ワヨワヨ島を発ったあの日、掌地師と掌海師――先覚者であり、智者である僕の父が、僕の離島の儀式を執り行ってくれた。僕は次男だった。ワョワョの次男は冒険の象徴であり、大人にはなれない、神への貢ぎ物だった。

しかし僕はガスガスの島に漂着した。ガスガスは僕があの島に付けた名前で、不可解なものにあふれた島という意味だ。僕はガスガス島で無数のガスガスを見てきた。島が生まれる瞬間も目撃した。最初に黒い煙が立ち上り、続いて硫黄の臭いが鼻を突いた。マグマは太陽と月が数十個入れ替わっても延々と噴き出し、海水はプスプスと音を立てて沸き立ち、空いっぱいに火山灰が舞っていた。突然、雲間から稲妻が海面に向かって走り、波間から新しい島が浮かび上がった。

カパンの名にかけて、僕はこの目で島の誕生の一部始終を見たことを誓う。

どれぐらい漂流していただろう。ガスガス島が君たちの島に近付いたころ、何者かが島に上陸してきたので、僕は海に潜り、海に運ばれてこの島にやってきた。そして幸運にも君に、僕の恩人に出会った。

漂流の日々のなかで、僕はずっとカパンに問い続けてきた。なぜ僕が次男で、兄さんが長男なのか。生み落とされたわずかの時間の差だけで、なぜこんなにも違う運命をたどらなければならないのか。母が僕らを宿した瞬間、「僕らは同時にこの世に存在していた」のではないか。そこに長男と次男の違いはあるものなのか……僕の問いに答えがないことは知っていた。ワヨワヨの言葉にもあるように、魚が海のどこにいるかなど、釣り上げるまでは分からないのだから。僕は次男で、ガスガス島に乗ってここまでやってきた。それはもう変えることのできない事実なのだ。

## 十八　アリスの島の物語

少年はこれまで出会った人とはまったく違っていた。まるで本の中から飛び出してきたような、あるいはまったく別の世界からやってきたような人で、古（いにしえ）を思わせるような、それでいて新鮮な息吹をたたえていた。足の怪我が完治していなかったためあまり動き回ることもできず、ほとんどの時間は沈黙し、ただ大きな岩に座って、遠くに一角だけ見える海を眺めていた。たまに私の存在を完全に忘れて、ため息をついたり、苦しみ呻（うめ）いたり、けらけら笑ったりと奇妙な行動を見せることもあった。言葉は二人の間にある壁で、彼が話す意味をすぐには理解できず、手振りや表情の助けを借りてようやく分かるという具合だった。まったく違う言葉を話す相手と、口調や表情、ジェスチャーを通してコミュニケーションしても、伝えられるのはほんの一部で、多分に限界があった。時にはふと、互いに沈黙している時よりもずっと大きな孤独を覚えた。

ワヨワヨ、それは少年がやってきたという島だった。彼は話のなかで、自分が島を離れ、ゴミの渦に乗ってここにたどり着いた経緯にも触れていたのだろうと思う。彼はゴミの渦をワヨワヨ島と同じように一つの島だと思っていたらしく、「ガスガス島」と呼んでいた。「ガスガス」の意味も説明してくれたと思うが、私には分からなかった。

彼が話す言葉も、話す内容も、話の最も鍵となる部分も、私にはつかめなかった。全神経を集中させて耳を傾けても、深い谷間を一つ、また一つと飛び越えなければならなかった。

でも、彼が最初に言った言葉はすぐに分かった。「僕はアトレ」

あの日、アトレに待つよう伝えた場所に戻ってみると、彼は消えていた。どんなに探しても見つからず、諦めようかと思ったその時、アトレが木の後ろからふいに姿を現した。まるで木の一部であったかのように。私は突然のことに驚きふためいた。私が危害を及ぼさないか、あるいは別の誰かを連れて戻ってこないか、確かめようとしたのだろう。足に大怪我をしていることを忘れさせるほど、彼には野に姿を隠す能力があるようだった。

苦痛に耐える力も驚くほど強かった。若いころに看護の訓練を受けていた私には、彼の足首の骨がずれていることは一目瞭然で、折れている可能性すらあった。けれど戻ってくると骨は正常の位置に戻されていた。きっと痛みをこらえて脱臼した部分を元の位置まで引っ張ったのだ。私は彼を支えてダフの狩猟小屋まで行こうとしたが、彼は自分で歩くと言って聞かず、一歩一歩跳びながら小屋に向かった。周りを常に警戒している様子はまるで手負いの獣のようだった。簡単な道具で彼の負傷した足を固定し、体力補給のためのビタミン剤と、感染予防に消炎剤を与えた。

ダフの狩猟小屋は、私とトムが買った小さな農地のすぐそばにあり、以前は休日になると畑で野菜を育て、夜は小屋でトムと食事をしたものだ。アトレの世話をひととおり終えると、私は家の様子を見に再び海辺に戻った。

海はがらりと姿を変えていた。見渡せば変わらぬ青色の海、だがゴミをまとってカラフルにさえなった今は、憂いと苦しみしかそこにはない。毎日を海と過ごしてきた私には、海の感情が感じ取れた。

市内で食事をした時に、ちょうどMの新聞への投書を目にした。今回の出来事について、彼は一種の「弁済」であると主張し、ある部分でこう述べていた。「メディアはまるでこの島が被害者のように報じ、島が被害者の代名詞のようになっているが、ゴミの渦の形成に我々も加担していたことには少しも触れていない。しかも島の大きさから推し量れば、我々が関わった分はかなりの量になるはずだ。これまで我々は発展に伴う代償を貧困地域に押しつけてきた。そして海はついに〝利子〟分の請求書を我々に突きつけてきたのだ」

ハイパーマーケットで保存食と車に収納可能なもう一つのテントを買い、気付けば既に日は暮れていた。急いで山道に入ると、懐中電灯を照らしてはいたものの足元がおぼつかない。内心焦り始めていた時、いきなり木々の間から人影が飛び出してきた。一瞬ぎくりとしたが、片足を引きずっている。アトレだった。彼は前方に向き直って歩き出すと、私の視界から彼の姿が見えるペースで進んでいった。この少年は私に道案内をしてくれているのだった。

ある日、机で原稿を書いていた時のこと、足の傷が回復に向かっていたアトレは、地面から石を一つ拾い、何気ない素振りで小屋の門の前に座っていた。すると次の瞬間、彼は全身の筋肉をこわばらせ、自分自身の何かをすべて投げ出すかのように力いっぱい石を投げたのだ。石はアオバトに命中した。私は食べ物を買うお金ならまだあるし、鳥を殺す必要はないのだと時間をかけて説明したが、彼はよく理解できないようだった。夜になると、彼は山の様々な声に注意深く耳を澄ませ、その様子は狩りの機会をうかがう獣のようだった。

彼は夜空の星の声を聞くかのように遠くを見つめることもあった。そして時々、右手を空に向け、左足を軽く曲げるという奇妙なポーズをした。何をしているのかと声をかけても反応はなく、植物にでもなってしまったみたいだった。

いちばん驚いたのは、あらゆる鳥の鳴き真似ができることだった。彼は見たことも聞いたこともない鳥の声でも、小屋の周りで鳥が七、八回鳴けば、そっくり真似することができた。鳥たちも騙されてしまうほどの完成度で。あれはいつだったか、山道の脇に座り、カンムリチメドリのさえずりを一分ほど聞いていただけで、彼はまるで体は人間、声帯だけがカンムリチメドリになったように見事な鳴き真似を披露して、彼に恋をしてしまったのか、雌鳥も地上に下りてきた。

ある集団にとっては意思疎通できる言語でも、別の集団にとっては梟や羌の鳴き声と変わらないこともある。もし人間が必死に鳥の鳴き声を学んだならば、たとえばフランス語やロシア語を学ぶように、一日二時間〝鳥の鳴き声〟の授業を受けたりすれば、いずれは鳥と話ができるようになるのかもしれない。そう思うと、ワヨワヨ語を学びたいという意志がよりいっそう強くなった。

とはいえ別の言語を理解できるようになるまでの道のりは長いものだ。一度アトレに、ワヨワヨ島がどこにあるのか尋ねたことがある。彼は質問が理解できなかったようで、片方の手のひらを広げ、もう片方は小指と薬指だけを立て、何かの数字を表しているふうに見えた。私はふとひらめいてアトレにペンと紙を渡し、ワヨワヨ島を描いてもらうことにした。すると彼は一心不乱に絵を描き始めた。簡単に描いてもらうつもりが、思いのほかアトレは絵を描くことに没頭した。

彼は時に頭で、時に歯で、時に涙で絵を描き、一枚描き終えるとまたもう一枚の紙を求め、どうやら一枚一枚をつなぎ合わせていこうとしているらしかった。最初の一枚は老人の絵で、クラゲのように海に浮かび、周りには何艘かの小船が描かれていた。絵の意味は分からなかったが、私は明日になったら町にアトレのスケッチブックを買いにいこうと決めた。そうすればアトレも体に描かずにすむし、私にもワヨワヨ島の物語集ができる。

アトレは私の話を完全に理解できない、そんなふうに思っていたからだろう。むしろしきりに彼に話をした。そう、開かれた窓に向けて話すように。

実はここも島で、台湾というの。ずっと昔はフォルモサ（ポルトガル語で「麗しの島」）と呼ばれたこともあった。ほら、これが台湾の航空写真。写真なんて見たことないわよね？　でもガスガス島にはたくさんあったかしら。海水で色褪せて何が写っていたか分からなかったかもしれないけれど。島はこっちとこっちが海に面していて、こっちも海に面していて、つまり周りを海に囲まれているから島と呼ばれるの。厳密にいえば、人間がどの方向を向いていても海があるということになるわね。

　科学的なことはあまり分からないの、でも学生のころ地理の授業で教わったのは、地理学者によるとこの島は今から六百万年前から二百万年前、やっと今の形になったのだそうよ。二百万という数字は分かる？　ずっと昔という意味。そう、遥か遠くの昔。地理学者？　こんなふうに言うと失礼になるかもしれないけど、多分、君が話してくれたワヨワヨ島の掌地師に近い人たち。

　さらに詳しく説明するなら、私みたいな人類がこの島にきたのは、ずっと後になってからのこと。私たちはよくこんなふうに喩（たと）えるの、これまでの時間を一日の二十四時間だとすると、人類が現れたのは深夜零時のわずか数秒前にしかならない。私たちより早くこの島に移り住んだ人々は先住民と呼ばれていて、私の友達のダフとハファイも台湾の先住民。二人は違う部族だけれど、彼らの祖先は私たちより早くこの島にやって来たの。

　ここが君が上陸した所よ。

　私は十数年前にここに引っ越してきて、大学で先生をしていた。大学はここからそう遠くない所にあるわ。あの倒れてしまった、海に回収されてしまった家が見える？以前に主人と子供と住んでいた家よ。でも、それ以前は島の北にある台北という町に住んでいて、それよりももっと昔、私の両親は島の西側に住んでいた。父は少年工として日本にも行ったことがあって、実家は亀山。母の故郷は芳苑というところで、生涯媽祖を信仰していたわ。父は家族と決裂してしまい、土地を分けてもらえなくて一人で台北に出たの。母はというと、牡蠣の養殖だけでは家族の生活が立ちゆかなくなり、少し遠くにある工業区でしばらく働いていたけれど、リストラに遭って最後は台北に移り住んだ。二人がどうやって出会ったのかは私も知らない。でも母の話では、若いころは何度も引っ越しを繰り返し、食べていけそうなところへあちこち〝流浪〟していたんですって。

父も母も、もういない。どう亡くなったかについては話したくない。兄のことも、気分が悪くなるだけだからやめておく。〝亡くなる〟って分かる？　ワヨワヨでは人が死ぬことをなんて言うの？　死ぬ、亡くなる、この世からいなくなる。え？　イワクジ？

（私はトトの地球儀風船を膨らまし始めた。うまくできているもので、空気を入れて膨らませるとほぼ縮尺通りの地球儀になり、暗いところでは文字や色が蛍光に光る。ぺしゃんこだった地球を私は必死に膨らませ、風船はようやく地球の形になった）

見て、このボールの形をしたものが地球で、私たちが住んでいる星。私の、ではなくて、私と君の星よ。私たちが住んでいるところは空の星と同じで、地球というの。このボールは地球の模型で、息子に買ってあげたものだった。表面に夜光の塗料が塗られているから、夜になると光るのよ。この世界には光を放つものとそうでないものがあって、月のようなものもあれば太陽のようなものもある。君たちはなんて言うの？　ナルサ？　太陽は？　昼間に空に現れるあれは？　イグァサ？

私たちはとても小さな島に住んでいる。でも、島の大きさは自分では決められないのだとも思う。二百年前この島にやってきた人々は、ここからここまで歩いて移動して（私は中央山脈から東海岸までなぞってみせた）、何カ月もの時間をかけて、それはきっと命がけの旅だったはず。ある意味、君がこの島にたどり着いたのと同じかもしれない。実際、船で漂流してきた人もたくさんいる。もし、町から町へ、集落から集落へゆっくり歩いていけば、この島はどんどん大きくなっていくと私は思う。トムとまだ恋人同士だったころ、彼にこんな話をしたことがあるの。島が今のような姿になったのは、島に住む人々が、島のあらゆる場所にいち早く行こうとしたからではないかって。

君がこの島に漂着したあの日、地震が起きて、まれに見る大きな波が押し寄せてきた。君の島でも地震は起こる？　きっとあるわよね。地震なんてここではしょっちゅう。もうすぐ台風の季節だけど、台風が来たら大変よ。君を連れてきたあのゴミの渦が島全体を取り囲んでしまうでしょう。

君はまだ十代よね？　私にも子供がいて、今なら十歳になっているはず。でも最初は子供なんてちっとも欲しいと思わなかった。子供にどんな未来が強いられるか分からないし、私たちがめちゃめちゃにしてしまった島を押しつけたくなかったから。結局、子供はできてしまったわけだけど。

私たちの島はここのところ雨がよく降るようになって、台風が来たわけでもないのに、一日の間に何百ミリもの雨が降るところも出てきた。夏は異常に暑くて、期間も長くなって、しかも毎日のようににわか雨が降る。これは友人のMから聞いた話だけど、彼の愛鳥家の仲間によると、一部の渡り鳥は海岸線の変化があまりにも早すぎて区別がつかなくなってしまって、迷いながら降り立つそうよ。とても残念なことだけど、それが私たちの島。


これも持ってきたの。デジタルフォトフレームといって、ここに映し出されているのは写真。写真というのは昔のことを留めた画像のこと。君にとっては不思議なものかもしれないわね。これは私の両親、ここは「中華商場（ちゅうかしょうじょう）」といって両親が最後に住んでいた場所なの。私が小さいころは暮らし向きがよくなくて、両親は私たち兄妹に勉強させるために懸命に働いていた。学問を身に付ければ立派な大人になれると思っていたのね。父は中華商場内の電気屋に弟子入りし、おやじさんについてクーラーの修理によく出かけていた。その間、母は市場で「鶏蛋糕（ジーダンガオ）」〔焼き菓子〕を売っていた。電気屋のおやじさんは三階の一室を私たち家族のために空けてくれて、広さはこの狩猟小屋ぐらいかしら。母親には家で勉強しろといつも言われていたけど、休日だけは兄と鶏蛋糕を売るのを手伝わせてくれた。私も兄も鶏蛋糕を焼くのが大好きで、片面が焼き上がったら、ひっくり返してもう片面を焼くの。とても香ばしいのよ。今度買ってきてあげる。

見て、これが私の昔の家。ベッド一つに家族四人で寝ていたの。小さいころは、この家を出ることをいつも想像していたものよ。

これがトム、私の夫。これが息子のトト。このころはまだ赤ちゃんね。

君の島には山はある？　今、私たちがいるところが山といって、写真のこの高く尖ったところが山よ。

この地図は立体になっているの。ここを触ってみて、尖っているでしょう？　ふかふかしていて、しっとりしている。硬い部分もあるのが分かる？　昔の地図は尖った形で山を表していたの。そう、今君が触っているのが山の感触。台湾は小さな島だけど、すごい山がたくさんあるの。夫も息子も山登りが大好きだった。でもある日、二人は登山に出かけたきり戻ってこなかった。

先日、友人のダフがトムの遺体を見つけてくれたのだけど、息子の行方はまったく分からなかった。風に乗って森のどこかに落ちてしまった一枚の木の葉のように、二度と姿を見せてくれなかった。二人はほんのしばらく山に入るつもりだったのに、山に引き留められてしまった……時々、そんなふうに思うの。

それから私はあの家に一人で暮らした。最初は「海辺の家」と呼んでいたけれど、海面が上昇してからは「海の上の家」と呼ばれるようになって、今は自分で「アリスの島」と呼んでいる。

息子を失って、正直にいうと、母を亡くした時よりずっと辛かった。君のお母さんもきっと悲しんだことでしょうね。息子がまだいれば、数年後には君ぐらいの背になっていたかもしれない。いってみれば私も〝二番目の子〟よ。女も数に入れていいというならね。

ああ、こんなに雲のない空なんて久しぶり。今晩の月(ナルサ)はきれいね。ワヨワヨ島の人たちも同じナルサを見ているのよ。君がガスガス島で見ていたのもあのナルサよ、アトレ。

時々、話しているうちに、彼がすっかり理解しているように思えてしまう。言葉の上の理解ではなく、別の感覚での理解。

　ある朝、彼は私を見て「オハヨ」――私が教えた言葉だ――と言ったので、私も「イ・ワグドゥマ・シリヤマラ」（今日の海はよく晴れている）と返した。私たちは少しずつ相手の言葉を、あるいは両方の言葉を交ぜて話すようになっていた。

　アトレと話をするようになってから、彼が同じ挨拶をたびたび繰り返すことに気付いた。彼はよく「イ・ワグドゥマ・シリサルガ?」（疑問形の挨拶で「今日の海の天気はどうだ?」という意味らしい）と訊き、訊かれた方は「イ・ワグドゥマ・シリヤマラ」（今日の海はよく晴れている）と答えなければならない。最初のうち、私は海に出るわけでもないのに、海の天気を尋ねて意味があるのだろうかと不思議に思っていた。けれど彼は必ず「よく晴れている」と答える。ちっとも晴れていない雨の日も、遠くの波が冷たく島を見つめている時も、アトレは笑顔で「よく晴れている」と答えるのだ。

　私から紙とペンをもらったことがアトレは相当嬉しかったのだろう。その日、彼は立て続けに五回も「今日の海の天気はどうだ?」と声をかけてきた。彼の問いかけに私も辛抱強く答えていたが、三分も経たないうちに六度目の問いかけがあった――「今日の海の天気はどうだ?」私は仕方なく「よく晴れている」と答えた。でも五分と経たないうちにアトレはまたも訊いてきた。

答えないつもりはなかったのだが、ちょうど心がどこか別の場所に飛んでいた。返事をしてもらえなかったアトレは、親友に拒絶されたような屈辱的な表情を見せて、私を責めた。

「答えろ、よく晴れていると」

「さっきもう答えたわ」

「今日の海の天気はどうかと訊かれて、ちゃんと聞こえていたら、必ずよく晴れていると答えるんだ」

「こんなに雨が降っていても、そう答えなければならないの？」

「そうだ」

「答えたくなくても？」

「そうだ」

私たちが遠くの海に目を向けていると、雨はそこからゆっくりと運ばれてきた。大きな波が一つ、また一つと押し寄せている。波が十回ほど押し寄せた沈黙の後、アトレは再び訊いた。「今日の海の天気はどうだ？」

「とてもいいわ」私は答え、初めて聞き返してみた。「今日、あなたの海の天気はどう？」

「とてもいい、よく晴れている」アトレはそう答えた。

二人の目にわけもなく涙がこぼれた。

## 十九　ダフの島の物語

これらの「ゴミ」の「分類」を始めた時、僕はかなり驚いた。ゴミの中にはぼろぼろになったものや変わったものもあり、たとえばバイクのカウル〔フェアリング〕、ベビーカー、コンドーム、注射器、ブラジャー、ストッキング……これらを使っていたのはどんな人たちで、どんなきっかけで捨てたのだろうか。そんなことを考えていた。兵役で軍隊にいた時、銃剣術の訓練にブラジャーを付けて出たら、相手が中隊全員にドリンクをおごるという賭けをしたことがあり、僕は本当にブラジャーを付けて訓練に参加し、みんなは腹を抱えて笑い転げた。その夜、友達と夜食を買いに抜け出した時、僕はピンク色のレースのついたそのブラジャーを手の中で丸めて海へ投げ捨てた。このゴミの渦に乗って、あのブラジャーも戻ってくるのではないだろうか。

ニュースに騙されてプラスチックだけが分解されないと大勢が誤解しているようだが、ここ数日の観察では、自然分解されると標榜する多くの製品であっても驚くほど腐食に耐えていた。ビニール袋や発泡スチロールに入ったまま完全な姿を留めたものも少なくない。僕が拾った「完全で価値のあるもの」に分類された中には、指輪、眼鏡、腕時計、携帯電話などがあった。聞けば「金(きん)」を拾った人もいるらしい。最近よそから多くの人がゴミ拾いにやって来ているのは、その噂のせいなのだろう。このゴミの中から宝か何かが出てくると思っているのだ。だが僕にとってより心配なのは、沿海で農耕や漁に頼り生活してきた先住民集落の住民が、今は海岸のゴミ拾いで生計を立てなければならないことだった。生業(なりわい)というものは簡単に切り捨てられるものではないし、ある生活方式に慣れてしまえば今度はそこから逃げ出すのは難しい。それは小米(シャオミー)が僕に言ったことだった。

小米と一緒だったころ、この海岸まで散歩に来たことがある。彼女は耳にしていたイヤリングを片方落としてしまい、二人で浜辺を探し回ったが見つからず、しまいにはもう片方もなくしてしまった。僕がイヤリングをしていない彼女の耳にキスをすると、彼女は眠たそうな猫のように目を細めた。あのイヤリングはまだこの海岸のどこかにあるのだろうか。僕は思った。

ここではゴミの中に迷い込んでしまった動物が見つかることもあり、ビニール袋に長く閉じ込められたままの魚や、ほぼ完全な形を残したクジラの骨が発見されることもあった。最も多いのは死んだ海亀だ。一般的な海亀からアオウミガメ、オサガメ……。肉はたいてい食われており、甲羅だけが残っていた。知らせを受けてやってきた海洋動物の専門家が、その場で海亀の甲羅の大きさを測った。すぐに腐爛(ふらん)することのない甲羅はやがて彼らの生きていた証となる。

これらのゴミは、いわば各々の物語を携えて海を漂流していたのだ。捨てられたゴミの一つひとつに物語があるのだから。


今週に入ってから、海岸には海流学者、潮間帯の生物学者、プラスチック化学の学者など、多勢の専門家が来ていた。今日はドイツからやってきたというゴミの専門家チームもいた。僕たちが分類したゴミを「研究」するのだという。特別に保管されたゴミのサンプルについて、漂着した地点や重さなどを記録し、タグを貼り付けていった。そのゴミの専門家はドイツ・ルール工業地帯のゴミ埋立地からドイツの文化史を論じる本を書いた人だそうで、彼はゴミを価値ではなく「機能性」に基づいて分類すべきだと提案した。これらのゴミが、今後の世界文化史における重要な研究資料になるかもしれないのだそうだ。

地元政府はゴミ専門家が一定のサンプルを持ち帰ることを許可したが、細かすぎる分類については拒否した。早々に片付けないと選挙ももうすぐそこなのだ。ある政府役人も僕たちにこっそり漏らしていた。ゴミは価値があるかないか、燃やせるか燃やせないかに分類すればいい、分類したらさっさと捨てろ。「ゴミはゴミ、分類してもゴミだ。そんなものを研究してなんになる」

「我らの麗しの島（フォルモサ）を取り戻せ」――「海岸清掃」に全住民で取り組むよう政府が掲げた馬鹿げたスローガン――の活動は勢いよく進められていたが、現場に来ていた専門家の推定では、百年以上の時間をかけないと海岸は元の姿には戻らないという。とはいえ僕は「元の姿」というものが果たして存在するのかと疑問に思った。もしそうだというなら、七羽目のシシッドも元の姿の一部といえるのだろうか。

あの海洋作家のL先生を覚えているかい？　よく七羽目のシシッドの近くにやって来ていた、あの先生だ。数日前も学生とボランティアを引き連れて、岸に打ち上げられたエビや海栗（うに）、ナマコやクモヒトデ、ヤドカリや蟹なんかを採集していた。彼の話によると採集した生き物の中には見たこともない種類もたくさんあり、あの時の大波とゴミの渦の衝突で打ち上げられたらしい。海は昔の姿に戻るのかと尋ねると、昔の景観などもうない、すべてが変わってしまったのだから、と彼は言っていた。

僕はその言葉に返した。それは父から教わったこととは違う。父はこの世に二つだけ変わらないものがあると話していた。一つは山、もう一つは海だ。

布農（ブヌン）族にとって、狩猟の技術を身に付けていない男は真の男とはいえない。泰雅（アタヤル）族は僕らを「影」と呼ぶが、それは狩猟技術に優れた部族だからだ。しかし父はよく言っていた。狩猟で最初に学ぶのは、狩りではなく、山を知ることだと。

父の話では、日本人は布農族が団結して対抗しないよう、絶えず居住地を変えさせ、更には布農族の農耕習慣まで変えて稲作を覚えさせたという。僕らを山から遠ざけるためだった。稲作の生活に慣れると、やがて狩人の地位は下がり、布農族はますます山を知らなくなっていった。山を知らない者を、山は守ってはくれない。

父はまた、布農の子供は狩りに参加できる年の「射耳祭（マラタンギァ）」――狩人の資格試験のような儀式――を迎えるまでに、幼いころから山のあらゆる知識を授かるのだと話してくれた。

狩猟に初めて参加が許される年の射耳祭のことを、僕は忘れない。集落の年長者が、祭場の中央に獣の六つの耳を三列に分けて並べる。一番上の二つが鹿の耳、真ん中はキバノロの二つの耳、一番下は山羊と猪の片方ずつの耳だ。山羊の耳はふさふさしていて、小さくて可愛かった。実際に射る時は、子供たちを耳の近くに立たせるので、弓矢の訓練を受けて育った布農の子供が外すことはまずあり得ない。僕の父は村の名射手で、銃でも弓矢でも確実に命中させることができた。僕も弓矢を持つと、父親譲りの風格があると小さいころからよく言われてきた。年寄りが順番に子供を抱いて的の前まで行くと、矢は「トン」と音を立てて鹿の耳に命中した。年寄りが兄を抱いて的の前まで行くと、矢は「トン」と音を立てて鹿の耳に命中した。僕の番になり、僕は自信満々に鹿の耳に狙いを定めた。だが矢を放った瞬間、なぜか弓がカクンと下を向いてしまい、「トン」と命中したのは山羊の耳だった。

山羊の耳はふさふさとして小さくて可愛かった。僕の矢はその耳に命中した。

周りは驚き、父は顔色を変えた。それはなぜか。実は射耳祭で当てていいのは鹿とキバノロの耳だけで、猪の耳に当てれば猪を恐れるようになり、山羊の耳に当てたなら、山羊のように断崖絶壁の道をゆくようになるとされていたのだ。

僕が山羊の耳に当てたことで、父はずいぶん長いこと口を利いてくれなかった。当時は僕のことを怒っているのだと思っていたが、実は僕を案じていたのだと、後から分かった。


父は狩猟隊のラヴァン（リーダー）だった。狩り場はとても大きく、境界にはバダン、つまり葦（あし）を積み上げて印としていた。僕は父の息子ではあったが、ラヴァンは子に継承されるものではなく、狩猟の腕やチームワーク、指導力などを総合的に評価し、最も優れた若者にだけラヴァンとなる機会が与えられる。矢を山羊の耳に当ててしまったものの、狩り場に入れば僕の右に出る者はいなかった。それでも父は、山羊の耳に当てた厄難はこれからやって来るのだと、僕のことをひどく心配していた。

ある時、僕たちは巨大な猪を巻き狩りすることになった。僕らの間では知られた猪で、狩人の手から何度も逃げ延び、何匹もの猟犬を殺した奴だった。父の銃弾を何発も食らいながらまんまと逃げおおせたこともある。父が言うには、奴はハニトゥ（精霊）で、奴を撃つ時は決してその目を見てはならない。さもないと惑わされてしまうのだという。

その時の狩りもラヴァンは父だった。夜がまだ明けきらないころ、狩人たちは空き地に輪になって座り、父が酒を撒き、歌を歌うのを待った。

「何が我が銃口の前にやってくる」父が歌うと、

「すべての鹿が我が銃口の前にやってくる」と狩人たちが歌う。

「何が我が銃口の前にやってくる」父が歌うと、

「すべての猪が我が銃口の前にやってくる」と狩人たちが歌う。

銃は酒の匂いに満ちていた。そして狩り場に向かう時、父が叔父に小声で話しているのが聞こえた。夢の知らせを受けたのだが、酒を撒く儀式が終わった途端、夢の内容をすっかり忘れてしまったのだという。夢を忘れるなどよくあることだし、しかも夢を見なかった、あるいは忘れたからといって、狩りに出てはならない決まりはない。叔父はそう言って父をなだめた。

その日はマブサウが行われた。マブサウとは狩りの方法の一つで、まずラヴァンが猪の隠れ場所を判断し、犬に追い立てられた獲物を囲い込んでいくというものだ。夜が明けたばかりの五時ごろ、猪の気配を嗅ぎ付けた犬たちが狂ったように吠えだした。

父は遠くの草の動きを観察し、それが大きな猪であることはすぐに分かった。悪魔のようなあの猪である可能性は高い。猪が逃げた方向を判断すると、父は狩人たちに獲物を追い込むルートを一つずつ指し示し、僕はいちばん左のルートを割り当てられた。山ではまだ半人前だった僕は、何事も見習うことから始めなければならない。僕は走りながら犬の声と草の動く音に耳を澄ませ、木々の匂いとその影が自分のそばから音を立てて流れていった。突然、何かに足を取られて何回転か転がったが、すぐに銃を拾い、狩猟ナイフに手を当てて再び走りだした。

だが体を起こした途端、奇妙なことに音がまったく聞こえなくなっていた。この世に元から音などなかったように、森の中はしんと静まり返っていた。足を止め、風向きと草の揺れる方向を注意深く観察していると、ひとつの影が目の前を猛烈な速さで横切っていった。僕は息を深く吸い込み、自分の心臓を手に持って走るかのような速さでその後を追った。どれぐらい追っていただろう。影は唐突に立ち止まり、僕に向かって一喝した。

いきなりの怒声におののいて僕の体は固まった。無音声だと思っていた映像があるところで突然、最大音量にされたような感じだった。僕の目の前に、一人の男が立っていた。彼はこちらに視線を向け、蔓草のような髪が風に舞い上がった。

男が話し始めた……いや、話をしたというべきなのだろうか。なぜなら男の口はぴくりとも動いていないのに、僕にははっきりとその声を聞くことができたからだ。

「おまえはどの猪にも追いつくことはできない。おまえは優れた狩人になれない定めだ」

「それなら僕には何ができる？」

「おまえに何ができる？」男は問い返した。彼の目は僕たちの目とは違っていて、一つの目というよりも、無数の目を組み合わせた複眼のようだった。雲と山と川と雲雀(ひばり)と羌(キョン)の目を合わせたような目。再びじっと見つめると、一つひとつの目には風景が見え、その風景が集まって、見たこともない巨大な風景をつくり上げていた。

「おまえに何ができる？」

　風に乗って男の声が舞い戻ってきた。気付くと僕は、山羊のように体をやや傾けて崖の上に立っていた。遠くの空は花縮紗(ハナシュクシャ)の色に染まり、崖下は樹木と渓流が深緑色に広がっていて、まるで島の上に立っているかのようだった。

　後から知ったことだが、この時、狩猟隊のみんなが僕を探していた。父が大変なことになっていたからだ。叔父の銃から暴発した銃弾が父の右目に当たり、目がつぶれ、頭蓋骨に大きな穴が開いたのだ。父はすぐには死なず、三日目には自分で呼吸器を外し、話があると僕と兄を呼んだ。僕らがベッドの前まで行くと、父が訊いた。

「あの日、どこへ行っていた」

「分からない」

「崖でぼうっと立っているところを見つけたんだ」兄が言った。

父は兄を指して「お前は布農(ブヌン)の狩人になれ」と言い、そして僕を指して「お前はもう狩人にはなれん。山羊の耳に当ててしまったのだから」と言った。

「それなら僕は何になればいい？」僕は訊いた。

「山を知る人間になれ」父の声はどんどんか細くなっていき、銃弾を受けた右目はガーゼから血が滲(にじ)んで流れ出した。意識も朦朧(もうろう)としている。兄がベッドの上の緊急ボタンを押すと、看護師が急いで医師を連れてきた。父はそれからぼんやりとした意識のなかで七日間持ち堪え、そして息を引き取った。

僕は奇妙な目をした男のことを父に話さなかった。もう話さなくてもいいと思った。父は、永遠に目を閉じてしまった。


それからというもの、僕は狩りに参加する度に、断崖でぼうっとしているところを発見されて、やがて狩りに誘われることもなくなった。幸い勉強はできた方だったから西部にある大学まで進んだ。そうだ、この帽子、見せたことがあったかな。お気に入りの帽子なんだ。この上の羽は竹鶏(テッケイ)のもので、父が僕に名前を付けてくれた時に、竹鶏を捕まえて僕に食べさせ、羽毛を記念に残してくれた。僕の一番の宝物さ。

小米(シャオミー)と別れてから、僕はたまに集落に戻り、アヌの森の教会を手伝ってきた。少しずつ、だがきっと、山を知ることができるようになるだろう。その前にまず山を残さないといけない。山を乱暴に削ってできた道も、トンネルもない、山羊と鹿と猪が駆け回る山を。

ここ数日は本当に暑くて、昨日海沿いを走っている時に山の方を見たら、フェーン現象でたくさんの木が焼けてしまっていた。「海が健やかでないと、山も健やかでなくなる」小さいころ父に連れられて海に泳ぎに来た時、父は僕の小さなちんちんをつまんで、そう言っていた。

## 二十　ハファイの島の物語

七羽目のシシッドを建てたのは、四方すべてに窓がある家が欲しいと思ったから。窓のない家は苦手だ。

あたしたち阿美(アミ)族にとって、魂が住むとされる家は、とても重要なんだ。でも、あたしとイナが長く暮らしていた都会では、家はその場しのぎに適当に作られたものばかりだった。だから、お金が貯まったらまずしようと思ったのが、海辺に自分だけの家を造ることだった。
　七羽目のシシッドを建て始めた時、アリスの家も着工したばかりで、言ってみれば海の上の家と七羽目のシシッドは同じ時に生まれたの。彼女たちの家はすごく特別で、あたしが見たこともないような家だった。家の上には太陽光パネルまであって、様式もこの辺では見かけないものだった。集落には親族も友達もいなかったのに、家を建てた時はみんなが手伝いに来てくれた。そうだ、覚えてる？　家が完成した時はミッモス〔阿美族の新居落成を祝う儀式〕もやってくれて、あんたも来ていたよね？　阿栄(アロン)が飼っていた豚をさばいてくれたっけ。あれからあっという間だったね。

　ごめん、小米(シャオミー)の話をしたら気分を悪くするかもね。うん、あんたから彼女の話を聞いて、自分も彼女と同じような仕事をしていたことを思い出したの。あたしも小米の気持ちが少しは分かるような気がするし、あの仕事をしていた時期に、小米も別の小部屋から小部屋へ巡りめぐっていたのかもしれない。でね、あの仕事でいちばん耐えられなかったのが、部屋の前に立ってノックをするまで、中の男がどんな人間なのか分からないことだった。自分が嫌な客でも気持ち悪い客でも、相手を拒絶することはできない。ノックをしてドアを開けたら、その中で知らない男と一時間も一緒に過ごさなければならないんだ。

当時、仲良くしていた小奈は、自分で自分をプロのマッサージ師だと思い込ませて、「この手の商売」をしていると思わないようにしていた。店に来る男たちは、体のどこかしらに必ず痛みを持っていた。マッサージをする時に、集中的にやって欲しい所、強めにやって欲しい所を一応尋ねるんだけど、たいてい言われた部位に触れると……そこには何かが住み着いている感じだった。小奈が言うには、その部分をしっかりほぐしてあげると、最初は痛がるけど徐々にリラックスしていって、寝てしまう人もいれば、口数が多くなって悩みを打ち明けてくる人もいる。そんな時に優しく対応すれば、おおかたの客はあまりひどい要求はしてこない。性的な欲求がほかの何かに取って代わられてしまうんだね。

それでも面倒な客もいろいろいて、あの手の病気を持っている客なんかは触れるのも触れられるのも嫌で、険悪な雰囲気になったり、客と喧嘩になったりすることもあった。ある客はマッサージの途中で奥さんか彼女から電話がかかってきて、こっちは聞かなかったふりをするんだけど、なんとなく気まずくなってしまう。時間になっても「イカなかった」ことを理由に、料金を半分しか払おうとしない客もいた。なかには下の階で支払いの時に、適当に金を置いてさっさとタクシーに乗り込んでしまう人もいて、数えてみると全然足りないなんてこともあった。店に電話をかけてくる客に困ったこともある。

あれをする時は、いつも電気とテレビを消して部屋を真っ暗にした。今、自分は小さな、真っ暗な島にいるんだって、想像するようにしていた。

あのころはいつも思っていた。お金が貯まったら絶対に明るいところに引っ越すんだって。


客には絶対に惚れてはならないと、小奈(シャオナイ)がよく言っていた。あたしにそう言いながら、実は自分にも言い聞かせていたんだ。でも、あたしには一度だけあった。今でも彼の背中を覚えてる。広い肩、首から尻にかけての長い曲線、小学校時代の知り合いの男の子によく似ていたんだ。来る時はいつも疲れた様子で、体にできたたくさんの気結(きけつ)をほぐすのに、毎回力を入れてマッサージをした。マッサージ中はほとんどしゃべらなかったけど、彼の呼吸はとても重々しかった。きっと楽しい人生を送っていないんだろうなって思った。会話なんてほぼしたことはなかったけどね。

時間になって電気を消して、「仰向けになってください」と言うと、彼は何も言わずに体の向きを変えて、あたしは背を向けて彼のあそこを握って「解決」してあげた。彼は時々、あたしの背中を優しく撫でた。大きな手だった。信じられないかもしれないけれど、女の体は手の感情を感じることができるんだ。相手の体に触れたり、触れられたりすると、相手が何か思っていることが伝わってくる。はっきりとではなく、ぼんやりとしていて言葉にはできないんだけど、肌を通して何かが伝わってくるんだ。時には相手が自分を愛してくれているのかどうかということも。そう、手だけで分かるんだ。

彼は二週間おきにやって来て、いつもあたしを指名した。彼の匂いと彼の体付きが、あたしの中にも記憶されていった。店に来る大部分の男とは違って……あたしが言いたいのは、店にやって来るのは軍隊の兄ちゃんとか既婚の中年おやじとかで、金を払って発散しに来るわけで、店に入ってくるなり触ってきたりする人も多かった。でも、彼は違った。なぜかあたしにはとても礼儀正しくて、もちろん「解決」はしてあげるけど、それ以外は普通のマッサージ師のように接してくれた。何度も射精しなかったことがあったけど、時計のアラームが鳴ると、何も言わずに蒸しタオルで自分の体を拭いて、「ありがとう」とだけ言って出て行くの。

半年ぐらい通ってくれたかな。おかしな話だけど、彼が店に来るようになって数カ月が経ったころ、あたしは想像するようになった。彼と一緒に夕食を終えた後とか、二人で海辺を散歩した後とか、仕事から帰ってきた後とか、彼があまりの疲れにベッドに倒れ込んだところへ、あたしが静かにマッサージをしてあげる……そんなシーンを想像したりした。たまに白く長く延びた彼の背中を見ながら、彼が突然こっちを向いて「今日の君はきれいだ」なんて言葉を、低い声で何気なくかけてくれることまで妄想をした。

もちろん、そんなことは本当には起こらなかったし、面と向かってちゃんと話したことすらなかった。彼はただ「ありがとう」と言って帽子を被り、うつむき加減で出て行くだけだった。

一度、ラジオから流れてくる音楽にのせて歌ったことがあった。マッサージの後、彼に歌が好きなのかと訊かれ、そうだと答えた。それから彼は店に来る度にCDを持ってきてくれた。全部あたしの聴いたことのない英語の歌だったけど、どれも有名な歌だし、あたしの声もいいから、歌ってみるといいよと彼は言ってくれた。彼がくれたCDだと思うと、あたしはどのCDの歌も歌えるようになって、歌手の名前も覚えたの。あの歌手たちもたいしたものだよね。歌を聴いていると、まるで自分にしかできない魔法を持っているように思えたよ。

小奈(シャオナイ)の言うとおり、店に来るのは誰かの旦那、誰かの恋人、誰かの父親なのだから、絶対に期待を抱いたりしちゃいけない。それでも小奈は、店の客だった男を好きになり、一緒になった。あたしは彼が来るかもしれない日を計算しながら、毎日のように期待に胸を膨らませた。彼の名前も、職業も、あたしは一度も訊かなかった。昼間はイヤホンを付け、携帯に落とした彼のCDの歌を聴きながら眠りに落ちた。

その年の十一月を境に彼は姿を見せなくなった。最後に店に来たのが十月三十一日。彼の携帯の番号も知らなかったから連絡することもできなくて、覚えているのはただ、彼の背中と、彼からもらったCDだけだった。

毎日、自分の番号が呼ばれ、あの暗い部屋に入って、知らない男にマッサージをした。マッサージしながら隣の部屋では何が起こっているんだろうと思ったりした。でも、隣の部屋で何が起こっているのかさえ、あたしは分からなかった。いつも使っている部屋には海辺のポスターが貼られていて、地元の海ではなくて行ったことのないギリシャかどこかの海で、とにかく内装業者が適当に貼ったものだった。ポスターは明かりをつけないとはっきり見えなくて、でもいざ明かりの下で見ると、湿気で所々傷んで角が大きくめくれ上がり、ちっとも本当の海には見えなかった。明かりをほんのり残した時だけ、本物の海に見えたんだ。あのころは海があんなにも近かったのに、海辺に行くことなんてほとんどなかった。夜は仕事に出かけて昼間は寝ていたからね。

イナがあたしを連れて東部に戻ってきた時の、電車の中から海を見ていたイナの表情を、今でもはっきりと覚えている。あたしの頭を撫でて、ガラス窓をコンコン叩きながら、うつろな口調で阿美族の知る海について話してくれた。

集落の祖先は、もともとは南のアラパナパナヤンに住む天神だった。四代目の六人兄妹のうち、末娘のティヤマザンを海神が見初めた。海神に嫁ぎたくなかったティヤマザンは必死に身を隠したが、怒った海神は洪水を起こして彼女を強引に娶ってしまった。母親のマダピダプは娘を思うあまり海鳥になり、毎日海辺で娘の名前を呼んだ。父親のゲサンは山の上に登ってヘゴの木となり、いつまでも遠くの海を眺めていた。長男のタディアフォは洪水を逃れて山にこもり、別の一族の祖先となった。次男のダダキヨロは西へ逃げて西部の先住民族の祖先になり、南へ逃げた三男のアポトクは南方の一部集落の祖先となった。四男ララカンと第五子の長女ドチは木臼に乗り、ファコンのチランガサンという場所まで流された。二人は子孫を残すため仕方なく夫婦となった。

二人は子を儲けようとするものの、大蛇や亀、蜥蜴や蛙が生まれてくるばかりで、どうしても人間の子ができない。兄妹、いや夫婦は、それはそれは悲しんだ。ある日、太陽神がやって来て、二人は福を賜り、ようやく人間の女の子三人と男の子一人を授かった。夫婦は生まれてきた子供の名前に太陽の姓を冠した……細かいことはよく覚えていないけど、その子供の一人があたしたちの故郷に移ってきて、あたしたちの祖先になったんだって。

イナは言っていた。人はさすらうもの、いかなる時もさすらうもの。自分の住みたい場所、住んでゆける場所を求めて。山に住む者は山崩れで山の向こうに追いやられるかもしれないし、平地に住む者は別の誰かに追いやられて山の中に移り住むかもしれない。そして島に住む者は、いずれまた別の島に渡ることになるかもしれない。

あの年の暮れ、お金もある程度貯まり、七羽目のシシッドのあの土地を買って家を建て始めたんだ。そうして一年が過ぎて、ついにあの仕事を辞めたの。

店も最初のころは大変で、手伝ってくれる人もいなかったし、なんでもかんでも手探りだった。だけど面白いこともあった。店を始めてから一度きりの来店という客がたくさんいたんだ。なぜだか分かる？　そう、彼らは前の店で私の客だった人たち。きっと明るい場所であたしと顔を合わせたくなかったんだろうね。

たまに思っていた。いつか彼が七羽目のシシッドにやって来て、サラマ・コーヒーか何かを注文して、灯台のあの席に座る。でも、あたしには彼だと分からない。服を脱いでもらうわけにはいかないからね。あたしが覚えているのはただ、彼の背中の一つひとつのホクロとイボ、そして肌の色だけ。あたしが覚えているのは彼の背中だけだから。

もし彼が店に来てくれたなら、あたしはCDの歌を歌ってあげたい。彼の背中に向かって、あのCDの歌を歌ってあげたい。

# 第八章

デトレフは鋭く、かつ鉄よりも硬い岩盤に触れ、思わず鼓動が高鳴った。既に土砂が撤去された現場では、ＴＢＭが最後部だけをのぞかせていた。手塩にかけて設計した巨大な機械は、さながら樹液に閉じ込められた奇特な昆虫のようで、デトレフは一瞬、申し訳なさと感傷とが交錯したなんとも表現しがたい感情に襲われた。

## 二十一　山を抜けて

デトレフ・ボルトは飛行機の窓から島を見下ろし、心の中でつぶやいた。「もう三十年以上にもなるのか」

三十余年前、彼はまさに意気盛んなころで、世界最大の全断面トンネル掘進機ＴＢＭの設計に携わり、それまでもっぱら発破工法であったトンネル掘削（くっさく）を変えようとしていた。短い間ではあったが、デトレフは顧問としてこの島を訪れ、山脈を貫通するための専門家会議に参加したのだった。当時は慌ただしく行き来していたため知り合いもあまりできなかったが、今回の旅にあたっては当時のプロジェクトで共に仕事をした、いくらか親交のあったエンジニア――李栄祥(リー・ロンシャン)に声をかけた。デトレフはサラとのんびり旅をするつもりでいたが、今回はただの旅行というわけでもなかった。少なくとも、サラはそう思ってはいなかった。

サラはノルウェー沿海の生物群系を長く研究してきた海洋生態学者で、彼女とデトレフが出会ったのも海の上だった。当時、民間によるメタンハイドレート開発の投資計画があり、デトレフは掘削探査の顧問として招かれ、彼が教える優秀な学生数人もプロジェクトに参加していた。

そのころ彼の乗った探査船は大陸棚付近で活動しており、同じ海域でサラの率いる反捕鯨団体が捕鯨船への抗議活動を行っていたが、デトレフは他人事のように事の成り行きを傍観していた。彼は専門性を信じる人間だった。目の前で起きていることに対しても、批評家であるかのような、どこか傲慢な態度を見せた。

抗議団体の船はさほど大きくはなく、「海の巨人の殺戮(さつりく)に反対」と書かれた横断幕が凍てつく風にはためき、そのスローガンの前でなびくサラの赤髪はひときわ目を引いた。意図的だったかどうかは不明だが、ほどなく方向転換をしていた捕鯨船が急に進路転換をし、抗議船の船体をかすってしまったのだ。かすったといっても双方の船のトン数には相当な差があった。抗議船は衝撃に耐えられず転覆し、抗議メンバー全員が海の中に投げ出された。近くにいたデトレフの探査船は直ちに救助に向かったのだが、幸い全員が救命胴衣を着用していた上に、そういった状況下の救命方法をよく心得ている様子で、まるで抗議船のほうがわざと転覆したのかとすら思われた。救急車に搬送される全身びしょ濡れの赤毛の女がふいに顔を向け、視線が合った瞬間に、デトレフは自分が「反論の余地なく」——それは彼が研究レポートでよく使う表現だった——何かに打たれたことを確信した。

見舞いを口実にサラと顔見知りになると、二人はよく海辺でデートをした。目の前の海は温度が低いために、その様相は他の海域とはまったく異なる表情で、遠くの灯りが今にも消えてしまいそうに揺らめいていた。二人はメタンハイドレートがもたらす生態への影響から、捕鯨産業、沿海に生息する貝類の生態変化に至るまで語り合った。赤毛の女のほうはそれに留まらず、キーツやイェイツなど敬愛する詩人のことまでも話題にした。

一度、二人の間でノルウェーが捕鯨を続けるべきかどうかについて論争になったことがある。サラは言った。「あなたは幼いクジラが血を流して息絶える姿を見たことがない、だからなんとも思わないのよ」

「だが捕鯨者のほとんどは、彼らの祖先のころからクジラを捕ってきた」

「クジラ捕りを生業としない祖先を持つ捕鯨者がたくさんいるのも事実よ。私が言いたいのはね、職業は変えられないものなわけ？　伝統は変えられないものなの？」

「多分ね」デトレフは続けた。「君はメタンハイドレートの採掘にも反対なんだろう？」

「そうよ」

「メタンハイドレートを採掘しても、誰の迷惑にもならないけどね」

「迷惑になるかならないかは、その〝誰〟の定義にかかってくるわ。メタンハイドレートは石油とは違う。今の科学者たちは、メタンハイドレートは断層の奥深くで移動するか、または沈殿や結晶などの働きで、上昇する気体が冷たい海水に触れることで形成されるものだと考えている。だから深層の沈殿物の構造内に存在するものだとされているのよ。もちろん海底から露出するものもあるでしょう。つまりメタンハイドレートは海底の地層を構成する一部だということよ。採掘によって極地にどんなダメージがもたらされるかも分からない。脆弱な地形と局地の気候を変えてしまう可能性だってある。そうは思わない？　それによって人間は死ぬことはないかもしれないけれど、ほかの生き物たちにとっては、これほどの環境変化は耐えがたいはずよ」

「なにも開発しなければ、人類は生きてはいけないよ」

「人類が多すぎるから、ほかの生き物たちが生きていけないというふうには考えられないの？　人類の数を抑制すれば、あれこれ開発する必要もないわ」

「より多くの人間が生きていける方法が存在するなら、それはこの地球がそれだけの人間を養えるという証(あかし)だと思う。〝緑の革命*〟のようにね。僕らの世代の責任は、この地球上に今いる人間を生かしていくことだ」

「でも、それが不可能だという証拠もたくさんあるわ。私たちみたいな生活を誰もが送るには、地球が三つなくてはならない。これは前世紀にエコロジカル・フットプリントで算出された結果よ。なのに貧しい人たちは永遠に豊かさにありつけないし、皮肉にもそういった貧困人口が世界の大部分を占めている。この問題は政治じゃ解決できない、緑の革命でも無理よ。政治家は既得権益を手放さないし、裕福な人間は更に稼げる地位に居座り続けている。食事も満足にとれない貧しい人たちのことなんか関係ないのよ」

「なら言うが、君が送っている生活は裕福ではないとでも？」

「できるだけ余計な資源を消費せずに生活してる。なんの努力もしないよりずっとましよ」

デトレフはその言葉について考えた。自分の人生にとって、果たしてなにが余計だというのだろう。

「科学者は感性で真偽を判断しないっていうわよね、でも科学者だって、真偽を判断しようとしているだけで、正しい選択を示す力はない。より良い選択を示せる人間に私はなりたいの。専門性やら中立性やらを振りかざして、馬鹿げた偽善的な説明でこれらの問題を回避するのはごめんよ。人口をこれ以上増やさずに、私たちの生活を変えていけば、メタンハイドレートなんて掘らなくたってよくなるわ」海風に吹かれるサラの赤髪は、青みを帯びた霧の中で唯一燃えさかるもののようだった。

「ここがなぜストレッガと呼ばれるか知ってる？」サラは気まずい雰囲気を断とうと話題を変えた。

デトレフは首を振った。

「ノルウェー語で〝巨大な縁〟という意味よ。この数十年来の温暖化で、大陸棚の水和物が融解して泡となり、その泡が互いの結晶を剝落（はくらく）させて、堆積層が不安定になってしまった。それが引き金となって、ノルウェーからグリーンランドまでのほぼ半分の距離で、高さ百五十メートル、幅数百マイルの堆積層が地滑りを起こしたの。沿岸の生態もすっかり変わってしまった。氷河の周期に伴った十万年に一度の地滑りだと考える地質学者もいるけど、次に起こるのが十万年後だなんて言える？」

＊訳注　開発途上国の人口増加による食糧危機を克服するため、穀物の増産に向けて技術革新が行われた農業革命。

「そう言い切ることはできない」

「そのとおりよ」サラは風で乱れた髪を整えながら言った。「確率なんて、大規模災害の予想には無意味も同然。発生するかしないかの二つしかないんだもの。私にしてみれば、次に凍土層が地滑りを起こしたら、人類がメタンハイドレートを掘ったせいでないことを祈るばかりよ。自然界が引き起こしたものならどうしようもないけど、人類が原因であってほしくない。どうして人類は地球いっぱいになるまで数を増やしたのかしらね。まあいいけど。私に子供はいないし、この先に持とうとも思わない。別に自分の子供のためにこんなことを考えているわけじゃないの」

サラの髪と同じ色をした赤毛の眉と、その下にある茶色の瞳をデトレフは見つめ、その瞳になお深く自分が魅せられていることを否定しようとした。しかし彼にはできなかった。

実際、サラは長くゴミの渦に関心を寄せてきた。前世紀末から多くの海洋学者がこのゴミの渦の動向に注目し、活発な議論を重ねていた。彼女はゴミの渦が海岸衝突した場合についての研究プロジェクトを国の研究機関に申請中だったが、その審査結果が出るより早く、ゴミの渦の外縁部がこの太平洋の小さな島の東海岸に衝突したのだった。そんなわけで彼女は自費で台湾に向かうことになった。彼女にとって、あらゆる海岸が受ける傷は、自分が受けた傷も同然なのだ。デトレフも、何年も前に訪れた場所へ彼女を案内するという名目で、再びこの島を訪れたのだった。

空港で二人を出迎えたのは、当時トンネル工事に参加していたエンジニアの李栄祥（リー・ロンシャン）だった。デトレフが初めて会った時の彼はまだ新婚だったが、その時しゃがれた声で挨拶してきたのは、腹の少し出た、髪の薄い男だった。実際の年齢よりもやや老けた印象の外見だった。当時、デトレフは台湾にやって来る前に、彼とはTBMについて何度もメールでやり取りをしていた。鋼より硬い四稜砂岩（しりょうさがん）〈石英を多く含んだ砂岩〉を掘削する際の注意事項や、破砕（はさい）岩層と大量の湧水の問題をいかに解決するかなど。デトレフはTBMによるトンネル掘削は可能だと最終的には判断したが、コストと時間が莫大なものになると彼に伝えた。その言葉に対して李栄祥は、行政側の立場を代表するかのように「必ず実行させる」と返答した。

デトレフはその言葉の意味を十分理解していた。エンジニアは単なる穴を掘り進める道具でしかなく、実行できなければ淘汰されるだけの存在なのだ。デトレフにしてみれば、報酬はさておいても、機械を設計した者として知りたいという気持ちがあった。鋼のモース硬度五・五よりも硬いモース六〜七の石英を含む四稜砂岩を相手に、TBMは果たして掘進できるのか。若かりしデトレフは自信満々だったが、実際の岩石層の構造が、地質調査で得られた結果通りに「整っている」とは限らない。その点だけが心配だった。既に地質調査は数十メートルの深さまで進んでいたが、これほど大きな山にしてみれば表面をかすった程度に過ぎず、奥の岩石層がどのように走っているかなど誰にも分からない。すべては進めながら確認していくしかなかった。しかしデトレフはそんなことなど気にもかけず、ただ挑戦を楽しんでいた。ましてや自分の腕試しに金を出してくれる者までいるのだ。

唯一、懸念すべきは四稜砂岩より手強い湧水だった。帯水層を掘削すると、砕けた岩を含んだ大量の水が噴出する。このような大量の湧水は、機械の故障ばかりかトンネル内部の崩落も引き起こしかねない。そこで当時デトレフが提案したのが、チェーンコンベアを設置し、機械に与えるダメージを抑えるというものだった。

メーカーはトンネル建設に合わせた特注のダブルシールド型TBMを製造、直径は十一・七四メートルにも達し、組み立て作業だけで数カ月はかかる大がかりなものだった。そのころのデトレフにとって、工事の進捗状況を知らせるメールは毎日のように楽しみだった。

掘削機が本格的に稼働し始めると、予想通りトラブルが続いた。岩盤があまりにも硬く、一定時間運転するとカッターに異常な摩耗が生じ、直ちに交換しなければ掘削面の穴の直径が小さくなってしまう。すると穴に必死にもぐり込もうとする猫のように、TBMはカッターヘッドの部分が突っかかりやすくなり、そうなったらもう人の手で救助する以外ない。デトレフが受け取った書面の記録によれば、ＴＢＭが最も頻繁に止まった時期では、二、三メートル掘進するたびにカッターを一つ交換しなければならず、予想を遥かに超える湧水量もまた機械の度重なる故障につながった。

現場の写真を見ながら、デトレフは自分が楽観しすぎていたのだと認めざるを得なかった。しばし挫折感に打ちひしがれたが、そんな彼とは対照的に、メールの向こうの李栄祥（リー・ロンシャン）からはあふれる自信が伝わってきた。彼のようなエンジニア、あるいは台湾のトンネル建設チーム全体というべきか、彼らは「このトンネルを完成させる」ことになぜか異様に執着していて、デトレフは敬服と同時にどこか恐ろしさをも感じていた。

車がトンネルに入ると、デトレフは窓を下ろし、トンネル内の風や温度、そして人工照明がもたらす明るさを、じっくりと感じてみた。これが当時、作業員たちが掘り進めたトンネルなのだ――冬は凍えるような寒さの、夏はむせ返るような暑さの真っ暗闇の中、十数年という歳月をかけて。彼らが相手にしたのは第三紀の堆積岩であり、造山帯の褶曲（しゅうきょく）した衝上（しょうじょう）断層帯であり、地層の間に数十万年閉じ込められてきた湧水であり、水平に走る横ずれ断層と一部の正断層であり、そして十一本もの大小の褶曲構造なのだった。これを偉大な建設というべきなのか、それとも余計なことをしただけなのか。デトレフは李栄祥に今の考えを訊いてみたいと思った。

若いころのデトレフならば間違いなく前者を選んだだろう、しかし今の彼は、両者の間で揺れていた。山は山でも、それぞれの内なる「心」はまったく異なる。ここ数年、彼はよく学生相手にそう話していた。「当時の資料によれば、工事部門は事前に五十九の探査孔から十二の岩脈を震動で確認し、七箇所でトレンチ調査を行っていた。それほど大規模な探査も、だがこの巨大な山の〝心〟にしてみれば、ただの手ぬるい〝夢解き〟作業にしか過ぎなかったというわけだ」

デトレフは学生たちに参考教材として、当時の工事部門が撮影したトンネル内部の湧水の映像を見せた。毎秒七百リットルを超える水が勢いよく流れ出す様子は、現場で目にしていた者には忘れ難い光景だった。それは、山が己の心に触れんとする人類を一息に呑み込もうとしているかにも見えた。

「山の〝中〟で溺死するなんて、そう経験できるものじゃない」デトレフは手に持ったデジタルペンで下が空洞になっている教卓をトントンと叩いた。大学の新しい教卓はなんとお粗末なことか。昔の堅木作りの教卓はどっしり安定していたものだ——最近はなんでもかんでも細部をおろそかにしすぎる。デトレフは思った。

「私の仕事は、山の〝心〟を貫通する機具を設計することだ」デトレフは教壇下の若者一人ひとりに視線を向けた。「だが今は、回り道をすればいいじゃないかとたまに思うことがある。〝心〟の複雑な山を相手にする場合はとりわけそうだ。もう一方の場所へ素早く移動するということは、一種の生活形態ではある、だが回り道していくこともまた一つの形態だ。我々が科学的な選択だと思い込んできたものは、実のところ生活形態の選択だったというわけだ」

その道の大先生にそう言われれば、学生たちはただ驚くだけで返す言葉がなかった。

「短縮された時間の分だけコストが節約できると思われがちだが、実際は政府が先に金を注ぎ込んでいるわけで、足したり引いたりしていくうちに採算が合わなくなるということもある」

「そうなると先生は失業ですよね」たまに粗忽な学生が口を挟む。

「いや、転職するかもしれないな」デトレフが答える。「酪農とかね。実は祖父が酪農家だったんだ。どうにかして生きていくのが人間だ、そうだろう？」こんなことを口にするのは、あの赤毛の女の影響を多少なりとも受けているためなのだと、彼は認めたくはなかった。

いつだったか、このトンネル工事の話を聞いたサラは、彼が考えたこともなかった問題に触れた。それほど大がかりな工事には大勢の作業員が地獄のような現場に送り込まれたはずで、ならば工事の難度もさることながら、人々の微妙な心の変化というのも重要だったのではないか。当時の工事部門は、作業員にかけられた有形無形のプレッシャーについて考えたことはあったのだろうか。彼らは無名の英雄に見合うだけの待遇を受けることができたのか、それとも生活のためのわずかな給料を手にしただけなのか。

「だが……誰もがそれぞれ穴掘りの道具にしか過ぎない。たとえ自分が掘らなくても、別の誰かが掘ることになるだけだ」デトレフは学生にも、サラにも、そう語った。

デトレフが初めてこの島にやってきたのは、北上線におけるＴＢＭが十回目となる故障停止をした報せを受けてのことで、原因は大量の雑物が機械に入ってしまったことだと考えられた。車中で、李栄祥（リー・ロンシャン）と彼の兄の李栄進（リー・ロンジン）がデトレフに状況を説明した。兄弟共に優れた坑道建設のエンジニアで、当時、弟は新婚、兄は独身だった。見た目もなかなか似ており、どちらも一重まぶたで中肉中背、髪はやや薄く、四角いフレームの褐色のサングラスをよくかけて、いつも同じ作業ジャケットを着ていた。

「あの時は、ＴＢＭ後方のセグメントが一気に十数個も割れて、側面からは水があふれ出し、部分崩落も絶えず、ボーンボーンと大きな音を立てていました。水が噴き出している部分にコンクリートを吹き付けてみたのですが、水圧が高すぎて歯が立ちませんでした。電力が初めて中断したのは、それから十分ほど経った時だと思います。電力は一分ほどで戻りましたが、今度は落石が始まってしまって。どんなに小さな石ころでも、地面に落ちると音がトンネル内に大きく反響するんです。私は直ちに撤退を命じたんですが、それはもう想像を絶する混乱ぶりでした」李栄祥は言った。

「僕は岩盤が割れるような音を聞きました。ゴゴ、ゴゴと二回ばかり聞こえてきて、周りは薄暗かったし、驚いた拍子にTBMの一層目のステップに転げ落ちて臑の肉が一部そげてしまって、それでもすぐに起き上がって穴の外まで必死に走りました。皆も命拾いしたという様子でした。それからも崩落は続いて、二十四時間もしないうちに、掘削現場が完全に埋もれてしまったというわけです」李栄進が続けた。

「多分、硬岩石層の上は、数百万年の応力で形成された不透水層だったんでしょう。TBMがその不透水層を突き破って、高圧の水脈が一気に噴き出して崩落を起こしたんだと思います。その場から逃げ出せて本当にラッキーでしたね。神に感謝ですよ」デトレフは兄弟二人の話を聞き、山の〝中〟で起こった出来事を想像しながら、TBMの損傷がどれほどのものかを考えていた。

「本当ですよ」李栄進は言った。「もし神の存在を信じているならね」

山の〝心〟に入ったことがなければ、それがどれほど複雑で変化の激しいものなのか、想像などつかないだろう。石英を大量に含んだ岩肌は、ライトに照らされまばゆく輝き、岩間から流れ出した間隙水は何本もの小さな滝をつくっていた。まるで宇宙の異空間にでも来たかのようだった。同行した地質学者はサンプル採集に忙しく、エンジニアたちは崩落の詳細について計量し、計算し、推測していた。人の半分ほどの高さの空間には、砕石やケーブル、歪(ゆが)んだ鉄筋、散らばった機械などがあふれかえり、デトレフは鋭くかつ鉄よりも硬い岩盤に触れ、思わず鼓動が高鳴った。既に土砂が撤去された現場では、ＴＢＭが最後部だけをのぞかせていた。手塩にかけて設計した巨大な機械は、さながら樹液に閉じ込められた奇特な昆虫のようで、デトレフは一瞬、申し訳なさと感傷とが交錯したなんとも表現しがたい感情に襲われた。これまで携えてきた専門性への矜持(きょうじ)に反し、自分は何かを傷付けようとしているのではないか、あるいは触れてはならないものに触れようとしているのではないか、そんな疑念がよぎった。

　しかしそれは一瞬のことで、疑念もすぐに消え去った。デトレフは技術者だった――彼が身に付けてきたのは、疑うことでも想像することでもない、眼前の状況に対し、最も有利かつ迅速な対処法を考えることである。彼は一部が露出していたＴＢＭの損傷状況を詳しく確認し、通訳を介して地上の作業員や坑道内の仲間たちとＴＢＭの救出策を話し合った。

　まさにその時だった。山の奥から大きな音が鳴り響いた。その音はデトレフがこれまで聞いたこともない、あえて言うなら、夢の中でしか聞いたことのないような音だった。

現場の作業員は途端に静かになり、水の流れる音のほかに彼らには何も聞こえてこない。誰もが戸惑いの表情を浮かべ、呼吸を速めていった。数秒後、あるいは数十秒後だったかもしれない。突然照明が消え、デトレフは「電力がまたダウンした！」と叫ぶ李栄祥(リー・ロンシャン)の声を聞いた。それは全員に沈黙を命じているようでもあった。作業員たちは訓練が行き届いていて、パニックになり逃げ出す者は一人もいなかった。誰もが静かにじっとしていたが、荒立っていく呼吸だけはどうにも抑えられない。洞穴には男たちの荒々しい息遣いだけが残り、まるで得体の知れない無数の野獣が暗闇に潜んでいるかのようだった。その暗闇は誰も経験したことのない暗黒、山の心の奥深くにある絶対的な暗黒だった。次の瞬間、山の遠くから、先ほどと同じような音が鳴り響いた。その音は巨大な何かが、先に出した右足に続き次は左足を踏み出したというような……そして三回目の音が続いて、何者かが一歩一歩、坑道に向かって近づいてくるような……いや、去って行くようだったというべきか。

「撤退！」デトレフはその中国語の意味を捉えた。李栄祥が命令を下した途端、全員が出口を目指して一目散に走り出した。洞穴の入り口までたどり着いても作業員らの動揺は収まらず、岩壁に手を当てたり、座り込んだりして息を切らせていた。実際のところ、洞穴の奥で崩落は起こらなかったのだが、その場にいた者たちにとっては崩落が起きようが起きまいがもはや関係なかった。洞穴のあの奥で、彼らの誰もが奇妙な重圧感と、そこに留まることを拒絶する気配を感じたのだった。

後日、デトレフは事故の資料を読み返し、あの時の停電はわずかに一分足らずのことで、すぐにバックアップ電源が作動していたことを知ったのだが、当時坑道にいた全員が、少なくとも十分以上は停電していたと感じていた。この時間の違いは心理的なものなのか、それとも実際にそうだったのか、デトレフは再三考えた。停電時間もさほど長くはなく、その後も事故がなかったため、この時の記録は余計な面倒を疎んだ上層部により削除されたと、李栄祥（リー・ロンシャン）から聞かされた。もし自分が上の立場の人間であっても同様に削除しただろうとデトレフは思った。だが、あの音はいったいなんだったのか。報告書では、あの音については一言も触れられていなかった。デトレフは李栄祥に、過去に洞穴で聞いた二回の崩落の音と同じかと尋ねたが、彼はこう答えた。

「まったく違う音でした。崩落の時は明らかに、石がぶつかったり岩盤が割れたりする音でしたが、あの時の音は……あなたも聞いていたでしょう、まるで巨大な何かの足音のようでした」

巨大な足音。その形容はまさにデトレフが感じていたものと同じだった。

ＴＢＭの救出は予想していたほど難しくはなかったものの、作業員を撤退させた直後に再び崩落が起き、状況はさらに複雑な様相を呈した。デトレフが一週間かけてまとめたレポートでは、修復には少なくとも三十八ヵ月を要する上、TBMの修復費用は新品を購入するのと変わらない金額になった。協議を重ねた結果、工事部門はTBMを解体し、従来の発破工法で同一箇所を掘削することを決定したのだった。

その日をデトレフが忘れたことはない。それは香港が中国に返還された一九九七年の暮れ、あと数日もすればクリスマスという折だった。工事部から台北のホテルに戻ったあの日、雨こそ降ってはいなかったが、台北の町は湿り気のある、冷ややかな淡い青色の靄に包まれていた。東洋のこの島に信者はそれほど多くないはずだが、町のあちらこちらに大きなクリスマスツリーが飾られ、その宗教イベントに沸き返っていた。

ベルリンのカフェでデトレフが初めてその出来事をサラに話した時、彼は冗談交じりに彼女に訊いた。

「僕も彼も足音だと感じたんだ、でもトンネル内で足音なんて、あり得ないだろう？」

「そうね……」適当にあしらったと思われるのもしゃくなので、サラはどうにか少しは続けようとした。「私も海を二十年研究してきて分かったことがあるわ。どの海にも、ほかにはない独特な音があるということ。耳を傾けていると、それが岩にはじけたしぶきの音なのか、魚が跳ねた時に上げた音なのかが分かるの。山にもそんな音があるんじゃない？　まだ聞いたことのない海の音がたくさんあるように、山にも私たちの知らない音があるはずよ。たとえばある種の木が絶滅したとして、その木が風に吹かれた時に出す音を聞くことはもう永遠にできない。同じように考えれば、それは私たちの知らない山の音だったのかもしれない」

デトレフには分かっていた。彼女の言葉は、ある意味でまさに彼の心の内を突くものだった。事実、デトレフは並外れた聴覚を持ち、だからこそ地中に穴を掘る今の仕事に興味を持ったのだ。しかし彼は、そのことには触れずに続けた。「それはあまりにも擬人化しすぎじゃないか……」

「擬人化？　擬人化したっていいじゃない」サラは笑った。その笑顔に彼の心が締めつけられる。

「君は科学者というより詩人だな」

「私は詩人でもあり、科学者でもあるのよ」サラが言った。「でも、詩人の方がいいわ」

サラのほんの少しのぞいている耳を、デトレフは眺めていた。それはシャイな小動物さながらに炎のような赤毛の奥に隠れていた。

車は間もなくトンネルを抜けるところまで来ていた。最後の壁画横のキロポストも〝1〟になり、遠い先には光が差し込んでいる。デトレフは李栄祥(リー・ロンシャン)に声をかけた。

「トンネルが開通したなんて不思議な気持ちだ。こんな山でも貫通できたとはね」

「そうですね」誇らしいのか、あるいは別の思いでいるのか、李栄祥の声から聞き取ることはできなかった。「初めてあなたを迎えに行った時、車の中で結婚したばかりだと自己紹介しましたが、今は娘も結婚して子供もいるんです」

「トンネルを掘るだけで十五年かかった。十五年、移動時間を一時間短縮することにかけたんだ。その価値はあったのだろうか」

「価値？　価値なんて考えることはないですね。これが私の仕事であって、する価値があるかどうかで評価することはありません」

「山の心は空っぽになっちゃったのね」サラが続けた。

「え？」

「違うの……ただ、こんな美しい山の心に、ぽっかり穴が空いてしまったんだと思って」トンネル内の照明は環境照明に変わっていた。近年の照明技術はますます進歩していて、前年にこのトンネルも改装したばかりだった。見上げると、照明はまるで壁に開けた天窓であるかのように、人工的な明かりとは思えない自然な光を注いでいた。車がトンネルを抜けるとその瞬間に、人工照明が自然光へと切り替わった。トンネルに入る前はまずまずだった天気が、トンネルを抜けた時には、空に陰鬱な雲が垂れ込めていた。

李栄祥（リー・ロンシャン）はようやく聞き取れるような小声でつぶやいた。「少なくとも兄にとってはその価値はなかった」李栄進（リー・ロンジン）が若くして亡くなったことを、デトレフは知っていた。ただし李栄祥が彼に知らせていなかったこともある。ある発破工事で、李栄進の二人の仲間が崩落した土砂の下敷きになって死亡し、李栄進は幸いにも命拾いしたのだが、それ以来、意気消沈してただの働く機械になってしまった。トンネル開通後のある日、自宅でガス自殺した彼を近所の人が発見した。彼の部屋は隙間という隙間にすべて目張りがほどこされ、まるで洞穴のようであったという。

「開通してからここを通るのは、実は今回で二度目なんです」そして今、兄の面影を思わせるバックミラーに映る李栄祥が、感情を読み取らせぬ声で言った。

「もうすぐ海が見えてきますよ」

## 二十二　迫る嵐

アトレはアリスから手渡された飲み物を飲んだ。「この水、まるで焼かれた後の土の味がする」

アリスは彼の言葉の意味がよく分からず、飲み物の名前を尋ねているのかと思い、

「これはコーヒーというの。ハファイから教わった、彼女オリジナルのサラマ・コーヒーよ」

二人の意思疎通には時間がかかっていた。あらゆる事物を一から確認し合ったため、新しい事物と古い事物すべてに新たな名前があった。アリスにとってもアトレにとっても決して楽なことではなかったが、言葉の距離が確かにあっても会話は成り立つもので、一般的に定義されるようないわゆる言語を使わなくても、通じ合うことがあった。たとえばアリスが意味の解釈に困っていると、アトレは「話笛（はなしぶえ）」で言葉や気持ちを表し、するとアリスは笛を吹くアトレの表情ですぐに理解できることもあった。いつかアトレが愛するウルシュラの美しさを伝えようと「その美しさはあらゆる人のサリカバを慰めた」と言った時のこと、アリスは〝サリカバ〟に当たる意味を連想することすらできなかったのだが、アトレが心を込めて話笛を短く吹くと、それだけで意味が伝わったのだ。「彼女の美しさはすべての人の魂を慰める、でしょう？　〝サリカバ〟は魂という意味なのよね？」その言葉を彼が口で伝えたかのように、彼女には理解できた。

笛が言葉を伝える。十日前のアリスなら信じなかっただろうが、今なら「アトレが話笛で伝える内容は全部分かる」と言い切るだろう。話笛は二人の会話の懸け橋とな

り、互いの言語の基本的な単語や使い方を覚える助けとなった。アトレが伝えようとする意味を、まるで小さな妖精がアリスの耳元で囁くかのように。

アトレはウルシュラからもらった話笛を、それはそれは大切にしていた。あの時、チチャ酒はなくしてしまったけれども、話笛は彼の手にしっかりと握りしめられていた。話笛は木本植物に幾つかの孔を開けた十センチほどの横吹の楽器で、一般の笛とは違い、孔の並びが二列になっていた。とても小さな笛で、アトレは手を使わず口にくわえたまま吹くこともできた。

もともと言葉に対する才能があったからだろうか、数カ月もすると、アリスはアトレが話す基本的な言葉を三、四割は聞き取れるようになっていた。ただし「話す」ことはまだ難しかった。二人の言語は発音からしてまったく異質であったから、それも仕方のないことだろう。アリスは自分の言語だけを使った会話から、少しずつワヨワヨ語を挟んで話すようになり、アトレもそのことに安心感を覚えたようだった。彼女が悪意を持っていないということは分かっていたが、自分の言葉で話してくれることに、アトレは慰めを感じていた。この先、ワヨワヨ語で誰かと会話することなどないかもしれない、自分は奇怪な事物にあふれたこの世界で死んでゆくのかもしれない。彼はそう思っていた。そんな時に片言でもワヨワヨ語で話してくれる人がいることに、彼はかけがえのない幸せを感じていた。

　アリスは時々、アトレが自分の話を聞いているのかどうか、または理解できているのかどうか、その表情から読み取ることができなかった。彼はいつも遠くを見つめてぶつぶつと呟くのだが、アリスは後になって、その短い言葉の意味を理解した――

「魚はいずれやって来る」


　魚はいずれやって来る、そして雨もいずれやって来る。近年、島では雨が頻繁に降るようになり、しかも年々その降り方は激しさを増していた。アリスは雨の日にはよくトトのことを思い出し、遠くを見つめるアトレの眼差しに触れる時にも、トトを思い出した。アトレはトトよりも五、六歳年上だろうか。月が生死を百八十回繰り返した時に海に出たのだと聞いていた。もちろん、彼が海の上をどれぐらい漂っていたかは分からないが、辛酸を嘗め尽くしたような浅黒い顔に、時折どこかあどけなさが残る表情を見ることがあった。

　アリスはオハヨ以外の、トトへの思いを語ることのできる相手を見つけたのだった。アトレが話の細部まで理解できないからこそ、彼女はなんでも話すことができたのかもしれない。実際、アリスには分かっていた。彼女がトトのことを話す時、周囲の反応はといえば、同情し、辛抱強く耳を傾けていたのが、やがては煩わしい、面倒くさいという態度へと変わっていくのだった。姿を見るなり「またあの女だ」と言わんばかりに警戒されていることも知っていた。

彼女の物語をたとえ言葉が遠くへ隔てていたとしても、鋭いアトレには、彼女が子供を思っていることが見て取れた。そんなふうに、彼は話の内容が分からずとも、まぎれもなく直感で理解することができた。ある時、再びアリスがトトのいたころの話をしていると、彼は掌海師（しょうかいし）の言葉を思い出してアリスに伝えた。

「イナチャスカモナルララ、イアイソトメン」

〃モナ〃は海、〃ルララ〃は花、〃ソトメン〃は浜辺だと、この時のアリスは一部の単語は知っていたものの、全体の意味を理解するまでには至らなかった。彼女はアトレにその言葉の意味を根気よく尋（たず）ね、時間をかけて自分なりの解釈にたどり着いた。こんなふうに訳すことができるかもしれないと。

波を浜辺に留められる島はない。

きっとこれは格言であり、戒めの言葉でもあるのだろう。科学的な観点からしても事実だ。波は浜辺に留まることはできない。格言と当たり前の事象は往々にして紙一重なのだと、アリスは思った。

「クジラだけが浜辺に残されるんだ」アトレは言った。クジラは漁に出られない人たちのために自ら命を絶つのだと、ワヨワヨ人は考えていた。海の生き物は陸地に上がることで自殺し、その魂は天へと飛んでいく。陸上の生き物は海に身を投げて自殺し、その魂はクラゲとなる。海上を漂う次男たちから教わった霊界の規則だ。

「死、時にそれは取り立てであり、時にそれはただの別れに過ぎず、誰に借りを作るわけでもない。海が深く、日々が長く、サリカバ（アリスは既に〝魂〟という言葉を覚えていた）がいずれ肉体を裏切るように」

ワヨワヨ語の意味を自分の言語に直接置き換えられないためか、アリスはアトレの言葉が、あまりにも詩的で現実味がなく、人間が経験すべき苦痛がすべて美化され、彼ぐらいの子供が口にするようなものではないと感じていた。だがその一方で、アトレが海の上で遭遇したことのすべては、彼女のこれまでの経験を遥かに超えるものだとも想像できた。少年アトレの体には、もしかすると自分よりもずっと複雑な魂が宿っているのかもしれない。

アリスがアトレを連れて朝に水を汲みに行くようになると、彼は道沿いのすべてのものに好奇心を持った。滝から流れ落ちる水を目にした時は、突然跪いて目を潤ませた。彼によれば、これは掌海師が生涯かけて祈り続けてきたものだという。「島にこれぐらい力強い泉水があればどんなによかったか。海はあれほど広いのに、その水を飲むことはできない。カパンが僕たちに与えた罰なんだ」

誰かが誰かを罰することなどできない。アリスは時間をかけてアトレに伝えようとしたが、彼が理解できたかどうかは定かではなかった。

アリスは水汲みだけでなく山菜摘みもした。七羽目のシシッドによく通っていたアリスは、ハファイが料理の付け合わせに阿美(アミ)族の常食する山菜を使っていたので、山菜についても詳しかった。たとえばカクロット（ニガウリ）は蒸し魚に添えたり、スグイ（ナンバンカラスウリ）はどこにでもいるカタツムリと一緒に煮込んでスープにしたり、ムラサキカタバミは漬け物にしたり、ヒメトウはすまし汁にぴったりだ。そしてキャッサバは米の代わりになる。檳榔(ビンロウ)の葉でスープ皿を作る方法もハファイから教わっていた。皿に水と食材を入れ、その中に火で熱した石を入れて加熱する。ハファイは阿美族の〝石頭火鍋(シュートウフオグオ)〟〔石鍋料理〕なのだと言っていた。

アトレは植物を見分ける能力にも優れ、アリスと山菜を摘みに行くと一度で種類を覚えてしまい、やがて山菜摘みはアトレの仕事になった。ある朝には、アリスが目覚めると一日分の山菜がカゴいっぱいに入っていた。そんなアトレにアリスはぜひとも図鑑を見せてあげたいと思い、本物そっくりに描かれた図鑑の絵に彼も興味津々となって、生き物の名前を覚えながらもう一つの言語にも徐々に馴染んでいった。最初は実用的な野菜や薬草の図鑑から読み始め、そのうち鳥や昆虫、爬虫類までなんでも覚えた。彼は目の前の生き物たちを一瞬で確認すると、前方にキンバトが三羽、タイワンヒメマルハシが十一羽、メジロが七十九羽、それから目を閉じたタイワンコノハズクが一羽いる、と振り返ってアリスに教えてくれる。そうそう、アカマダラ一匹も。

山中に生えているクワレシダとヒロハノコギリシダが毒のない食べられる植物だということも、彼はすぐに覚えた。少し経つとアトレの足の傷もかさぶたになり、口元のただれもずいぶんよくなった。彼はパンノキの実とテガタイチゴを摘んでくると、土に穴を掘ってこしらえた冷涼で適度な湿度の〝貯蔵室〟に保存し、それにはアリスも驚いた。おそらく生きていくことに関しては、アトレはアリスよりも段然得意なのだ。山はこの少年を最初から知っていたのではないか。アリスは時折そう思うことがある。アトレが歩きながら花のつぼみを摘んで露を吸う姿など、メジロがテガタイチゴをついばむように自然だった。

アリスはたまに一人で山を下りて買い物に出かけ、そのついでにウマヴやハファイとも会った。その度に目にするのは、海水にほぼ完全に浸かってしまった海の上の家と、何カ月かかっても片付かない、延々と続くゴミにあふれた海岸だった。彼女はダフやハファイからゴミの渦に関する新しい情報を聞き、最近ではマスコミに「太古のゴミポタージュ」と呼ばれていることを知った。まるで料理のような名前だ。

一度セルフサービス形式の食堂で食事をした時、店のテレビでたまたまワイドショーを目にしたのだが、背の低い黒人が〝ゴミポタージュ〟から岸に泳ぎ着いて、森の方に消えていったのを目撃した人がいるのだと、あるコメンテーターが話していた。「あり得ないというなら山の中を捜索してみてください」コメンテーターは確信したように言い切った。

「嘘っぱちだな」店主がテレビに向かって言った。もちろんアリスにはそれが事実だと分かっていた。アトレが山に入っていく姿を誰かが見ていたのかもしれない。ただし今はアトレもアリスが買ってきた服を着ているし、少しずつ中国語も話せるようになっているから、適当にごまかして隠し通すこともできる。それに、この手の番組は口だけで実際に行動を起こすことはない。視聴者もバラエティー番組としか見ておらず、番組で唯一伝えないものが〝真実〟なのだと思っている。まさか真に受けて捜しに来る人などいないだろう。

最初のうちは、ダフもハファイもアリスに集落に移るよう懸命に説得したが、アリスはしばらく狩猟小屋に留まりたいのだと言い張り、二人もそれ以上強いることはしなかった。ダフは海の上の家から投げ出された品物をまとめ、アリスに渡した。山まで運んでやるつもりだったが、険悪なムードにしてまで頑なに断るアリスに、ダフも引き下がるしかなかった。

「小屋にきっと何かある」ダフがハファイに言った。

「あんたもアリスの性格をよく知っているでしょ？　知らせるべき時がくれば、自然に教えてくれるって」ハファイが答えた。「それにアリスが自分で思い込んでいるだけかもしれないし」

「それはそうだが……」

「でも、気付いた？　アリス、顔色がずいぶん良くなったと思わない？　あの薬もずいぶん飲んでいないって言っていたし、あたしは今のアリスが馬鹿な真似をするとは思わない。どんな理由があっても、少なくともいい方に向かってるってことだよ」

「だといいけどな」

確かに、山を下りてくるアリスはオハヨの話題ばかりで、トトに触れることは少なくなっていた。だが狩猟小屋にはオハヨとは別の誰かがいる……ダフもハファイも、そう感じていた。


アリスは人気の少ない道路脇に車を停め、海の上の家にあったおおかたの物を車に残すと、不要なものは捨てたが、トトの本と文房具はすべて残した。それらを手元に残しておくのは自分を苦しめる凶器を残すようなものだと、自分自身でもよく分かっていた。ふと、クラフト紙袋が目に入る――その中身は全部トムが彼女に宛てた手紙だった。

二人が付き合い始めて同居し、結婚するに至るまで、トムが自分のためにある種の限界に達していたということを、アリスは知らないわけではなかった。ただ自分の負けを認めて彼を手放すことが、彼女にはできなかった。いつだったか、トムがもう二度と戻って来ないのではないかと思う出来事があった。あの時はトトが長引く風邪から回復したばかりだというのに、トムがキリマンジャロに登ると言い出したのだ。アリスは一日中トムと口を利かず、夕食後に皿を拭いていると、彼が体を寄せてきた。

「怒っているのか？」

「怒ってなんかないわ」

「怒ってるんだろう？　ウンブウェ・ルートはそれほど難しくないし、プロの登山ガイドもついているんだよ」

「難しいとか難しくないとか、ガイドをつけるとかつけないとかの問題じゃない。そんなことも分からないの？」

「ああ、まったく分からないね」

「分からないなら分からないままでいい。自分のしたいことをすればいいでしょ、自分のやりたいことを勝手にしていれば！」

それが理不尽な物言いであることをアリスは自覚していたが、彼女には理不尽になるだけの理由——その時はまだ向き合えない理由があった。トムが家を出てからしばらくして、アリスは彼はもう戻ってくるつもりはないのだろうと思っていた。彼はきっと、愛と山と海の中で冒険を続けるのだろう。二週間後、トムからキリマンジャロの氷河の写真が届き、写真の裏には印刷したようなクラシックな英字がびっしりと並んでいた。トムが綴る文字はいつだって愛に満ち、荒々しさなど微塵もなかった。

君がいなければ、僕の生活はただの物悲しく広がる霞んだ氷原。君のいない日々は、異郷に放された蝶のように、見知らぬ植物の間で、間違った高さの中で、戸惑いながら弱々しく羽根を羽ばたかせるだけ。

最後の数行は明らかにナボコフの自伝から借りたものだ。ああ、これがトムなのだ。トトの存在と彼との間に残されたわずかな愛が、二人を繋ぎ止める脆い糸なのかもしれない。だからトムは最後には帰ってくる。ただしトトの話をする時以外、二人は無口な狙撃手となってそれぞれの塹壕に引きこもってしまう。もっと早く彼を手放すべきだった。彼のような人間がどうして自分のために留まってくれるというのか。アリスはそう思う時があった。

トトとトムと連絡が取れなくなった当初、アリスは事故だとは思わず、警察にも届け出なかった。トムはただ自分から逃れたかっただけなのかもしれない。そのために彼は失踪という下手な芝居まで打ち、彼女のトトまでも連れて行ってしまったのだ。

そうした思いは、ダフがトムの遺体を発見したことで消え去った。トムの死は悲しみに出口を見つけることができたが、同時に恨めしさで持ち堪えてきた心が完全に崩壊した。アリスにとって、トムは彼女の前からいつ去ってしまってもおかしくない存在であり、長い間その心の準備もしてきていた。その時がついにきたというだけのことだ。でもトトは？　いまだにトトの消息がないのはどうしてなのか？

トムの体に多くの粉砕骨折が見られたことから、ダフや救助隊、法医学の先生は、彼が岩壁から滑落して死んだのだろうと推測した。ただしトムの遺体が発見されたルートは、彼が管理所に提出していたものとはまったく異なっていた。遺体も、何者かが意図的にその穴に隠したかのように、普通では考えられない場所で見つかった。あるいは落下の衝撃で体が跳ね上がりでもして、偶然大きな岩の下の穴に落ちたせいでなかなか発見されなかったのか。

アリスはダフと登山仲間の会話を聞いていたが、どういうわけか見つからなかったトトについては誰も触れようとしない。トトの登山用リュックさえ見つかっていないというのに、彼らはトトのことなど一つも心配していないようだった。この世界でトトを大切に思うただ二人のうち、一人が死に、彼女一人が残されたのだ。白い布の下の、小さくなった遺体に一瞬だけ目をやると、彼女はためらうことなく火葬の同意書にサインした。そして遺灰を海の上の家に面した海に撒いた。アリスはトムの家族に知らせるということすら思いつかなかった。トムから両親の連絡先を聞いたこともなければ、トトが産まれた時でさえ、彼は両親に知らせなかったのだから。トムは最初から独りだったのかもしれない。アリスはそう思わずにはいられなかった。命果てる時まで、トムはずっと独りだったのかもしれない。彼女があれほどまでに愛した肉体と肉体の中の魂は、もはや灰と化してしまった。

ある夜、アリスはアトレにワヨワヨの葬儀について尋ねた。

アトレによると、ワヨワヨの葬儀はたいてい深夜に営まれるが、それは夜明け近くに魂が星と共に暗闇の一部になると信じられていたためだった。死者を小さな船に乗せ、ワヨワヨ島の海域の果てへと向かう。そこは強い暗流がある場所で、漁の時も決して越えることのない境界だった。親族が乗った二艘の船が〝霊船〟を左右から挟み、その海流の近くまでやって来ると、掌海師が祝詞を唱えて送り出す。遠くに点滅する光が見えた時が、小船を放す瞬間だ。船は前に進み、戻ることはない。親族は高らかな歌声で見送り、やがて島に帰ってゆく。ただし船を放すタイミングを誤ると、船が向きを変えて戻ってしまうこともあり、すると親族は悲しみに耐えながら船に石を投げ入れ、船底に穴をあけて船を沈めねばならなかった。さもなければ魂は永遠に安らかな眠りにつくことはできない。

「歌？　歌を歌うの？　こんなふうに？」アリスは適当に短く歌ってみせた。

「そう、歌を歌う」

「なぜ歌うのか、誰かに訊いたことはある？」

「死者にとっていいことだから」

「なぜ死者にとっていいことなの？」

「先祖が僕たちに歌を歌うように言ったから」

「先祖に言われたことはすべていいこと？」

「先祖がそうするように言ったことは必ずいいことだ」

「そう、分かったわ」アリスは受け流すように答えた。彼女はふと、自分が口ずさんだ歌が、トムがデンマークで彼女に歌ってくれた曲の一つだったと気付いた。

「分かったんだね」アトレは思うところがあるように、数秒沈黙してから言った――

「海の祝福あれ」

　ふいに、アリスはトムとトトが歩いたルートをもう一度たどってみようと思いついた。目の前のこの少年がきっと捜索と探検の助けになってくれる。彼女はトムが死んだ場所、トトが失踪した場所をその目で確かめ、何が自分の心に起こるのかを明らかにしたかった。

「もう一度歌を聴かせてくれる？」アトレが訊いた。

「え？」

「歌だよ、さっき歌ったあの歌」

## 二十三　複眼人 I

目の前に広がる森は見たこともないような森だった。まるで本に書かれたような、完璧に出来上がった森だ。巨大さや奥深さや静けさが欠けているわけではない。そうではないのだ。この森はそれほどまでに巨大で奥深く、神秘的で、沈黙していた。ただし唯一、現実味に欠けていた。

大柄な金髪の男が、背後にいる少年を振り返って励ました。「心配するな、あそこに大岩壁に続く道がある。あの岩壁には何度も登ったことがあるんだ。あそこはとんでもなくすごいぞ。見える景色がまったく違うんだ。登ってみれば分かるさ。それにテナガコガネもいたぞ」

テナガコガネ。灰色の髪をした少年は、今度こそなんとしても見たいと思った。男は少年が自分のペースについてこられるよう、少年の装備も背負ってやっていた。少年は色白で、口元をきゅっと引き結び、一見茶色のようで角度によっては青色に見える魅力的な瞳をしていた。二人は朝方に出発してから四時間以上も歩き続け、男は少年の呼吸と歩調とをすり合わせながら、ほとんど痕跡のない小径を前後に並んで進んでいった。少年が足を止めると、男はすぐに察知できた。

ここに来るまで少年は三度ほど足を止めたが、それはフンコロガシが隠れているかもしれない哺乳類の糞を見つけたからだった。動く糞を見つけると、少年はすぐに足を止めた。彼は糞の中からフンコロガシを見つけては捕まえ、化学薬品で気絶させることはせず、通気できる採集瓶に入れて蓋を閉めた。「この中でちょっと待っててね」少年は言葉には出さずに、ただ瓶を軽く叩き、フンコロガシを慰めるような表情を見せた。そんなことが分かるはずもなく、フンコロガシは戸惑ったように六本の足をゆるゆると動かし、瓶の壁を這い上がっては滑り落ちた。

二人は体に汗をかき始めていた。森は異様なほどしんとして暗く、重厚な静けさの中で二人は互いの荒い息遣いを聞いていた。少年がいよいよ限界だと思ったまさにその時、彼の目がぱっと輝いた。森が突然終わり、誰かが太陽のスイッチを入れたかのようだった。

男と少年が横目に大岩壁を捉えた時、さっきまで歩いてきた森が、突如として、この上なく現実味を帯びているように感じられた。なぜなら目の前のその大岩壁こそが非現実的だったからだ。男は世界の絶景を見尽くし、この岩壁にも登ったことはあるのだが、今回も心を深く揺さぶられた。こんなふうに予想していた情景に覚える感動を、彼は大いに楽しんでいた。一方の少年は、瓶に入った虫たちのことを想像しながら、こんなところに暮らしていたのかと心を震わせていた。彼はまだ気持ちを表す言葉を多くは持たず、ただ鼓動が高まり、目がくらむ思いだった。

「すごいだろう、ここは」少年に向かって男が言ったが、少年に反応はなかった。彼はただ、あまりの興奮にどんな反応をしてよいのか分からず、同時に、自分にあの岩壁が登れるものなのだろうかと思い始めていた。

「岩壁は最初からここにあったわけじゃない、地震が起こって山から現れたんだ」男は少年の動揺を見て取った。「俺が十歳の時だったかな、お前のおじいさんに連れられて、酸素ボンベを使わないフリーダイビングをしたんだ。人が到達できないところに行かなければ、誰も見たことのない景色を見ることはできない。お前のおじいさんはそう言っていた」少年はうなずいたものの、その言葉の意味を完全には理解できていなかった。

　この一年間、男は島を出ることなく、時間があると少年を連れてクライミング場に出かけた。少年は室内の練習場でみるみる力をつけ、野外の岩場でも大人顔負けの腕を披露し、生まれながらにして岩壁に認められたクライマーのようだった。少年が誰かに褒められる度、男はまるで自分が賞賛されたように喜んだ。彼を知る人の多くが彼に子供っぽさを感じる理由はそこにあるのだろう。男は慎重に岩壁を観察し、前回とは異なるクライミングルートを見つけようとしていた。同じ岩壁を決して同じルートで登ることはしない、それが彼の習慣だった。たとえ十歳になったばかりの息子が一緒だとしても。

少年は装備の準備を始めた。一つひとつ取り出して並べた後、クライミングシューズに履き替え、ハーネスを体に通し、ヘルメットを被（かぶ）った。男は頭にルートを描くと、息を一つ深く吸って岩に足を掛けた。

「ロープを掛けながら登っていくから、ついてこい。俺が登った場所をよく見ておくんだぞ。動きを小さめにとってお前にも届く岩を選んでいくから。いいな？」

少年はうなずいた。「テナガコガネも、この岩、登れるの？」

少年が突然口を開いたのに男は驚いたが、少し考えて答えた。「もちろんだ」

男の後に少年が続きながら、二人はゆっくりと岩を登り始めた。男は岩の目からルートを読み、ハーケンを打ち込んでクイックドロー〔スリングの両端にカラビナを付けた落下防止道具〕を掛け、ロープを通していった。その間も、自分を見上げながらルートを探す少年の様子を見守っていた。男は二人を繋いだロープに少年の力と重さを微かに感じながら、なんともいえない幸福感を覚えた。

「大丈夫だ、お前ならできる」岩山を刺激してはならないとでもいうかのように、男は小声で言った。少年は光を放つルートを見上げ、時折周囲の岩壁を見渡しながら、まるで異境に置かれたような状況に泣き出しそうになった。しかし恐怖からではない。それは少年自身も体験したことのない、まったく未知の感覚だった。


夕暮れを迎えようという時、ついに二人は岩壁を登り切り、興奮したように谷間に向かって叫んだ。いつもは無口だが、少年の叫んだ声は明るく高らかだった。崖上から見下ろすと、そこには一面の樹冠が広がり、緑の海原のように微かに揺れている。二人の声が樹海の上部にまで届くと、驚いた山鳥たちが一斉に飛び立ち、すかさず海のもう一方へともぐり込んでいった。

二人は冷めやらぬ興奮に包まれながら茶を淹れ、レトルト食品を温めるためのストーブを準備した。これで二人の秘密の計画は半分完成したことになる。今回の目的は、実のところ登山ではなく、十歳になったばかりの少年にこの岩壁を体験させることだった。それまで数年来遠ざかっていた父と子の関係が、この秘密の旅によって取り戻されたのだ。

食事を終えた後、男は少年に星について語った。「ここから見える星の数は、平地より一万倍も多いだろうな」男は続けた。「でも星はずっとそこにあるのに、と思うだろう？　それは視程の問題なんだ。視程というのは、目で物体を見通せる程度のことだ。たとえば、いつか渡り鳥を見に行った湿地があっただろう。あの場所の空がかすんでいたのは、大気中に粒子状の物質がたくさん漂っていたからなんだ。お母さんも言っていたよな、今、夜空を見上げても、ハァッと息を吹きかけた眼鏡越しに星を見ているようだって」

話すのはもっぱら男の方だけで、少年はまるで存在しないかのように黙りこくっていた。男は一時期、この島にやってきたことを後悔したものだが、当時は島に留まらざるを得なかった。彼はそもそも探検家になりたいと思っていた。若いころは自転車でアフリカを一周し、無動力の帆船で大西洋を横断し、サハラ砂漠のマラソンレースに参加し、更には地底三十メートルでまる半年を過ごす睡眠の実験にも参加したのだ。付き合っていた妻とこの島にやってきた当初は、半月や一カ月くらいふいにいなくなる彼のことを、彼女も受け入れてくれ、すべては順調だった。しかし妊娠を機に何もかもが変わってしまった。時折、男は当時を振り返り、あの時は子供のために家庭に留まろうと心から思い、子供の成長を見守るための家も自らの手で建てたのだった。自慢の家も完成し、ほどなくして子供も生まれ、妻も優しさを取り戻し、万事が円満だった。そんな最中にあってもしかし、家を飛び出したいという気持ちに変わりがないことに、彼は気付いてしまったのだ。

男は全身から湧き起こる衝動に打ち勝つことができず、たまに遠出して登山をしたり、海外で仲間と探検に出たりした。妻は口では反対しないものの、彼が戻ってくるとよそよそしく接し、冷ややかな態度で彼を罰した。そのうち彼は黙って出かけて黙って戻ってくるようになり、自分は家に足を踏み入れるべきなのか出て行くべきなのか、時に分からなくなることもあった。そんなことも関係したのだろうか、男はやがて性愛に慰めを求めた。見てくれは悪くなく、台湾で相手を見つけることは容易で、何度か妻が教える学生とも関係を持った。たとえ後悔したとしても、もはやそれは野蛮で強烈な形で彼の人生を占拠してしまっていた。靴底にひっついて取れない煩わしいガムのように。

「でもな、山で見る星は、自分が小さいころ見た時と同じようにリアルなんだ。山に登ると、昔に返った気分になる。だから山がこんなに好きなんだろうな」少年に話しているつもりなのだろうが、男はまるで自分に話しかけているようだった。彼はため息をついた。「なくなってしまったわけではなく、ただ自分には見えなくなっただけ、そういうこともあるということだ」

辺りがすっかり暗くなると、男は少年と懐中電灯を手に、岩壁のそばの樹林で甲虫を探した。大した装備も持ってこなかったので、彼は別の懐中電灯を地面に置き、白いTシャツに光を当てて昆虫採集用の布代わりにした。効果は思わしくなく、集まってきたのは数匹の蛾だけだったが、中には大きな眼状紋のオオトモエもいた。少年は常に持ち歩いている最新版の電子図鑑で調べ、男に指して見せると、二人とも満足した。

「明日は岩壁を下りて、夜はあの森で一泊する。テナガコガネはあの森にいると思うんだ。専門家に聞いたから間違いない。珍しいクワガタもたくさん捕っただろう？ あそこで一晩過ごしてから山を下りよう。山のもう一方から下りていけば直接谷間に出る。すごいルートだぞ。天気予報では晴れるのは四日間だけで、その後は雨になるといっていたから、それまでに家に戻ろうな。雨が降ってきたら面倒だ」

少年はうなずいた。言葉数が少ないせいか、彼は実際の年齢より大人びて見えた。少年は懐中電灯を手に取り、テントの近くを観察した。懐中電灯の明かりで木を選び、何本かの木に狙いを定めて上から下へ光を当てていくと、なんと五、六種類ものクワガタがいた。彼はどの種類のクワガタがどの樹木を好むかを知っていたのだ。それぞれ一匹ずつ捕ってテントに戻り、捕まえた場所と時間、種類をノートに詳細に書き込むと、すぐに体長を測って管状の採集瓶に入れた。

テントに入って間もなく少年は眠りに落ちた。彼は夢を見ていた。シダの生い茂る森の小径を一人で歩いていると、遠くに光が見えた。彼は光に向かって進み、気付くと足元は水たまりだった。すると水鹿(サンバー)の群も水たまりを踏みながら駆けていく。月明かりでさえも支えられないほどの繊細な脚で、水の鍵盤を弾(はじ)くように軽やかに跳ねていた。彼は後を追うが、水鹿は魚にでもなったように姿を消してしまった。水たまりの向こうには、また別の森が続いていた。少年は背後に何かを感じた。それは湿り気を帯びた、自分のすぐ後ろに迫った息遣いだった。

夢はそこで終わり、少年はゆっくりと眼を覚ました。目を開けると外は雨が降っており、男の姿はなかった。きっと何かをしに出かけたのだと思い、少年は横になったまま彼の帰りを待った。テントに雨が打ちつけ、内側が結露していた。外と中の気温差が激しい証拠だ。

「晴れの日が二日短くなった」と少年は思った。

夜が明けても、男は戻って来なかった。靴もなく、クライミングの一部装備も見当たらない。少年はレインジャケットを着てテントの周りを捜してみたが、男はどこにもいなかった。遠くのどんよりとした雨雲が山頂を覆い、辺りには雨と草の混じり合った匂いが漂っていた。雨はますます激しさを増していくだろう。

少年は通信機をオンにしようと考えた。山に登り始めて二日目、男は大岩壁に登ることは誰にも秘密なのだから、追跡されないためにも通信機を切るようにと少年に言いつけていた。その当人がいなくなった今、通信機をオンにしなければ、父さんや僕を誰も助けには来てくれない。少年は一瞬そう思った——だがフリーダイビングで二百メートルの深さまで潜ることができる父なのだ、一人帆船で海を渡ることのできる父さんなのだ。きっと大丈夫に違いない。少年は思い直した。それに父さんが戻ってきたら、逆に咎められるかもしれない。

　そう考えたところで、気持ちもやや落ち着き、テントの前庭に戻って食事の用意をすることにした。慣れない手つきで登山用ストーブを準備し、バックパックの食料袋からオートミールを取り出した。食事の準備は二十分で完了した。食料はあと四日分ある。水も雨水を受ければいい。水を消毒する錠剤もどこにあるか分かっている。大丈夫、あとは静けさと向き合うだけ。そう、静けさだけだ。一人……一人でいると怖いけれど、怖いとさえ思わなければきっと大丈夫。

　二日目も、男の帰りを待ちながら時を過ごした。夕方には雨が更に激しくなり、少年の視界をほとんど遮った。いろいろな物が雨に濡れてしまい、ますます寒くなっていく。少年は通信機をオンにしようと再び考えたが、やはり明朝まで父が戻らなかったらにしようと思い直した。「たった半日の差だ」その晩、少年はテントの中に横たわり、自分の鼓動を聞いていたが、自分の心臓が遥か遠くにあるかのように感じた。彼は再び夢を見た。前回の続きだった。

振り返ると、前方にいたはずの水鹿（サンバー）が後ろに立ち、彼の匂いを嗅いでいた。前に向き直ると、今度は体のいちばん大きな水鹿の濡れた鼻先が目の前にあった。何歩か後ずさりすると、水鹿はくるりと向きを変えて走り出した。しっぽが蛍の光のようにきらきらと輝いている。すぐに後を追ったが、追っているうちに自分が崖の縁を走っていることに気が付いた。水鹿は山羊に姿を変え、父と共に来たのと同じような森に入っていった。そして森の突き当たりで足を止めた。なんと、水鹿の群と山羊の群の両方がいたのだ。自分が追っていた水鹿がどの水鹿で、追っていた山羊がどの山羊なのか、もはや見分けがつかなくなっていた。

木々と水鹿と山羊がこちらをじっと見ている。

群の後ろに男が立っていることに、しばらくしてから気付いた。山羊の耳を優しく撫でている。その耳は尖り、ふさふさしていて、たくさんの秘密を知っているかのようだった。

父さんはどこ？　少年が尋ねた。

男は前方をあごでしゃくってみせ、その方向に目を向けてみると、遠くに山があった。気付くと少年はあの巨大な岩壁の上に立っていて、一歩先は断崖なのだった。やがて緑の海が静かに視界に広がり、海原に波を立てていた。

# 第九章

〝Rørhval〟は、青い海の巨大な赤いクジラという意味になる。青色の大海で赤い腹を持つ巨大クジラを追う、それはアムンセンを惹きつけてやまない魅力だった。

## 二十四　海沿いの道

サラがその海岸を目にした時、辺りに漂う臭いにまず思い出したのが、大学時代にイギリス植民地史を教えていたスチュワート先生の口臭だった。それは内臓から腐り始めているような臭いだった。これほど疲れ果てた、人間のやりたい放題に虐げられた無防備な海岸を見たことなど、サラにはかつてなかった。「疲れ果てた」……サラはそれ以外の形容詞が思い浮かばなかった。

数年前に開通したばかりだという道路を車で走っていた時すでに、サラはそう感じていた。地図を見ると従来の道路は山と海の境を走っていたが、新しい道路は島の最も美しい山々を突き抜けており、デトレフが建設技術に驚嘆しているトンネルもそこには数多くあった。

デトレフはあえて車をゆっくりと走らせた。車は李栄祥（リー・ロンシャン）から借りた三菱のRV車で、彼らにとっても自由に動けるので都合がよかった。時々、道路が海側に折り返すと、眼前に太平洋がぱっと広がるのだが、期待していた青い海とはほど遠いものだった。波に乗って漂流するゴミの渦のせいで陽差しの反射角度が不規則になり、ところどころに虹も現れて、あるいは華やかとも言える光景だった。しかしよく見れば海に本来の青さはなく、重々しい鉛色を呈していた。道路からは線路と列車がかいま見えた。前日の食事の時に聞いた李栄祥の話では、この区間の線路の路盤が一部、海に浸食されたため、当局は線路を山側に更に後退させることを検討しており、山脈を貫通せざるを得ない所もあるかもしれないという。そんなわけで、これらの山中を「通過」することは果たして可能なのか、デトレフに専門家としての意見を尋ね、車で通りがかる際には地形に留意して欲しいというのだった。

「今重要なのは技術的な問題ではなく、必要性の問題だろう。つまり君たちがどんな島を望んでいるのかということだ」デトレフはそう答えた。

デトレフとサラは崇徳という名の地に立ち寄り、有名な清水断崖を訪ねた。雄壮な絶壁が海上にそそり立ち、ありとあらゆる廃棄物を乗せた波が打ちつけていた。数え切れぬ人々が車を止めて見物しては、しきりに感嘆の声を上げている。サラはその絶壁に心を強く震わせたが、同時に驚いたのは、海がこのようになってしまったことを誰もが気にすることなく、まるで物珍しい景観でも観賞しているかのようだったことだ。彼女は紙のように薄いパソコンを開き、その海岸のデータを調べてみた。

この島に来て、わずか二日。そのごく短期間に彼女が感じたのは、島の住民がこのような空気を呼吸していることに、すでに慣れているということだった。そしてこのような海にも今や慣れつつある。彼女が種々の映像を通して見ていたかつての太平洋は、もはや跡形もなく消え失せていた。その時ふいに、サラは小学生のころに父親が見せてくれた「世界の海」というドキュメンタリーを思い出した。

「ほら、これが我らの太平洋だ。実に壮観だろう」当時のサラは、ノルウェー人の海は天から賜ったノルウェー海だけだと思っていた。地理の先生の教えによると、北大西洋の暖流が通過するため、ノルウェー海は北極海で唯一、通年航行が可能な海であるという。「我らのノルウェー海」と言い放った地理の先生の表情を、サラは今でも覚えている。だが彼女の父親はすべての海を「我らの海」と呼んだのだ。「我らのインド洋」、「我らの大西洋」、「我らの太平洋」と。

サラの父親アムンセンは、初めて南極点に到達した探検家ロアール・アムンセンと同姓であったため、探検を愛するあまり改名したのだと誰もが思ってしまう。だが本人の自己紹介によると、彼は名前のおかげで探検に熱中するようになったのだった。彼と同姓の偉大なるアムンセンは、一九〇三年から一九〇六年にかけて北西航路をスループ〔マストが一本の帆船〕で航海し、初めて航路の横断に成功した探検家であり、航海中に北磁極の確認も果たした人物である。しかし彼は夢にも思わなかったであろう。二〇一〇年以降、氷に覆われた極地は温暖化の影響を受けて徐々に縮小し、年にわずか一カ月間の融氷期を待たずとも、北西航路は冬も航行できるようになったのだった。それはアマゾンの熱帯雨林の発見がやがてその縮小を見届けることになったことと似ている。サラの父親の考えでは、探検家アムンセンが既にこの世を去っていたのは幸いだった。なぜならこういったすべてを目の当たりにせずに済んだのだから。

サラの父親アムンセンは海を愛するあまり、働き盛り真っ直中に建築士の仕事を捨てて漁師になった。頻繁に海に出てしまう夫に愛想を尽かしたサラの母親は、心を鬼にして娘を港の友人に預け、ついに姿を消してしまった。そのためサラには母親の記憶がぼんやりとしか残っていない。初めて決意した何かを、たいていの人間が思い出せないように。離婚後もアムンセンは船を出し、カラフトシシャモやタラ、プタスダラ、ニシンを捕り、北大西洋の西側まで魚群を追うこともあった。一説によれば、かつて漁師はタラの群を追ってコロンブスよりも早く新大陸を発見したが、自らの漁場を守るため公にはしなかったのだという。

アムンセンの仲間たちは、妻に出て行かれた悲しみを彼に見て取ることはできなかったが、彼が幼いサラを連れて船に乗ることは目に見えて増えていった。サラは幼少時代のほとんどを海の上で過ごし、おそらくそれが後に、彼女が海洋生態学者としての素質と理念をそなえる大きな要因となったのだろう。

それまでアムンセンは年に一頭のクジラを捕ると決めていた。彼が相手にするのはナガスクジラやマッコウクジラなど巨大なクジラばかりで、それはノルウェーの漁師としてのささやかな栄誉と尊厳でもあった。ノルウェー語のヒゲクジラ〝Rørhval〟が「体に溝のあるクジラ」と解釈されるのは〝hval〟が「クジラ」、〝rør〟が「皺(しわ)」を表すためだが、彼の持論ではそれは間違いだった。ナガスクジラは腹を膨らませると「皺」(クジラの畝(うね))が充血して赤くなる、だから〝rør〟は「赤色」と解釈すべきなのだと彼は言った。つまり〝Rørhval〟は、青い海の巨大な赤いクジラという意味になる。青色の大海で赤い腹を持つ巨大クジラを追う、それはアムンセンを惹きつけてやまない魅力だった。

ノルウェーの捕鯨活動は世界的に大きな圧力を受けてきたが、アムンセンが動じることはなかった。彼はよくこう言っていた。「私がクジラを捕るのに使うのは伝統の銛で、捕鯨砲を使うことはないし、捕鯨銃も使わない。いわば生死をかけた闘いだ。いったい何が悪いというのだ。それに私は年に一頭のクジラしか捕らない」アムンセンが捕鯨に使っていたのは、千年以上も前にバスク人が発明し、ノルウェー人によって改良された捕鯨術だった。その方法とは、見張り台からクジラの姿を確認した後、数隻の小船でクジラを包囲し、その背に銛を打ち込んでいくというものだった。スピードを上げて逃げるクジラの体力を消耗させるため、銛を繋いだロープには中空の大きなひょうたんが付けられていた。そして血の混じった海水が鼻孔から噴き出されるのを見計らい、漁師たちは一斉に急所に狙いを定め、その巨大な生物の命を終わらせる。

一部の動物愛護団体は、銛によるクジラの捕殺はクジラにより大きな苦痛を与え、より残忍なものであると主張したが、アムンセンはその論点に反駁した。「いかなる命も死に直面すれば苦痛を伴う。苦痛のない命に尊厳はない。私はクジラを尊んでいる、彼らを皆殺しにすることも、わざと苦痛を与えることもしない。我々の捕鯨は命のやり取りなのだ。私がクジラを殺すかもしれないし、私がクジラに殺されるかもしれない。私に言わせれば、クジラを絶滅に追い込む商業捕鯨こそ許されるものではない。いいか、お前たちが相手にすべきは奴らであって我々ではない！」

その気迫には凄まじいものがあった。最近の船は昔よりもずっと速いのだが、アムンセンはあえて無動力のボートを使っていた。「私の手で殺されたクジラは、少なくとも最後の最後には尊厳ある死を遂げる。なぜなら彼らにも私を殺すチャンスはあったからだ」まだ理解が追いつかない幼いサラに向かって、彼は時々こう言った。「人類だって食物連鎖の一環なんだ、適度な捕殺は種を絶滅させることはない。古代スカンジナビアの漁師たちは捕鯨のおかげで逞しい人種となったんだ。そのことを理解しておくんだぞ、愛しいサラ」

周囲から見たアムンセンは、勇猛で冷酷な典型的ノルウェー人だったが、幼いサラだけが彼の弱さを知っていた。夜、アムンセンはよく船倉内に座り、釣り針を腕の皮膚に引っかけては引っ張っていた。そのため彼の腕にはくねくねとした傷痕がたくさんできていた。傷痕は腕全体に増えてゆき、漁で力仕事をする時は周りをぎょっとさせた。まだ小さかったサラは、朝食の時に何気なく、釣り針で自分を傷つける理由を彼に尋ねた。アムンセンはひとしきり沈黙した後で答えた。「魚の気持ちを知りたかったんだよ、愛しいサラ」

それから何年も経った後、アムンセンは五十になったら捕鯨人生に終止符を打つと口にしはじめた。その年、彼は仲間とナガスクジラのつがいを追って北大西洋上で格闘した。最後には体長十八メートルの雄クジラを仕留め、それよりも体格の大きい雌を逃がした。雌クジラは殺さないという決まりがあったからだ。しかし雌クジラが逃げていく時に翻(ひるがえ)した尾びれで船に亀裂が入り、動力系統もすべてやられてしまった。彼らは捕殺した雄クジラをも諦めざるを得ず、その巨体は海の底へと沈んでいった。アムンセンらは救難信号を出し、浸水を防ぎながら海流の流れるままに漂流していたが、ついには小船に乗り移り、船をも放棄してしまった。その後カナダの漁船に救助され、船から垂らされた貨物網に曳航(えいこう)されてカナダへ向かった。

　間もなく冬が到来する時期だったこともあり、アムンセンはカナダに留まり、その機を利用して小船を借りてミシシッピー川を下ることにした。幼いころマーク・トウェインの『トム・ソーヤーの冒険』のアニメを見た時から、いつかミシシッピー川を下ると決めていたのだ。トム、ハック、トム、ハック……アムンセンは歌いながら川を航行し、ミシシッピー川でこの歌が歌えるなんて最高だと思った。

　春先にはカナダに戻り、修理された船を引き取りに仲間と落ち合った時、乗組員の一人のケントが、アムンセンを自分の故郷のアザラシ猟に誘った。彼の田舎はニューファンドランド・ラブラドール州にあり、タテゴトアザラシの繁殖地として有名な場所だった。アムンセンはヨーロッパでもアザラシ猟をした経験があり、アザラシを狩ること自体はさほど困難なものではなかった。冒険を好むアムンセンはたいして気乗りはしなかったが、ケントの熱心な誘いもあり行くことにした。

そのころはちょうど妊娠したタテゴトアザラシが海岸に集まり、出産と子育てをする季節だった。アムンセンとケント、そして猟師らは、船を氷原近くに係留し、徒歩で「氷の地帯」に入りアザラシの捕殺に向かった。雪に覆われた大地は灰色にくすみ、雪国からやってきたアムンセンにとってはノスタルジックな景色だった。アザラシの群はまるで課外授業にやって来た子供たちのように氷上に悠然と腰を下ろし、風景でも見るかのごとく頭をきょろきょろさせていた。

ラブラドールへの道中、アムンセンはケントからアザラシ猟についての教えをいろいろと受けた。「生まれたてのアザラシは真っ白な毛に覆われているから〝ホワイトコート〟と呼ぶ。二週間ほどで銀色の毛に生え替わると〝ラグドジャケット〟、十九日も経つと白い毛が完全になくなって全身灰色の〝ビーター〟だ。昔は〝ホワイトコート〟がヨーロッパのマダムたちに人気だったんだが、今は政府の決まりで〝ビーター〟しか狩っちゃいけない。でも俺にはその違いがよく分からないね。〝ホワイトコート〟も〝ビーター〟も、結局はアザラシを殺すことに変わりないだろう」

「それより、猟銃を持ってきていないんだ、一本貸してくれないか」

「ああ、分かった」

翌日、ケントから手渡されたのは銃ではなく、特殊な棍棒だった。野球のバットほどの長さで、先端に鉄の鉤（かぎ）がついていた。

「どうやって使う？」

「アザラシの頭に叩きつけろ。ガツンとやればお陀仏（だぶつ）さ。すごい奴だと一撃で殺しちまう。それから皮を剝（は）ぐんだ」ケントは言った。「競争しようじゃないか」


一行が浮氷（ふひょう）地帯にやってくると、警戒したアザラシたちが猛烈に吠え出し、次々に海に跳び込んでいった。アザラシは氷上でこそ動きは遅いが、海に逃げ込まれれば猟師もお手上げだ。ただし幼いアザラシは逃げるのも遅く、泳ぎが下手なものや、まだ海に入ることさえできないものもいて、すぐに追いつかれて仕留められた。アムンセンは様子を観察していたが、彼のような大男でも、アザラシを一撃で仕留めるのはどうやら容易ではなさそうだった。浮氷の上では足元が不安定な上、アザラシも攻撃を避けようと動き回るので急所に狙いが定めにくい。そのためほとんどのアザラシは何度も殴られ、頭部を真っ赤な血で染めて声を上げながら逃げ回る。気絶したり負傷したりして動けなくなったものは、狩人が手の棍棒をくるりと回して首に鉤を掛け、船のある所まで引きずっていった。棍棒の先からは血がしたたり落ち、まるで棍棒が怪我を負っているかのようだった。

アザラシは人間に対して攻撃力を持たない、それゆえアムンセンはどうしても棍棒を振り下ろすことができなかった。彼にとっての捕鯨、少なくとも旧時の捕鯨や、それをスカンジナビアの貴重な文化だと信じる彼や彼の仲間にとっての捕鯨は、漁師が自分の命をかけて行うものだ。だが今、目の前にいる生き物はなんとも か弱く、誰もが幼い時に持っていたような大きな瞳で、幼子のような泣き声を上げている。そんな相手にどうやって手を下せるというのか。「まだ銃の方がましだ」捕殺道具が違えば、捕殺する者にとっての意義も変わってくる。この時、アムンセンは初めてそう思ったのだった。

船の傍まで引きずられてくるやいなやアザラシは皮を剝がれた。猟師は頭部の傷口を鋭いナイフで裂き、きつめのジーンズを脱がせるかのごとく二人がかりでじわじわ皮を剝いでいった。アザラシの血が純白の氷の上に流れ出ていく。まぶたの皮まできれいに剝がれ、氷上に残されたアザラシたちは皆大きな目を見開き、捕殺に慣れきっていたはずのアムンセンも背筋を凍らせた。

「死ぬのを待って剝がないのか？」

「生きているうちに剝ぐと早いからな」ケントはアムンセンの疑念を聞き取っていた。

「俺は死んだかどうかを必ず確かめるが、ほとんどの猟師は、アザラシの頭蓋骨が割れているかどうかなんて確認しない。だからといって彼らを責めることもできない。

手際よくやれば金（かね）も効率的に入ってくる」

　アルファというベテランの猟師が二頭の雄アザラシに追いつき、ナイフでそれらの生殖器を切り取った。しかし皮は剝がない。

「生殖器を買う奴なんているのか？」アムンセンが訊（き）いた。

「大人の雄アザラシの皮は金にならないが、生殖器は別だ。アジア人はこれを食うとアザラシみたいな精力がつくと思っている。アザラシが恨むべき相手は、彼らの生殖器を食う馬鹿な奴らさ」ケントは冗談を飛ばしながら言った。「実際、アザラシの精力なんて大したことないぞ。俺と比べてだけどな」

　帰途の間、アムンセンは黙ったままだった。ケントを責めるわけでも、ほかの猟師たちを責めるわけでも、自分を責めているわけでもなかった……自分の信念は間違ってはいない。ただ己の体のある部分が空っぽになったような気がした。ケントはアムンセンの目に、戸惑いと衝撃、そして追及を感じ取り、かつて自分も心に詰問したことを思い出した。ケントはその視線から目をそらすと、古くからの友人である彼の肩を叩いて言った。「猟師たちの生活も楽じゃない。稼ぎのほとんどは中間業者に持っていかれて、ぎりぎり生活できる金しか手に残らないんだ。それに彼らにできるのはアザラシ狩りだけだ。それを取り上げられたら、完全に立ちゆかなくなる奴もいる」

　その時アムンセンの心の奥のどこかで、何かが微（かす）かにぐらついた。

数カ月後、アムンセンはノルウェーに戻っていた。サラが準備してくれた漬けの魚を食べながら、魚の目玉があったはずのくぼみを見てふと、あのぎょろりとした、小学生のようなアザラシの目が彼の脳裏に飛び込んできた。彼の心に大きな衝撃を与えたのは、アザラシを「殺す」ことではなく、その「殺し方」だった。人類が生きるために生物を殺すという事実は変えられない。イヌイットの人々がアザラシ猟で生活していることを、善悪で語れるものではないように。だがアザラシを殺すことがもはや生きるためだけではなくなり、しかもアザラシが苦しんでいるかどうかを確認しうる体力も能力もあるのに、猟師らはそれをしないのだ。長い間の錬磨がなければ、あれほどまでに心を石にすることはできない。とはいえ生活のために狩りをする猟師の心は石ではない。彼らは獲物に対してあふれる感謝の心を抱き、家には自分の帰りを胸いっぱいの期待で待つ人がいる。しかし彼が目にしたアザラシ狩りはそうではなかった。なにもかもが変わってしまっていた。

アムンセンはナイフとフォークを前にした食卓で、アザラシ猟の話をサラにした。

「パパはいけないことだと思うのね？」

「分からない。今はアザラシの数も多い、だが我々はクジラの数がまだ多かった時代と同じことをしているんだ。人間はクジラに心を寄せることなく、消耗品として扱ってきた。大量に捕殺しておきながら、あのぶ厚い脂肪だけを取って、残りは捨てる。そうしてクジラはどんどん減少してしまった。このごろ思うんだよ、たとえクジラやアザラシの数が捕殺し尽くせないほどいたとしても、人間は自分が生きるための分だけを捕るべきだと」

「どういうこと？」

「最近考えてばかりいる。これは一つの種が存続できるかどうかの問題ではなく、人間がなぜ必要以上のものを手に入れようとするかという問題だ」

「そういえば、アザラシの生殖器ってどこに売られるの？」その時、サラは自分が見たことのある男性の生殖器を真剣に思い出していた。そのうち二人はクラスメートで、一人はアルバイト先で知り合った友達だったが、その手に握った彼らの陰茎は熱を帯び、中に生きた何かがいるようだった。

「中国や香港、あるいは台湾だろうね」アムンセンは皿の上の半熟卵をかき混ぜながら言った。「サラ、私の漁師仲間のほとんどは、まだ完全に心が石になったわけじゃない。彼らは生活に迫られて漁に出ている。だがその彼らの後ろにいる、現場に一度も出向いたことのない、暖房の効いた部屋で金を数えている会社オーナーの心からは、一滴の血も流れることはない」

父親がその時に見せた、芸術の息吹すらをも感じさせるような悲哀の表情を、サラは今でも覚えている。それは彼女がほかのどんな動物にも見たことのないような表情だった。彼の瞳には光がちらちらと揺れ、まるで複眼のようだった。「サラ、父さんは海の漁師をやめる。その時が来たんだ。私は漁師という身分を捨てるべきだと思う。この先、何かを変えていかなければ、人生を無駄に生きたことになる」

アムンセンはその言葉を実践するように、その年に船を売却し、国際的な反アザラシ猟団体に加わり、再びカナダへ飛んで運動に身を投じた。さらにノルウェーでも反商業捕鯨の活動に参加した。こうして彼は大西洋両岸で頭を悩ませる厄介な人物となっていった。

アムンセンが口にしていた「我らの太平洋」を見つめながら、サラの胸には万感の思いが込み上げていた。

海岸は「一時的」に片付けられるが、潮が満ちるたびにゴミの渦は別のゴミを海岸に押しやり、あの島が、まるで自分が立っているこの島と一つになりたがっているかのようだった。

李栄祥（リー・ロンシャン）は予定があったため、デトレフとサラの案内役に、D大学で教鞭を執るかつての同窓を考えていたが、もっと適した人が登山仲間にいたことを思い出した。「ダフといって、先住民族なんです。台湾に来たら、特に東部に来たなら、先住民は最も頼りになる案内役ですよ」

　車が最後の川に架かった橋を渡ると、二人はすぐに赤いバンダナをした、肌の浅黒い壮年男性が手を振っているのを見つけた。サラはこの物憂げな瞳をした、背のあまり高くない男性に一目で好感を持った。動きにわざとらしさがないのだ。

「初めまして、サラと、デトレフよ」

「ダフです」ダフは運転を替わり、車を三十分ほど走らせて、海の上の家の近くの海岸までやってきた。

　その場所の海は、先ほど見た海とはまた違っていた。やや弧を描いている湾で、遠くに目をやってもゴミの渦の果ては見えない。

「今はどうやってゴミを処理しているの？」

「まずは分類して、近くの旧製紙工場に設置した五つの分解タンクで、分解できるゴミを優先的に処理しています。価値のあるゴミは別の場所に運んで更に分類し、まだ生きている生き物は研究用に近くの大学に届けています」ダフは続けた。「九つの作業ステーションで対処していますが、正直、人手がまったく足りていません」

「ここの町に住んでいた人は？」

「多くがパンツァ……ここの阿美(アミ)族は自分たちをパンツァと呼んでいるんですが、ほとんどが海岸の清掃に当たっています。でも、この海岸がだめになって、漁場もだめになってしまえば、パンツァの海洋文化の一部も破壊されてしまいます。漢人にとって海の汚染は金が入らなくなるだけでしょうが、パンツァにとっては、海は彼らの祖先であり、神話も海にまつわるものばかりです。祖先がなくなってしまえば、人はもはや人間である意味を失ってしまいますからね」

「あなたもパンツァなの？」

「いえ、布農族(ブヌン)です」ダフは言った。「ブヌンは真の〝人〟という意味です」

サラはすぐに理解できた。世界各地のどんな民族も、最初は自分たちが「真の人」だと思っているのだ。

夜、二人はダフの家で一緒に食事をした。家には女の子と女性がいて、女の子はダフの娘でウマヴという可愛らしい名前だった。だがダフは女性については妻かどうかということに触れず、ただハファイとだけ紹介した。とはいえサラは二人が夫婦ではないと感じていた。どちらかと言えば自分とデトレフのような関係にも見えるが、それも違うような気がする。なんだかタイトルが曖昧な論文みたい、とサラは思った。

料理はパンツァがよく食べるという山菜が中心で、海鮮の類(たぐい)はなかった。ウマヴとハファイは英語が話せず、もっぱらダフがしゃべっていた。

「海鮮類は毎日のように食べていたんですが、見ての通り、今は食卓に上りません」

「いやいや、十分に素晴らしい料理だよ。これからは海鮮なんてなくなるかもしれないし、早いうちに菜食動物になっておいた方がいいね」デトレフが笑って言うと、一同も力なく笑った。

この島はこれまでのツケを返しはじめているのだ。サラは思った。

## 二十五　山道

その日の夜、アリスは目を覚ますと、懐中電灯を手に山を下りた。小雨が降り続いている。今月に入ってから東部では今日で十八日間連続の雨となり、台東(たいとう)の一部区間の道路と鉄道は完全に海に浸(つ)かり、屏東(へいとう)では地盤沈下が最も深刻な沿岸部の村落で避難措置が取られたという。

道は不明瞭だったが、アリスの足取りは決して遅くはなかった。気付けば山をそれほど恐れなくなってきている。この方角に向かうすべての小径(こみち)も、周りの植物や草木の生長の早さも分かるようになっていた。そうか、山とはこういうものだったのだ。人間と同じで、相手を理解すれば恐れることはないのだ。そうであっても、山が何を考えているかは決して分かりはしない。人間が次の瞬間に何をするか分からないように、山も次の瞬間には何をするか分からない。彼女にはそう思えた。

海岸までやって来ると、アリスは自分にとってあれほど身近だった、しかし今はまるで見知らぬ姿に変わり果てた海岸線に立ち、万感胸に迫る思いがした。そこは比較的住民の多い区域とあって海岸はひととおり片付けられてはいたものの、海水というものは流動するのだ。しかもゴミの島は台湾を遥かに上回る面積で海を覆い、第二波のゴミが、あらゆる隙間という隙間をたちまちにして埋め尽くしてゆく。海の上の家から五十メートルは離れていた満潮線も、今では道路の脇まで迫り、家は様々なゴミを漂わせた海水に囲まれていた。間もなく潮が引き始める時間だ。アリスはTシャツを脱いで水着姿になり、Tシャツを防水バッグに入れ、崩落を免れた道路脇の傾斜面から海に入っていった。

最初はふくらはぎほどの水深だったのが、すぐに足が届かなくなり、人一人の高さをゆうに超える深さにまでなった。アリスは冷たい海水に一瞬体をこわばらせたが、それもすぐにほぐれていった。

真夜中の海水は見たこともないような墨色をたたえていた。街灯の明かりが波に揺れてうごめき、煌めく糸が人知を超えた何かを紡いでいるかのようだった。アリスはゴーグルを付け、小型の高圧酸素ボンベを背負い、海に潜ってみた。目の前に漂う様々な姿形のプラスチックゴミは、さながら未知の異次元生物のようにヘッドライトの照明の中で色とりどりに浮遊していた。

海の上の家に近づくと、海面は二階の三分の二の高さにまで到達していた。窓ガラスは割れ尽くし、片側の壁もひどく倒壊し、大きく崩れた家の主体部分からは屋内がのぞいていた。アリスは壁の欠けた部分から家の中に「潜り」込み、記憶を頼りながら自分の部屋まで泳いでいって、ドアを開けた。ドアは水圧の関係でいくらか抵抗があったが、幸いにも下の方が一部欠けていたのでどうにか開けることはできた。廊下へ泳いで出ると、トトの部屋のドアは開いていた。種々のゴミが潮に乗って流れ込み、部屋にあった物は外へ流れ出たりゴミの間に紛れていたりした。上を見上げてみると、天井に描かれた地図は消えずに残っていた。

トムとトトが描いた山の地図。そこにはアリスの知らない登山ルートがあった。


アリスはこれまで何度もトムの遺体が見つかった場所をダフに尋ねたのだが、彼は終始、明かそうとはしなかった。警察もダフと示し合わせていたのか、教えてくれるのは山の名前ぐらいで、確かな場所は発見者にしか分からないと口を閉ざしていた。

「我々が担いで山を下りたわけじゃないんでね」太った担当警官が言った。

トムとトトの失踪当初、アリスは捜索隊に自分も連れて行ってくれと頼みこんだことがあり、トムが申請したという登山ルートを知ってはいた。だがダフがトムの遺体を見つけたのは別のルートだ。二つの山は連なってはいるが、トムが登山許可を申し込んだのはその山ではない——なのになぜ、その山で死んでいたのか。

あの日、アリスは狩猟小屋で書き物をしていた時、ふいにトトの部屋の天井のことを思い出したのだった。


そして今、彼女はその天井の下で、その地図を見上げていた。初めのうちこそ戸惑ったものの、これまで多くの地図を見てきた彼女はすぐにルートを見つけることができた。予想していたとおり、トムは……あるいはトトも一緒になってかもしれない、彼女の知らないルートを密かに計画していたらしい。捜索隊は管理所から渡されたルートしか捜索していなかった。しかし二人は申請したルートを取らず、実際は天井に描かれたルートを行ったのだ。地図を見つめながら、アリスは玄関の扉を、道を、空を、石を、小さな水源を、そして雨を、見たような気がした。

海水。山道。

分厚い眠りの層のような海から岸に上がると、アリスは再び陸地に立った自分が、まるでひっそり上陸した一頭の寂しいクジラのような気がした。その心は岸辺の石のように粉々で、死んだ貝のごとく強固に閉ざされていた。

翌日の晩、アリスは狩猟小屋の外に3Dプロジェクターを設置し、白い紙を貼った壁に台湾地図を投影した。彼女はアトレに「地図」だと教えた。「私たちが生活しているどんな場所も、こんなふうに地図に描くことができるの。地図を使えば、別の場所までの行き方が分かるし、よく知らない所に行っても、地図があれば道を見つけることができる」飲み込めずにいるアトレの眼差しに、アリスは「地図の読み方が分かればね」と言い添えた。

アリスはレーザーポインターで地図上の台湾を指した。「ここが私たちが今いる島。君の島はどこだか分かる？　ワヨワヨ島はどの辺り？」アトレは物悲しげにただ微笑むだけだった。

「ここの土地、違う」アトレは地面を指さし、一握りの土を手に取った。「違う、あそこと」

「違うの、アトレ。地図というのは、私たちがいる土地を小さくして紙に描いたものなの。世界はこの地図の中にあって、それ以上でもなければ、それ以下でもないの」

アリスは自分の言葉に違和感があることに気付いていたが、構わなかった。アトレも完全に聞き取れるわけではないのだから。

「海も、地図に？」

「多分ね。海図というものがあるから」アリスは南太平洋のある場所を指した。「多分、ワヨワヨ島はこの辺りだと思うの」

アリスは別の地図を投影した。島の中部を走る山脈の局部の地図で、等高線や湾曲するルートがびっしり刻まれていた。その中に一本だけ、赤い線で描かれたルートがある。アリスが天井の地図の記憶を基に描いた、トムとトトが真に歩いたルート。

「今、私たちはここにいて、ここまで行きたいの。分かる？　ここに行きたいの」アリスはアトレが理解してうなずくまで、ポインターを何度もそのルートに当てた。

「君……」アリスはアトレを指さしながら「一緒に行ってくれる？　私と一緒に」

「遠い？」

「近いとはいえないわね」その時、大きな山繭(ヤママユ)が飛んできて地図に留まった。それは地図上の記号のように、何かを象徴するもののように、挿入された短い句のように、羽根の上の見開いた目を彼女に向けていた。

「あれは？」アトレはオハヨを指した。

「ここで待っていてくれるわよね、オハヨ？　この近くで待っていてくれる？　それともダフのところに行く？」オハヨは甘い声で何度か鳴いて反対を示した。預けられるよりも自由な山の中で待っていたいのだろう。

そのルートに関する登山記録について、アリスは図書館で時間をかけて調べて確認し、登山に必要だと思われる器材をすべて購入した。アトレにもバックパックを買い、テントも購入した。新しいテントは今アトレが使っているものとは違い最新の超軽量換気型テントで、流線形のデザインと、気流を循環させることによってテント外部にも気流を形成し、雨を受ける力を小さくして内部の乾燥を保つというものだった。アリスがアトレを連れて行こうと思ったのは、彼を託すあてがないということもあったが、何よりこの少年に頼らずに自力で山中を乗り切ることは不可能だと承知していたからだ。あの死の落とし穴だらけの海上を、この少年は生き抜いたのだ。地図の上の、あの赤い点のある場所まで、彼ならきっと自分を導いてくれる。アリスはそう自分に都合よく考えたのだった。

あの赤い点が示していたのは、大岩壁のある場所だった。登山クラブの人々の話によれば、そのルートは岩壁に突き当たるためにほとんど使われることはなく、しかも大地震によってできた岩壁であるために、地盤が不安定で危険なルートらしかった。山を越えるための必須ルートでもなければ、頂上の三角点が設置されている場所でもないという。

「クライミング目的でなければ、行く意味はないですよ」登山クラブのインストラクターは言った。

アリスは向こう三ヵ月で唯一、晴天が続きそうな日を選んで出発した。気象予報士によると、今回の晴天は運がよければ五、六日の間続くという。

出発した当日、彼女とアトレは前後に並んで登山ルートへ向かい、あえて地図上にない道を選んで歩いた。その道なら入山検査所を避けられるし、渓流の左手にある先住民集落と発電所も迂回することができた。その村はここ数年たびたびニュースに上る撒奇萊雅族の集落で、近年は山崩れが相継ぎ、軌道に乗り始めていた観光目当ての集客計画も幾度となく頓挫していた。とはいえ、中央山脈に向かうその渓谷沿いの山道は、単独登山客の多くに人気のルートであることも確かだった。

翌日には、二人は奥まった山道を進んでいた。道は切り立つ絶壁と河川に浸食された峡谷に挟まれるようにして続いていた。島の東部の山脈によく見られる地形だ。アトレはアリスと狩猟小屋でしばらく過ごしてきたが、これほど完全な山を見るのは初めてのことだった。変化していく雲と霧を眺めながら、彼は何度も、ワヨワヨ式の特別な手振りで礼拝した。

三日目の朝、二人はなおいっそう歩き続けた。雲が風に流れ、山陰では雨が降り出している。雨が山々への視界を遮ると、二人はしばし近場の山にでももやってきたかのような錯覚を覚えた。午後には陽差しも強まり、再び遠くの連峰までくっきりと見渡せるようになった。雲間から差し込む光が山稜を照らし、峡谷は低層の靄に包まれ、遠方の山の頂きがまるで雲に浮かぶ島のごとくに見えた。アトレは眼前の光景にたちまち心を奪われ、一瞬にしてこの島の虜になった。ワヨワヨに寄せる想いと変わらぬほどに。彼はアリスに尋ねた。

「山？」彼は遠くを指した。

「そうよ」

「こんなにたくさん？」

「そうね」

「神はいるのか？」

「え？」

「神様」

神はいるのか。アリスの頭に先住民族の神話がふいに浮かんだ。泰雅（アタヤル）族の始祖は大覇尖山（だいはせんざん）で誕生し、鄒（ツオウ）族は川が氾濫した時代に玉山（ぎょくざん）へ逃れ、布農（ブヌン）族には聖山があり、つまりほとんどの先住民族には山の神話が伝えられている。それらの山は彼らの神というよりも、彼らを育んだ源流であり、よりどころであり、逃げ場であるというべきだろう。一方で、台湾人の信仰には直接山に関するものは少ないが、土地公信仰はどこにでも見られる。大雑把にいうならば、ある時期、ある側面において、これらの山々には確かに「神」はいたのだ。近年は台風がくる度に土石流が発生し、先住民の集落が埋もれたり車が呑み込まれたり、道路と道路の間に集落が押し流されたりした……その都度、自然に帰ろう、自然を敬えという声が上がり、中には「山の神を再び崇拝せよ」というスローガンまで現れた。だがもう手遅れかもしれない。たとえ神がいたとしても、とうにどこかへ去ってしまった。アリスはそう思った。

「昔はいたけど、今はもういないと思う」

「ワヨワヨの海、神がいる。山は低い、でも神がいる」アトレは真剣な表情で言った。

ワヨワヨの山神ヤヤカは、カパンとは違い、罰を受けた神だった。ワヨワヨ人は、カパン以外にも、カパンより神通力の劣る数多くの神々がおり、それぞれの世界の運命を掌(つかさど)っていると信じていた。ヤヤカが罰を受けたのは、カパンの逆鱗に触れたクジラをカパンが絶滅させようとした時、あろうことかクジラの助けに入ったからである。ヤヤカは山ほどに高い海藻の森を創り、巨大なクジラをその中にかくまい、カパンが怒りを静めるまでその森から出ぬよう言い付けた。しかし一頭の幼いクジラが戯れのうちに海藻の森から抜け出してしまい、とうとうカパンに見付かってしまった。カパンは激怒し、罰を与えることにした。だがカパンもその時、命ある生物の生きる機会をむやみに奪うことは賢明ではないと思い直し、巨大クジラは見逃してやった。

一方で自らの威信を示すため、ヤヤカに与えるべき罰を考えていた。カパンはワヨワヨ人に島を与えたが、島の石はいずれ砂となり風に飛んでいき、海水にも持ち去られてゆく。そうなると島はますます小さくなってしまう。そこでカパンはヤヤカを小鳥に変え、毎日砂を運ばせて、風や波に持ち去られる分を補わせるようにした。絶えず吹き続ける風と打ち寄せる波に、ヤヤカは休みなく延々と砂を運び続けるしかなかった。ところが働き者のヤヤカはなんと、海神と風神が気を緩めた隙に、ワヨワヨ島に山を創ってしまった。この山があれば、島民は一定量の木材を得られるばかりか、島が消えてなくなる心配もなく、やがてヤヤカはワヨワヨ人に山神として崇(あが)められるようになった。

「つまりワヨワヨの山の神は、鳥だということ？」

「うん」

「鳥が山の神だなんて可愛らしいわね」アリスは目の前の少年を見ていた。彼の言葉を完全には理解できないが、言葉は言葉そのものだけではない。彼の眼差し、動作、口調と声の大きさ……彼は生まれながらにして物語の語り手なのだ。削られて、磨かれて、打ち抜かれて、鍛造された彼の体から語られる物語は、まるで魔法でもかけるかのように人々に信じ込ませる力がある。どんなに荒唐無稽で、奇妙で、不可思議であっても、それらは紛れもなく起こった事実であり、生きた物語なのだ。

「可愛い？　違う、ヤヤカに感情はない。冷酷」

二人は道を模索しながら歩き続け、四日目の朝には、アリスが地図の上で何度も確認した山頂が遠くに見えていた。彼女は地図にあった「森」に近付いているのだと分かった。ただそのころにはアリスも体力が続かなくなっており、歩いては休み、休んでは歩くことを繰り返した。休憩の度に、彼女はアトレに地図の読み方を教えた。ある記号がある自然物を表すということ、それが地図の最大のポイントなのだということを、アトレはすぐに飲み込むことができた。次に大切なのは、方向を確認して地図を実景に重ねることだが、その能力についてもアトレはアリスより上だった。唯一、彼がどうしても理解できなかったのは、比例という問題だった。海はとてつもなく広いのに、こんな一枚の紙きれがその代わりになど、なりうるはずがない。

二人は火を焚いて食事の準備をした。アリスは大量のレトルト食品を携帯していて加熱すればすぐに食べることができた。その晩の食事はバジルソースのパスタとコーヒーだったが、アトレの胃も少しずつこの島の食べ物に慣れてきたようだった。

「そうだ、海の上では何を食べていたの？」アリスが訊いた。

「魚」

「どうやって捕まえるの？」

「ガスガスにあったもので槍を作った。カキの殻で釣り針を作った」

「生で食べるの？」

「うん？」

「火は使わずに？」

「火、ない」

「そうよね、海の上で火を起こすのは難しいもの。ところでワヨワヨに文字はある？」

「文字？　これみたいなの？」

「そう」

「文字、ない。掌地師（しょうちし）が言っていた、言葉がすべて」

「それは残念ね。文字でなければ伝えられないことも、たくさんあるから」

「必要ない。ワヨワヨ、文字ない。でも同じ」

「文字がなければ、詩も書けないでしょう？」アトレは意味がよく理解できず、アリスに続くことができなかった。

「ねえ、月はなんて言うんだっけ？」

「ナルサ」

「そうそう。カサミイワ・ナルサ」アリスはワヨワヨ語で話した。

「今日、月が出ている」アトレはその言葉を中国語で繰り返した。

「そうよ、中国語もだいぶ進歩したわね。今日は月が出ている。太陽は……」

「イグァサ」

「イグァサ」アリスは繰り返した。

「イグァサは自らの光で輝き、ナルサは他者の光で輝く」アトレの口から、ワヨワヨに伝わる童謡の歌詞が自然に漏れた。

「イグァサは自らの光で輝き、ナルサは他者の光で輝く」アリスが言った。「そうよ、これが詩よ」それでもアトレは詩の意味が分からなかった。

その日の夜、二人が眠りに就いて間もなく、アトレはふと目を覚ました。すぐさま彼はアリスを引っ張り起こすと、声を上げないようにと彼女の口を塞ぎながら、テントのもう一つの出口からそっと外へ出た。アトレは何かを察知したのだ。しかしアリスには、その先に見えたのはひっそりとした暗闇だけだ。実際、彼女の血流も心拍も穏やかなままで、体は睡眠を欲し、両足もまだ夢の中だった。だがアトレは異様なほどに意識を研ぎ澄ませ、前方の暗闇を凝視していた。

ほどなくして木々の影からもう一つの影が分離し、のっそりと前進した。ややためらうような、それでいて強固な意志を持つ足取りだった。影がテントの傍まで近づき、アリスは夢の中で水を浴びせられたかのように一瞬で目覚めた……

「熊！」

熊は頭を上げて声がした方へ立ち上がり、鼻先を伸ばして匂いを嗅いだ。立ち上がったその胸元には三日月の模様がくっきり浮かび、体はさながら巨大な闇夜のようだった。テントの中の匂いが気になるのか、少し迷ったあとでテントを乱暴に開け、二人の食料をひっくり返し、一つひとつむさぼり始めた。

アリスもアトレも自分の呼吸を極力抑えていた。アリスはその隙に逃げようと考えたが、アトレはその場から動くべきではないと判断し、両手でアリスをぎゅっと引き留めた。彼の目に映るのは、屈強で警戒心の強い凜とした生き物であり、彼が見てきたあらゆる動物と同じく美しかった。ワヨワヨ島にこのような雄壮な動物はいない。アトレは夢中にならずにはいられなかった。


空が白み始めるころ、熊は再び立ち上がってテントを踏み荒らし、鼻を伸ばして匂いを嗅いだ。成人男性以上の背丈はあるだろうか。アリスは朝露のように冷たい手でアトレの手を握りしめた。熊はゆっくり森の方へと戻っていき、森は扉を開いてその影を迎え入れた。

熊は声を上げることも、挑発することも、追いかけることもしなかった。ただ欲しいものを探し、森へ帰っていっただけだったが、アリスとアトレにとっては生死を意識した瞬間だった。二人は古(いにしえ)の息吹を感じていた。それは山と同じようで、山とはまた違う、独特な魂の息吹だった。望むなら熊は彼らの命を奪うこともできたのだ。

アトレは静かにアリスに向き直り、至極真剣な表情で言った。

「神はちゃんといる！」

## 二十六　複眼人Ⅱ

男がゆるやかに目を覚ますと、思っていたほど痛みはなかった。さっきまで見ていた夢で、彼は絶対的な闇の中、「ブラインドクライミング」で岩壁を下ろうとしていた。辺りは真っ暗で、彼は全身の細胞で岩肌を感じ取るしかなかった。それは初めて妻の中に挿入した時の感覚とどこか似ていた——その時、彼女も彼も微妙な顫動（せんどう）を覚え、魂が何かに満たされていくかのようだった。

三分の二のあたりまで降りてくると、爪が痛くなり、力をかけ過ぎた足の指がしびれ始め、汗止めのバンドをしていないせいで流れ落ちる汗が目にしみた。しかし体が追い込まれるほど心には快感が湧き上がる。こういうスポーツを経験した者にしか理解できない感覚だろう。男は深呼吸を何度も繰り返すと、指先に徐々に自信が戻ってきた。

その時だった。指が岩壁から外れた。途端に体の位置が逆さまになり、みるみる小さくなっていく自分が見えた気がした。空の雲も星ももはや見えず、周りのすべてが消えてなくなり、闇には空虚だけが残った。

夢だったのか。男は音を立てないようにテントを出て、岩壁の傍までやって来た。夢の中の岩壁とは違い、真の暗闇というわけではなかった。月明かりを受けて微かに煌めく木の葉、蛙の背、湾曲した草の茎、植物のくぼみに溜まった露……これらの控えめな輝きは却って見下ろす岩壁の暗闇を際立たせた。

ここから降りてみてはどうだ。男は自分に問いかけた。だめだ、子供を一人テントに置いて何かあっては大変だ。

ここから降りてみてはどうだ。だめだ。

ここから降りてみてはどうだ。だめだ！

ここから装備なしで素手だけで降りてみてはどうだ。

その問いかけに彼はますます強く惹かれ、体中の血が騒いだ。男はある瞬間に立ち上がり、チョークバッグを腰に付け、クライミングシューズに履き替え、目の前に見える岩から下へゆっくりと降りていった。岩の下へ向かいたいという彼の衝動は、もはやほかのいかなる思念をも超えていた。

暗闇の中の岩山はナイフのように、あるいはまた影のようにつかみづらかった。男は全身の感覚器官と力を最大限に駆使したが、それでもわずか五メートルほどしか降下できなかった。今ならまだ戻れる。しかし男は戻らなかった……正確にいえば、上には戻らなかった。彼は下へ降り続け、まず足先で足がかりを探り、体の一部の体重をその上にかけ、三点は動かさずに一点のみを動かす三点確保をできるだけ維持しながら、一方の肩や指に耐えられる以上の重さをかけないようにした。もし暗がりの中で一連の動きを見ることができたなら、男はとてつもなく素晴らしいクライマーだと賛嘆されることだろう。彼は大胆でありながら慎重さを失わず、体は十分に鍛えられ、まるで猿のように自信に満ちていた。

その時、男はそう遠くない岩壁に、もう一人の息遣いを感じた。

クライマーが神経を集中させている時は、どんな微かな音でも聞き取ってしまうものだ。指を泥の中に入れた時、もしくは指先を苔の上で滑らせた時、腹の奥で食物が消化されているかどうか、力が足先まで伝わっているかどうか、そういったすべてに音があるのだ。だがその時、男の耳に聞こえてきたのは、彼と同じく岩を降りるもう一人の呼吸だった。

ほかにもブラインドクライミングをしている人間がいるのか？　同じこの岩壁で？

その息遣いに男は闘争心をかき立てられ、無意識に動きを速めていった。暗闇の中で二人の男が競争するかのごとく、相手も動作を速めた。互いの動きは、呼吸と、時折服が擦（こす）れる微かな音で分かり、どちらが一歩早かったか、どちらが暗闇の中で先に次の足がかりを見つけたか、お互い明確に察知していた。

その時、男は気付いたのだ、あの夢と同じ状況であることに。

彼は足先を誤って滑らせ、そのため動きが急に速まり、落下するその力に百分の一秒、左手が岩壁から離れてしまった。男の反射神経からすれば、すぐにでも岩壁に手をかけ直すことはできたはずだが、暗闇の中を飛んでいた大きな甲虫か何かの昆虫が、運の悪いタイミングで鼻筋に当たった。彼は一瞬目がくらみ、百分の一秒力が抜け、そして滑落した。彼は暗闇の中でみるみる小さくなっていく自分が見えた気がした。

空の雲も星ももはや見えず、周りのすべてが消えてなくなり、闇には空虚だけが残った。傍でヘルメットが割れ、男は全身に強烈な痛みを感じた。まるで体中の骨がことごとくあっさりと折れてしまったかのようだ。これは夢ではない。そんな時に雨が降り出した。雨は彼が倒れた草地に降り注いでいるはずなのに、なぜだか雨音が底の深い湖に落ちていくかのように、男には聞こえた。

目が半分しか開かず、目の前のすべてが朦朧(もうろう)と映るなか、男が目にできたのは自分の横にしゃがんだ影だけだった。「骨が全部砕けてしまったようだ」その声からは、さっきまで暗闇でブラインドクライミングをしていたあの男なのか判断しかねたが、その息遣いからはっきり確信できたのだった。

「僕は死んだのか？」

「そうだ、ほとんどな。こんな場所で滑落したら、発見される時にはもう死んでいる」

男はいくらか不可解に思った。彼の口ぶりでは、自分を助けるつもりがないと感じたからだ。

「助けてくれないか？」

「いや、私は誰も助けられない」その回答は無感情で、わずかな迷いもなく、決然としていた。

体に痛みは感じていたが、男の意識はまだしっかりとしていて、視界も少しずつはっきりしてきた。その時、自分を見つめているその男を見た。目が合った瞬間、ほかの誰かと見合っているというより、むしろ自分自身と視線を合わせているように感じた。男は再び目を閉じたが、その奇異な両目がまぶたから消え去らない。それは無数の小さな湖が連なる大きな湖のようだった。

「この男の目……複眼なのか？　人間が複眼なわけがない。僕の見間違いなのか？」男は心の中で問うた。複眼の男は手を貸すつもりもなく、かといってその場から離れる様子もなく、ただ静かにそこで彼を見つめていた。

するとどうしたわけか男は強烈な睡魔に襲われ、あくびをし始めた。最初は三十秒に一回、それから十五秒に一回、十秒に一回、五秒に一回と間隔が縮まっていき、しまいには連続したあくびになり、涙が止まらなくなった。そして意識が遠のいていった。

　どれぐらい経っただろうか。男が再び目を覚ますと、あの耐えがたい痛みは消えていなかったものの、なんと体を起こすことができ、更には立つこともできた。つまり体を問題なく動かせたのだ。ただし少し動いただけで負傷した部分に激痛が走り、体に残るのはただ灰色にくすんだ絶望だけだった。男は複眼の男がまだいることに気付き、もう一度、彼に助けを求めた。

「俺のことはいい、だがこの崖の上にいる息子をどうか助けて欲しい」

「私は誰も助けられない」複眼の男の回答は無感情で、わずかな迷いもなく、決然としていた。「それに、この上には誰もいない」

「馬鹿なこと言うな！　息子は上にいるんだ！　お前が誰だっていい、頼む、頼むから、あの子を助けてくれ！」どこにそんな力が残っていたのか、男は狂ったように叫んだ。

「分かっているはずだ」複眼の男は彼を見つめ、無数の小さな目をちらちらと明滅させた。その目は海底に潜む暗流のごとく、人を引きずり寄せ、吸い込み、呑み込んでいく。「上に人間など一人もいない。一人も」

# 第十章

複眼の男の手の上の蛹（さなぎ）はいよいよ激しく動き出し、苦しみの惑星がまさに生まれる瞬間のようだった。彼の目は石英を含ませたように爛々と輝きを放っていた。だがそれは輝いているのではなく、一部の個眼から流れる、針先より細い涙なのだった。

「傍観するだけで介入できない、それが私が存在する唯一の理由なのだ」己の目を指して複眼の男は言った。

## 二十七　森の中の洞穴

粟酒を浴びるように飲んだ夕食の後、誰もが楽しさと恍惚（こうこつ）の気分に浸っていた。そのせいかウマヴの「夜は森の教会に泊まりに行こう」という提案に、ダフ、ハファイ、アヌ、そしてまったく言葉の分からないデトレフとサラもすぐに賛成した。

天国の扉の前に立ち、一行はそれぞれ手に持った懐中電灯で二本の巨大なシダレガジュマルを様々な角度から照らした。「天国の扉」はアヌの命名だった。夜の森を夜風が揺らし、梢に止まる梟、遠くの山から聞こえる羌の声、近くで鳴く虫の音、そしてたまに吠える月と石の声。遠くから、近くから、聞こえてくる音が交錯しながら複雑なリズムを奏でている。森の教会について何も知らないデトレフとサラは、気軽な夜の散策かと思っていたので、これほど原始的な森に連れて来られたことはいくらか予想外であった。

その時、酔いが回っていたはずのアヌが皆の前に進み出て、傍らの「祖霊屋」に向かって祈り始めた。布農語の分からない者にとっては、それは木と木がぶつかり合う音のように聞こえ、落ち着いた、根を張るような木々の言語のようであった。アヌは腰に掛けていた酒瓶と杯を取り出し、祖霊屋に祝詞を捧げて酒を撒いた後、注ぎ直した杯を次に渡し、互いにそれぞれの言語で祈りを捧げ、一口ずつ酒を飲んだ。ダフはウマヴの手を取って布農語で祈り、ハファイは阿美語で祈り、デトレフはドイツ語、サラはノルウェー語で祈りを捧げた。

「大丈夫だ、森はどんな言葉も分かるから」アヌのいつものおどけた様子に、厳かだった雰囲気も少し和んだ。

「兄さん姐さんがいるかもしれないから、棒で周りの茂みをはたきながら歩くんだ」

アヌは小声で続けた。「〝兄さん姐さん〟とは、つまり毒蛇のことだ。蛇などと言ってはいけない。失礼になるからな」アヌは音量を戻して言った。「よし、みんな、俺の後について来いよ。懐中電灯を人の目に当てないように、前の人の足音を聞きながら進むんだ」ダフはアヌの言葉を英語でデトレフとサラに伝えた。

アヌが皆を連れて歩いているのは、彼がよく使う狩猟用の道だった。アヌがまだ若いころ、財団がここの土地を買い上げて納骨堂を建てようとしたのだが、彼は布農族が狩りで使うこの森を守るため、銀行から借金をして自分が買い取ってしまった。債務を抱え、金(かね)の管理も苦手だった彼は、土地を手放してしまおうかと何度も考えたが、幸いにして別の集落の仲間や漢人の友人の支援を得てなんとか持ち堪え、近年は布農の文化を体験できる観光スポットとなるまでになったのだった。数年前、彼の末息子のリアンが水源の巡回のために森に入った時、祖霊に祈り忘れたのか、あるいは祈りに誠意が足りなかったのか、既に台風で折れていた大きなガジュマルの枝が彼の頭上に落下した。その日の夕方、リアンは息絶えた姿で発見された。早くに妻と別れ、一人で息子たちを育ててきたアヌはそれ以来、森に入ることを日課とするようになり、自らの悲しみを森の中でゆっくりと静めていった。彼が森を責めることはなかった。森はただ自らの責任を全うしただけなのだ。生長し、葉を落とし、死んでゆく。あるいは、折れた枝で一人の布農の少年をたまたま死なせてしまう。

そんなアヌがこのガジュマルの樹林を目にする時、彼は誰にも語ることのできない思いを胸にするのだった。シダレガジュマルが伸ばしたどれかの気根に、息子が姿を変えたように思え、森を守る気持ちがいっそう強まっていくのだ。自然体験のガイドをする時には、体で森を感じるようにと彼はいつも強調した。目を閉じて木の根に触れてみたり、木に体を預けて野生キノコの匂いを嗅いでみたり、カラスザンショウの葉を味わってみたり、鳥の声で鳥までの距離を聞き分けてみたり……そうすれば、きっと誰かが息子の魂の匂いを、感触を、音を、あるいはその存在を感じ取ってくれるにちがいない。アヌにとって、それはリアンが別のかたちで生きているということだった。

彼は皆を巨大な岩の前まで連れてきた。岩には老樹の根が絡み、その下には布農の狩人が雨宿りをする小さな洞穴があった。ガイドであるダフはもちろん、ウマヴとハファイも穴の中には何度も入ったことがある。「この岩穴、俺たちのことは知っているが、二人は初めてだからな」アヌはそう言ってデトレフとサラにも穴に入ってもらい、洞穴に二人を「引き合わせ」た。

穴はちょうど大人二人が入るぐらいの大きさで、デトレフとサラのような長身にはやや窮屈だった。ダフは布農族では身長が百七十を超えると障害扱いだという、あの笑い話を披露し、デトレフのように百九十近い身長では重度の障害だと話した。背がこれほど高いと、熱帯の森では蔓につまずいたり絡まったりしやすいため、速く走れないのだと説明した。

「実は森にはこんな洞穴がたくさんあって、石でできたものや、雨や土石によって削られてできたものもある。もう少し高い山だと、特に木や石でできた穴は熊が寝床にすることも多いから、軽々しく入ってはいかん。熊と鉢合わせになったら大変だ」アヌは続けた。「熊に捕らえられて警察に突き出されちまう」

そんな冗談を言いながら、アヌはタバコを半本吸うほどの時間、二人に洞穴の中で留まってもらってから、また別の場所へ移動した。そこには木に縛られたロープがあり、ロープにつかまりながら二階半ほどの高さの幹の半ばまで登ることができる。雨が続いていたために土がぬかるみ、アヌは何度も足元に気を付けるよう声をかけた。

アヌはこの気取らない二人の外国人が気に入った。デトレフは大学の教授だったが、世事を知り尽くした年輩者のようであり、大先生気取りなところが少しもなかった。サラは何事にも果敢に挑む人だった。アヌが最初に注いだ粟酒を豪快に飲み干したところを見て、彼は彼女とは気が合うだろうと思った。

「味なんかつべこべ言わず、注がれた酒を一口で飲み干す相手は仲間といっていい」アヌがまだ少年だったころ、父親が彼にそう言っていた。

周囲には明かりもなく、アヌは二人に夜の森をより感じてもらおうと、懐中電灯を消し、互いに手を繫いだり、息遣いを聞いたりしながら前を行く人に続くよう勧めた。

そのせいでもあっただろう、最後部を歩いていたハファイが一人、洞穴の中に入っていったことに、誰も気付く者はいなかった。


あの日、ウマヴに連れられて初めて森の教会に入った時、ハファイの心は高鳴り続けていた。自分を納められる〝入れ物〟を見つけたような気がしたのだ。それからというもの、ハファイは誰にも気付かれずに森にやって来てはこの岩穴に入り、熊が冬眠するように頭を空っぽにした。

ハファイは先住民だが、ほとんどの時間を都会で過ごし、東部に戻っても市街地で暮らしてきた。七羽目のシシッドを持ってからは、阿美の友人の多くが、集落の活動に加わり共に生活しようと誘ってくれた。何度か参加してはみたものの、集落の皆がどんなによくしてくれようと、たとえ踊りを踊っていようと、ハファイはどうしても自分が部外者のような気がしてならなかった。それに集落に行けば、以前の客と顔を合わせることもあった。そんな気まずい状況を避けるためにも、ハファイは集落を遠ざけるようになっていった。

けれど初めて森の教会に入った時、木の根や草の匂い、湿った空気に、彼女は自分の居場所を見つけたと感じたのだ。シダレガジュマルが自らを支えるために、気根を一本、また一本と伸ばし、ついには地面の土と再び繋がる。丸々一本の木を根が支えるという関係をハファイは好んだ。それにもまして、幹いっぱいに傷痕を残した老樹が好きだった。樹は自らが分泌した樹液で傷口を塞ぎ、治癒する。どんな苦しみもいずれは去っていくかのように。

イナがまだ生きていれば、きっとここを気に入るはず。

イナは店の同僚の言葉を聞き入れなかったから、死んでしまったのだろう。暮らしが落ち着いてくると、イナはまたしても客を愛してしまった。彼女は世界中の客が廖(リャ)仔(ウェ)と同じように、違ったかたちで自分を愛してくれるものだと思っていた。店のおばさんから電話を受けた時、ハファイはそれほど動揺しなかった。イナが川の中に潜り、廖仔の遺体をついに見つけたところを目の当たりにしたあの時から、この日が来ることを予期していたのかもしれない。だが、イナはとうとう水の底で死んだ。それはハファイが夢の中で繰り返し見てきたあの場面だったが、花のように開いたイナの黒髪が再び浮かび上がることはなかった。

店のマッサージ嬢たちによると、あの日、ハファイのイナは「雄(ヒョン)さん」と出かけたが、雄さんがイナの新しい恋人だったということ以外、誰も彼のことは知らなかったし、イナが死んだ理由を知る人もいなかった。唯一確かなことは、イナの口座からは全額が引き出され、しかも引き出したのがイナ本人だったということだ。そのため警察も捜査のしようがなかった。幸い、彼女はハファイに別の口座を残していたので、ハファイの生活もゼロから始める必要はなかった。

　真っ暗な岩穴にしばらく体を預けていると、ハファイの気持ちもだいぶ落ち着いてきた。ここの暗さは、かつてのあの小さな部屋の暗さとは違っていた。小さな洞穴だが、外の音を遮断してくれるので、中に入った直後は耳鳴りがして、自分の心臓の音が聞こえた。その晩、ハファイはかなり酒を飲んでいた。だから少しの間だけ一人で穴に残っていたかった。ほんの少しの間だけ、彼女には雨宿りが必要だった。


　皆を連れて巨大なシダレガジュマルに登っていた時、ダフはハファイがいないことに気付いた。きっとあの岩穴にいるのだろう。それは彼自身、よくやっていたことだった。あの中に入って丸まっていたい。あの洞穴にはそう思わせる力があるのだ。そっとしておいてあげようと彼は思った。森が彼女に何をしようとも、彼が手出しする必要はないのだ。

　一方アヌは、外国人の二人にヴァヴァカルンの由来を話して聞かせていた。この二十年、彼はこの話を千回以上はしただろうが、常に初めて話すような心持ちで説明するのだった。

「かつて布農族（ブヌン）にとっては大きな岩と木が目印であり、だから我々の祖先も大木を選んで土地の境界線にした。しばらく経つと、なんとも不思議なことに、境界線の位置が少しずつ移動していたのさ。実はガジュマルは大きく生長すると気根を地面に垂らし、木が死んでも気根が新しい木になって育つことがある。集落の者たちでも、しばらく見回りを怠ると、新しい木を死んだ木だと勘違いしちまう。だから俺たちはヴァヴァカルンと呼んでいる。〝歩く木〟という意味だ」

アヌはデトレフとサラに木の根に触れてみるよう勧めた。「木が水を吸う音や、一本の木が二本に分かれる音」が聞けるかもしれないという。二人は促されるまま木に触れた。根が絡まったような木など、北国ではほとんど目にすることはなく、彼らにしてみればそれは確かに珍しい木なのだった。

暗闇の中、デトレフは岩の上を這う木の根に触れながら、ふと思った。根はいずれ石を割ってしまうだろう。石が割れる瞬間、もしや巨大な音を立てるかもしれない。一人のエンジニアとして、デトレフは自身の専門には無論自信を持ってはいるが、大自然の力は彼の能力を超えるものだ。その大自然が今何をしようとしているかなど、永遠に知る由もない。一介のエンジニアにとって把握しきれない作用力はあまりにも多い。たとえば今、彼の手の甲を這っていくハキリアリのように。

デトレフは暗がりの中にサラの眼差しを探すと、視線はすぐに重なり二人は見つめ合った。

　ここに来るまでの道はそれほど険しいものではなかったが、この狩りの道は小規模ながらも本物の熱帯の風景を呈していた。その暗がりの道を歩きながら、デトレフは耳に届く無数の小さな音を拾っていた。彼は周囲によく言っていたものだ、自分にはなんの取り柄もないが、聴力だけは天から与えられたものなのだと。インテリ家庭に育ち、父親は会社の部長、母親は中学校の教師で、一人っ子の彼自身よく勉強ができた。聴力には並外れて恵まれていて、音の出ない物に耳を当て、その中で実は発せられている微小な音を聞き出すことが、幼いころ何よりも好きだった。真夜中にこっそり起き出して、庭の蟻の巣を二メートルの深さまで掘り起こしたこともある。朝起きてきた両親は、庭に掘られた大きな穴と泥だらけのデトレフに仰天したが、彼を責めることはせず、その後も好きなように掘らせてやった。そのおかげか少年時代には、足を止めてしゃがんで地面を触ったり、山肌に触れたりすることが習慣になっていた。

　デトレフは十九歳の年に工業学校を見学し、一九五六年にチャールズ・ウィルソンが設計した掘削機の模型を目にした。あのような機械に深く惹きつけられた当時の気持ちを、彼は今も覚えている。掘削機は彼にある種の力の暗示、様々なものの中に入り込めるというメタファーを与え、それは彼にとってこの上なく完璧なマシンだった。それ以来、地質学と機械関連のあらゆる授業を受けた。彼にしてみれば両者の知識は同じようなものだった——「原理をつかみ、困難を乗り越え、核心を手にする」

デトレフを一躍有名にしたのはウィルソン掘削機の改良であり、そのことで業界でも高い名声を博した。だが彼の心に最も深い印象を刻んだのは、この島のトンネル工事で起きた、あの事件だった。

あの洞穴の中で全員そろって聞いたあの音は、いったいなんだったのか。彼はその疑問を抱き続け、答えを得られないもどかしさを感じていた。しかし、自分が理解できないすべての音を探り当てなくてもいいのかもしれない。そう考え始めるようになったのは、サラと出会ってからだった。音には、探り当てられない状況の中でこそ完全なかたちで保存される音もあるのかもしれない。

その小さな岩穴にサラと入り、互いの肩をぴたりと合わせていた時も、デトレフは夢の中にいるような心地だった。小さな洞穴の背後にある山全体の音が聞こえる気がした。

生きている森、生きている山は、心を貫通された山とは、発せられる音も異なっている。デトレフは手を伸ばしてサラの手を握り、その思いをサラにも伝えたいと思った。

その時、サラはもう一方の手で木の根を撫でていた。四方を探検してきた父のアムンセンも、このような熱帯の森を見たのだろうか。ミシシッピー川に沿って温暖な南へ下った時、自分がいま見ているような木々を彼も見たのだろうか。そんなことを考えていた。

サラは父親の遺体を見ることはできなかった。知らせを受けた時、アムンセンの友人らは「彼らのアムンセン」を既に火葬してしまっていたからだ。彼は彼が最も愛した氷原で死んでいた。ただ、その地がカナダだったというだけだ。

サラはアムンセンに対してわだかまりがなかったわけではない。少なくとも少女時代の長い間、彼の海への、魚への、クジラへの、そして後のアザラシへの愛は、彼女に対する愛を遥かに上回るものだと感じていた。母親が家を出た後、まだ幼かったサラは男ばかりの世界に放り込まれ、男だけが血気を漲(みなぎ)らせる殺戮(さつりく)と彼らの飽くなき追跡を鬱陶しい気持ちで見てきた。そしてアムンセンは、海での生活に慣れないサラに慰めの一言もかけることなく、彼女を海に虐げられるままにした。海は彼女と母親を隔絶する存在でもあった。なぜなら母親に会いに行こうにも、そう簡単に陸地には戻れない。アムンセンが話しかける時、彼女は決まって顔を海の方に向けた。それが父親を罰することのできる唯一の方法だったのだ。

十五になった年、父親はようやく彼女に陸地で生活することを認め、二人は海と陸に分かれて暮らすようになった。彼は常に海の上で過ごし、彼女は海辺の研究室で科学の知識を日夜詰め込みながら、あの広大な海が与えてくれなかった自由を味わった。そして海洋研究の分野に進むと、自分がクラスメートの誰よりも海を理解していて、授業で教授が話す知識もただ彼女のかつての経験を論理的にまとめただけのものだと知った。そのころからは思春期以前に体験した海での生活を懐かしむようになり、時には海洋生態の問題について思いを巡らせていると、船縁に立つ父親の熱弁が聞こえてくるようだった。

　生活費は定期的に彼女の口座に振り込まれたものの、簡単な葉書すらも届くことはめったになかった。サラは博士号を取得し、その剽悍さは学術界でもたちどころに有名になった。おおかたの学者が政府一辺倒となるなか、彼女は抗議団体の「知識の矛」となり、政府や資本家の環境保護を隠れ蓑にした罪深き行為と疑似知識の盾を突き抜いた。極地での油田開発からメタンハイドレート採掘、研究を口実に行われる乱獲捕鯨に至るまで、彼女は自身の確固たる研究によって、資本家を擁護する学者らを追い詰め、ことごとく敗退させた。多くの人が屈強という言葉でサラを表現する時、記憶のどこかに秘められた、彼女だけが知るしこりがあった。

　サラの父アムンセンが発見された時、猟師は皮を剝がれた大人のアザラシかと見間違えた。頭部は明らかにアザラシ猟で使われる棍棒で繰り返し殴られ、そのための顔の五官もほぼ判別がつかず、歯茎には一本の歯も残っていなかった。死後数日経ってから発見されたため、腕と腹は後から氷に上がってきたアザラシに食われたのであろう、生殖器も残っていなかった。

晩年のアムンセンは、娘と同じく、環境保護運動の世界では屈強な運動家として知られていた。南極では科学的研究を口実とした日本の捕鯨船の航行を七日間にわたって阻み、それは抗議船が衝突され動力を失うまで続けられた。また、銃を使ってアザラシ猟の猟師らを違法に脅したこともあった。彼らを退けた後も氷上に陣を張って冬を過ごし、脅迫罪で逮捕されるまで立ち去ろうとはしなかった。晩年、髪は真っ白になり、顔は氷による切り傷だらけで、塩の結晶がびっしりとついた髭はまるでクジラのヒゲのように硬かった。心臓病にひどく苦しめられ、眉はいつも頑固に寄せられ、彼は悲痛のなかに生きているのだと思わせた。だがその瞬間にこそ人生最大の満足を感じていたことを、彼以外に知る者はいなかった。

友人は彼のために、ミンククジラ、ナガスクジラ、イワシクジラ、タラ、タテゴトアザラシに追悼式の招待状を出した……もちろん動物たちは参列しなかったが、娘であるサラは出席した。アムンセンの古くからの友人であるハンク叔父が、サラに父親の遺留品を返した。一本の猟銃と一本の銛、双眼鏡、そして毎年送りそびれたサラへの誕生日プレゼント。プレゼントはどれも同じで、真っ青な海水を閉じ込めた小さなスノードームだった。中の海には、発泡スチロールを削った三センチほどの小船が浮かんでおり、船には胸元に「サラ」と書かれたワンピース姿の女の子が乗っていた。スノードームの底には波のようにくねくねとしたアムンセン独特の筆跡で「我らの太平洋」、「我らのインド洋」、「我らの北極海」、「我らのノルウェー海」……と書かれていた。「我らの」の三文字は太字で書かれ、その後に日付が記されていた。

「この下が我々の集落だ」アヌがもう一つの樹林を抜けて一行を山際まで連れてくると、目の前に広大な景色が広がった。山間（やまあい）の集落には幾つかの明かりが残っており、遠くの拉庫拉庫（ラクラク）渓は微（かす）かな光を受けてきらきらと輝いていた。「これが我々の集落だ。そして山は我々の聖地であり、我々の冷蔵庫でもある」

その時、ウマヴはハファイの姿がないことに気付き、何度も暗闇を振り返って人影を探した。彼女はダフの手を引っ張り、ハファイを探しに戻りたいと身振りで伝えた。暗がりの中で娘の瞳を見た時、ダフはふいに、その眼差しがいつしかあの傷ついた小鳥ではなくなっていることに気付いた。

「後から追いついてくるから心配ないよ。今はそっとしておいてあげよう」彼は腰をかがめて小声で言った。

「今晩、よかったら布農の伝統家屋に泊まっていってください。竹と石で作られたあそこの二軒です。お二人にとっては快適ではないかもしれませんが、ここでは五つ星クラスです。中で過ごしてみれば分かりますよ、夜の山の声が聞こえるんです」ダフの通訳を聞き、デトレフもサラも従うことにした。あの遠洋漁船で暮らした経験があるのだから、どんなところだろうと問題ない。サラは思った。

酔いがまだ残るアヌが、集落を指して続けた。「我々はここをサザサと呼んでいる。サトウキビは高く育ち、動物たちは飛び跳ね、人間が豊かに暮らせる土地という意味だ」アヌは山を指さした後、体の向きを変えて別の山を指した。「おやじの話では、我々は元いたあの山から日本人に無理やり追い出され、こっちの渓流の脇に移り住み、こっちの山に頼るようになった。だが海にも近くなった。小さいころ、おやじに連れられて狩りに行く時は、あの山の狩りの道をずっと上まで登り、山を越えて海に出た。海は山とは違い、あらゆるものをきれいにしてくれるとおやじは言っていた。俺たちの外側も、内側もな。

だが今の海は、昔とは少し変わってしまった」アヌは言った。

## 二十八　崖下の洞穴

何日も歩き続けて疲れが出たのか、アリスは風邪を引いて全身を震わせていた。救急箱の薬は効かず、高熱と悪寒に襲われ、朦朧として意識がなくなることさえあった。アトレは図鑑で学んだ知識をもとに数種類の薬草を摘み、ガスを節約するために拾った枯れ枝で火を起こし、薬草の煮汁をなんとかこしらえてアリスに飲ませた。すると意外にもアリスはいくらか元気を取り戻した。

「山が治してくれる」アトレはアリスに言った。

残りの半日の晴れているうちに森を通り抜け、大岩壁を一目見なければ、とアリスは決めていた。言葉の隔たりか、あるいは彼女の決心を感じ取ったのか、逞しい青年の体に成長したアトレは、目の前のか弱く、しかし中身は岩のように強固なこの女性を背負って森を抜けることにした。

典型的な中高海抜であるその森の底には、歳月を重ねた落ち葉の厚い層が敷かれていた。どの木も幹を高く真っ直ぐに伸ばし、己の影のみを落としていた。アトレは波に乗っているかのような足元を感じながら、ガスガス島とワヨワヨ島のすべてを思い出していた。とりわけウルシュラのことを。

アトレは両腕でアリスの腿を挟んで抱えると、思わず勃起した。

彼はウルシュラのチチャ酒を、最後の夜の彼女の眼差しを、喘ぎを、そして体の匂いを思い出していた。彼女の柔らかな体は背に負ぶっているアリスとはまったく違い、そしてよく似てもいた。

　この島に来てから、アトレは誰に教わるわけでもなく自ずと理解し始めていた。次男が海を出る前夜、なぜ少女たちが彼らを草むらに引っ張り込むのを許されるのか、それは次男にもワヨワヨの種を残すチャンスを与えるためであることを。

　もし少女の誰かが自分の子を宿しているとしたら、それはウルシュラであってほしい。ワヨワヨ島の女たちは妊娠しても、それが誰の子であるかなど誰も気にしない。ワヨワヨ島の女には年齢というものがなく、ただ「一人目を産んだ年」「二人目を産んだ年」とするだけだった。そのため島には年齢を答えられない女たちも多くいた。子供が産めない体なのだ。子供を産まない女には年齢の目印がなく、往々にして親族から庇護を受けられない。彼はウルシュラが子供を宿していてくれればと思った。そうすれば少なくとも誰かが守ってくれる。それが自分の兄のナレダであるだろうことも、アトレは分かっていた。ナレダは彼女の干し棚を魚でいっぱいにするだろう。それがワヨワヨの決まりであり、掟であった。

　ウルシュラの妊娠を確認する術はなかったが、アトレは夢の見始めによく微かな声を聞いていた。しかし今、ワヨワヨからどれほど離れているかも知れない別の島にいる彼には、そのか弱い声がどこから聞こえてくるものなのかも分からないのだった。

　そう想いを巡らせたところで、アトレの足は森の奥深くまで踏み込んだように重さを増した。

アリスは少年アトレの背中の上で不思議な慰めを感じていた。それはトムがついに戻ってきて彼女を背負ってくれている、そんなような慰めだった。アリスは少年の背中をしかと抱きしめた。

アトレとの山での生活は一見落ち着いてきたようだったが、実際は何が起きてもおかしくないのだとアリスは分かっていた。いつまでも狩猟小屋で暮らすわけにいかないし、台風がやって来れば、脆い小屋は間違いなく崩れてしまう。それにアトレを山に隠し続けるわけにもいかない。彼女はアトレに代わり何らかの決断をしなければならなかった。彼の存在をほかの誰かに知らせるべきかどうかもその一つだ。ならばダフとハファイにまず引き合わせよう。ウマヴと兄妹のような友達になるかもしれない。アリスはそう思った。そして時間が経てば、アトレはワヨワヨ人から台湾人になるかもしれない。

その一方でアリスにはジレンマがあった。静かに山菜採りをしたり、書き物をしたり、山での生活は穏やかではあるのだが、文字の中でしか生きられない自分を、ひいては自分と対話することしかできない世界にこもっている自分を、アリスは嫌悪していた。

だからこそ、あの岩壁を一度訪れる必要があったのかもしれない。アリスは思った。アトレに背負われ、起伏した森の中を進んでいる時にふと、何年も前の想い出が蘇った。トムと水を汲みに行った際のこと、鹿の角のような一対の美しい大顎を持ったシカクワガタを捕まえて、アリスは大喜びして家に持ち帰って標本にし、トトの誕生日のサプライズにしようと考えた。エチルエーテルでクワガタを気絶させると、三号の昆虫針をその硬い体に差し込んで小型の標本箱に固定した。標本箱の中には既にオオクワガタとミヤマクワガタの標本があったが、新しく加わったシカクワガタの大顎はひときわ目を引き、まるで小さくした鹿そのものだった。なんと美しいクワガタなのだろう。

それは寝付けずにいたある晩、書き物をしようと抽斗から紙とペンを取り出そうとした時だった。次の瞬間、アリスは驚きのあまり抽斗をひっくり返した。

体に昆虫針を差し込まれたシカクワガタの三対の足が、まるでプールの中を泳いでいるようにゆらゆらと動いていたのだ。生命力の強さゆえだろう。クワガタには薬量が足りず、一時的に気絶していただけだったのだ。隣の二匹のクワガタは静かにピンに留められていたが、その小鹿だけは足を宙に泳がせながら、しかしどこにも行けずにいた。

虫は痛みを感じるのだろうか。彼らは家族が姿を消しても何も感じないのだろうが、三号の昆虫針が差し込まれた時、私たちが想像するようになんの感覚も持たないものなのだろうか。

アトレはアリスを背負いながら森の中を進んでいた。過去に思いを馳せる二人の体からは異なる匂いが発散され、とりわけ嗅覚の敏感な森の動物たちもその匂いに勘づいた。時が経ち湿った落ち葉は音を出さないが、新しい落ち葉は違う。足を踏み込むたびに、誰かの骨を砕くかのごとく音を立てる。その時、雨水がゆっくり降り落ちてきた。アトレが空を見上げると、一本一本の雨糸の遥か先までも見えるような気がした。

二人は日が暮れる前に森を抜け、大岩壁の前までたどり着いた。岩壁はまるで立ち塞がる壁のようであり、巨大な生き物のようでもあり、世界に吹くどの風もその前では止まり、森はただそれを仰いでいるのみであった。

アトレはアリスを下ろし、汗で光る顔を拭った。アリスはウィンドブレーカーにしまわれたレインジャケットを引っ張り出し、レインハットを被り、黄色の小さな世界に身を包んだ。その時も異様なほどに彼女は落ち着いていた。ここだったのか、と思った。ここだったのだ。

テントは熊に踏み荒らされ使えなくなってしまったが、辺りもすでに暗く、もう一晩、山で野宿するしかなかった。二人は雨宿りできる場所をあちこち探し、崖下にくぼんだ穴を見つけた。それほど深くはなかったが、かがんで入れば数人は納まる広さだ。穴の中は、天井の一方が高く、一方が低くなっており、低い方の向こう側は別の穴に通じている様子だったが、明かりがないためアリスには見えなかった。その岩壁は地震による断層のずれから生まれたのだという。アリスは登山クラブの人の話を思い出した。

山が割れた後に現れたこの絶壁は、地図上では行き止まりだった。ここが、ダフがトムの遺体を見つけた場所なのだろうか。

アリスは茶を沸かすために火を起こすアトレの背中を見つめていた。ふいに明るくなったり暗くなったりする火明かりの中で、彼の影は時にトムの大きな影のようにも、時にトトの影のようにも見えた。彼女は大きな岩壁に象眼されたような、くぼんだ岩肌に映るアトレの影を撫でながら、独り言のようにつぶやいた。「ここにいたのね」その時、彼女の心ははっきりと悟っていた。すべては影だったのだ。影の影だっていい、影でもいいのだ。

火が焚(た)き上がると、アトレは傍に腰を下ろして雨の様子を確認した。雨はにわかに強く降り出し、穴まで流れ込んだ雨水が、音を立てて穴の低い方へと流れては消えていく。果てのない川が山の心に一路に続いているかのように。

「今日の海の天気はどうだ?」唐突に、アトレが静かに訊いた。

いくらか戸惑ったのち、アリスは雨雫のようなか細い声で答えた。「よく晴れているわ」

## 二十九　複眼人III

男は地面に座ったが、あまりの痛みに再び体を横にした。悲しさゆえか、あるいは別の感情からか、突然大きなあくびをした。つまらない世の中に、いつまでも目を覚ましたくないかのように。

あくびの後には体の痛みが若干和らいだかに感じられ、男は出るままにあくびをした。それは順番を待つかのように次々と男の口から吐き出され、男は一分の間になんと十三回ものあくびをした。

「思っているより痛みはないだろう?」

かつて何度も重度の骨折を経験してきた男には、今回は体中の骨が接ぎ直しのきかないほどに砕けていることが分かっていた。だが不思議なことに痛みをまったく感じない。

「変だな、痛くない」男はそれが意味することをすぐに悟った。「つまり僕は死んだのか？」

「何回あくびをした？」

「十五回」男は数え間違えただけで、実際は十三回だった。

「ならば一般的な定義からいえば、お前はもう死んでいる」

「一般的な定義」とはなんなのか、男には分からなかった。彼は自らの体を支えて再び立ち上がり、岩壁の横まで歩いて行くと、焦りを募らせるかのごとく見上げた。

「だが息子がまだ上にいるんだ」

男がいまだ状況を理解していない様子に参ったように、複眼の男は首を振った。

「あの子は上にはいない。無論、いるとも言えるだろうが、実際にはいないのだ。自分でもよく分かっているはずだ」

分からない、分かっている、分からない、分かっている、分からない、分かっている、分からない、分かっている……。男は憤慨したように複眼の男を押しのけて崖を登ろうとしたが、そうできないことに気付いた。自分はまだ存在しているが、体を思うように動かせない。崖を登ることができないのだ。ある平面上の限られた範囲を移動するだけで、自分が平べったくなったかのようだ。そうか、死ぬとはこういうことだったのか。

「お前はもう上には登れない」複眼の男が断言するように放った言葉は、無感情で、わずかな迷いもなく、決然としていた。

男は複眼の男の言葉を受け止めた。もう上には登れないのだ。そして深いため息をついた。周りの植物に霜が降りるほどに、そのため息はかくも重々しく冷たかった。しかし息子を案じる焦りは収まらず、彼はもう一度起き上がって崖を登ろうとした。

複眼の男は今度は止めようとせず、彼が疲れ果ててへたり込むのを待った。絶望に暮れた男は複眼の男に視線を向け、あらん限りの懇願をして助けを求めたが、複眼の男はただその個眼一つひとつに映る情景を次々と変え、複眼の配列を目まぐるしく変化させるだけだった。しかも、どの情景も一つとして同じものはなかった。男の心は個眼に映るあらゆる情景に引き込まれたが、それはまさに噴火しているどこかの海底火山や、空を舞う鷹が見た景色や、今にも落ちそうな木の葉などで、個眼それぞれが何かの記録映画を流しているかのようだった。

複眼の男は地面を指しながら言った。「座って話をしようか。急ぐわけでもないのなら」

自分が既に死んでいるのであれば、ほかに何を急ぐというのか。男は仕方なく腰を下ろした。

「記憶とはどんなものだ？」

男はその唐突な質問の意図を図りかねた様子だった。「覚えていること、だろう」

「そうだ。簡単に説明してやろう。人類の記憶は、一般に陳述記憶と非陳述記憶の二つに分けられる。陳述記憶とは陳述されることのできる記憶だ。たとえば言葉や文字で述べることができる。一方の非陳述記憶は、あまり精確な表現とはいえないが、お前たちの潜在意識のようなものだ。つまり、本人も記憶していることを知らないような記憶だ。自分ですら知らない記憶なのだから、陳述できないというより、陳述されることのない記憶というべきだろう。ここまでは理解できたか？」

男はうなずいた。と同時に、なぜこんな所に座ってこんな話を聞かねばならないのかという思いもした。

「よし。この二種類の記憶にはさらに、エピソード記憶、意味記憶、手続き記憶という、三種類の形態がある」複眼の男は続けた。「息子が三歳になるまで言葉を話せなかったことは覚えているな？　ある日、標本を見ていたら突然、一言しゃべった。そうだったろう？」

男はうなずいた。だがなぜそんな細かいことまで知っているのかと訝った。とはいえ言われてみると、それが三歳の時なのか四歳の時だったのか、はっきりとした時間が思い出せない。とにかく五歳になる前だったのは確かだった。

「これがエピソードであり、陳述されることができるゆえに、陳述可能なエピソード記憶だ。さて、妻や息子の誕生日は覚えているかな？」

「もちろん覚えているさ」

「それが意味記憶だ。たとえ忘れても身分証などで確かめることができる。それが記憶違いでも、それも一つの記憶として残ることになる。記載に誤りがなければ、お前の妻と息子の誕生日は、どれも同じ年月日が書かれている。事実なのだから当然だ。人々はなんらかの方法でその事実を認め、人類が構築した世界においては、そういった事実は調べればたいてい確認できるものだ。ここまで理解できたか？」男はうなずいた。

「しかしエピソード記憶は違う。お前が記憶している詳細部分は、間違いなく妻が記憶しているものとは違う。そうだろう？　たとえばお前が妻と初めて会った時、彼女にどんな言葉をかけたかについて、何度も喧嘩になりかけたことがあったろう？　お前たちは同じエピソードについて記憶している部分が異なっていたということだ」

男はうつむいて考えていた。「それは分かった。では手続き記憶とは？」

「この岩壁を何度も登ったことがあるだろう？　今、岩壁を見上げたら、クライミングルートをなんとなく思い出すことはできるか？」

多分、できる。男はそう思ったが、あまり確信はなかった。男は登った時の情況をつぶさに思い返してみた。ベテランのクライマーなら、同じルートを二度も登ればどこかで前回の細かな記憶を思い出すはずだ。

　男の心中での思考を受けるかのように、複眼の男は言った。「そうだろう？　その岩に指をかけた時、ぼんやりとだが思い出すんだ。普段はどんなに思い出そうとしても思い出せないが、登っているうちに、岩のどこにくぼみがあったかまで頭に浮かんでくる。違うか？」

　男は怪訝そうに複眼の男を見ていた。

「人間の頭は知らず知らずのうちにこれらの記憶を紡ぐのだ。時には自分が何を記憶したかも分からない。この岩壁を百回登れば、それぞれの岩や足をかけた場所をいちいち覚えていなくとも、体が自然に覚えてしまう。誰かがどれかの石を移動させただけでも、前回とは何かが違うということを、体が教えるのだ」

　男は複眼の男の目を見た。その小さな個眼の中に、自分のよく知る場面を見たような気がした。その目と頭の大きさは普通の人間とあまり変わらないが、複眼の中の個眼は少なくとも数万個はありそうだ。どの個眼も肉眼では確認できないほど小さいにもかかわらず、自分はなぜその情景を見ることができるのか。男は自問した。

「記憶に関しては、人間もほかの動物も変わらない。あのアメフラシにさえ記憶がある。信じがたいだろうが、決して冗談ではない。記憶の研究で有名なエリック・リチャード・カンデルは、アメフラシから記憶の研究を始めた人物だ。彼はナチスが組織的にユダヤ人虐殺を開始した〝水晶の夜〟から幸いにも生き残り、記憶の研究に携わる機会を得た。ある意味、カンデルは心に刻まれる記憶というものを知っていたからこそ、記憶の研究に駆り立てられたのであろう」複眼の男は続ける。「エピソード記憶や意味記憶についての完全な能力は、アメフラシにはないかもしれぬ、だが人間同様に発達した大脳を持つ生き物ならば、エピソード記憶も意味記憶も、手続き記憶をも持っている。渡り鳥は海岸を記憶し、クジラも己に銛を打ち込んだ船を覚えている。捕殺を逃れたアザラシの子も、あの分厚いコートを着て手に棍棒を持った生き物を忘れはしないだろう。そう、永遠にだ。だが人間だけが記憶を記録する道具を発明した」

複眼の男はズボンに差し込んでいたペンを手に取り、二つに折った。無論ペンはまだ書ける。

「書き留めることだ」

この時、雷のくぐもった音が遠方で何度か響き、遠くの空に暗雲が立ちこめ始めた。間もなく天気が変わる。

「今しがた雷が鳴ったのも事実、我々がここで話をしているのも事実。だが誰かがこれらを文字に記録しなければ、お前と私のエピソード記憶と意味記憶、そして手続きの記憶の中にしか、雷が鳴ったという証拠は得られない。しかしだ、文字でこれらの記憶を再現すれば、頭の中で生み出された大量のことがエピソード記憶に加えられていく。つまり文字で書き起こされたその世界は、お前たちにとっての〝自然界〟の存在に近い、いわば有機体なのだ」

複眼の男は傍に倒れていた古木の中に手を突っ込み、白く、ぷっくりとした甲虫類の幼虫のようなものを、まるでマジックのごとく取り出した。

「人間が感じ取る世界は、あまりにも偏り、あまりにも狭い……そして時に意図的なのだ。お前たちは記憶したいことだけを記憶している。意味記憶のように思える多くの記憶には、実は想像から生まれた虚構が入り交じり、さらには発生した事実のないことまでも、人間はその想像力により脳内にありありと再現する。脳に病を抱える人間の中には、現実のある物を別の物だと思い込んでしまう者もいる。妻の頭を帽子と間違えたあの男のように」

複眼の男は遠くを見やった。複眼の焦点の合わせ方は人間のそれとは完全に異なるにもかかわらず、男は不思議なことに、彼が遠くを望んでいるのが分かった。「さっきの話と同じことだ、人間だけに虚構の世界をつくる力があるわけではない、だが人間だけが脳裏のすべてを文字にすることができる。それは確かなのだ。たとえば私の手のひらにあるこの幼虫は、自分が蛹となった時の記憶を再現することは永遠にできない」

男は複眼の男の手にある幼虫が、知らぬ間に褐色の蛹になっていることに気付いた。

「それはつまり……」男はなかなか言葉を続けられず、ある種の困惑状態に陥った。死んだ直後の人間は誰もがこんな経験をするのかもしれない。

「お前の息子は、お前の妻が書き留めた文字の中で生きている」複眼の男はこちらに視線を向けた。「あの夏を覚えているか？　あの蛇を、あの午後を。お前の妻は毎日のように日記を書き、息子しかしないようなことをし、息子の成長に合わせて必要なものを買いそろえ、息子が大きくなったら興味を持つかもしれない図鑑を読み、野外で昆虫採集をして、息子のために標本を作った。周りは彼女を守るため、いや、彼女の〝脳〟を守るためというべきだろう、彼女の記憶——彼女が認めたいと思う記憶に合わせていたのだ。そんなふうにお前の妻と息子は何らかのかたちで、生と死の両側で共に生きてきたのだ」

男は目の前に稲妻が走った気がしたが、それは忽ち消え去った。誰かが彼の命のスイッチを切ったか、あるいは誰かが何かを消したかのように。

「お前の息子は、彼女が書き留めた文字と生活の中に生きていた。そして、お前もそれに加わった。お前たちは悲しみの記憶を創造し、それを受け止めていたのだ」

男はため息をついた。その拍子に明らかに何かが彼の体から離れていった。「つまり、あれから後の息子の存在は無意味だったというのか？」

「いいや、そんなことはない。少なくともある期間中、彼は暗黙のうちにお前と妻の間で生きていた。そうだと思わないか？　彼は鎖のような存在として生きていたのだ。彼の死は一般に定義されるような死ではない、ただ、生きてはいなかったというだけだ。文字を通して思いを共有することなど、ほかの生物には決してできない」

複眼の男は男の目に視線を向けていた。男の瞳の輝きが少しずつ薄れていく。それは十四回半目のあくびの合図だった。

「しかし記憶と想像はいずれ整理されねばならない。波がいずれ砂浜を去るように。そうしなければ、人間は生きてはいけぬ」複眼の男は続けた。「多くの生物が文字で記憶を留めることができない中で、唯一文字を書ける人類に、課せられた代償なのだ」

複眼の男の手の上の蛹がうごめき始めたことに、男は気付いた。蛹の中に閉じ込められているのが苦しく、その苦悶から解放されたいかのようだ。

「そのような能力を持つお前たちを、正直、私は羨ましいと感じることも敬服することもない。なぜなら人類は他の生物の記憶をなんとも思っていないからだ。お前たちの存在は、他の生命が持つ記憶を破壊し、自らの記憶をも破壊している。他の生命や生存環境の記憶なしに生きられる命などありはしない。にもかかわらず人類は、他の生命の記憶に頼らずとも生きていけると思っている。花々は人間の目を楽しませるために美しく咲き、猪は肉となるために存在し、魚は釣り針にかかるために泳ぎ、人間だけが悲しむことのできる生物だと思っている。岩が谷間に落下することに意味などない、水鹿（サンバー）が首を垂れて水を飲むことになんの啓示もありはしない……そう思っている。しかし実際は、どんな生物のどんな小さな動きも、すべては生態系の変化なのだ」複眼の男は深くため息をついた。

「だが、それがお前たちが人間たる所以（ゆえん）なのだ」

「ならばお前は何者なんだ？」男は残された気力で言葉を絞り出し、その声は無数の音で奏でられたかのようだった。

「私は何者か？　私は何者か？」複眼の男の手の上の蛹はいよいよ激しく動き出し、苦しみの惑星がまさに生まれる瞬間のようだった。彼の目は石英を含ませたように爛々と輝きを放っていた。だがそれは輝いているのではなく、一部の個眼から流れる、針先より細い涙なのだった。

「傍観するだけで介入できない、それが私が存在する唯一の理由なのだ」己の目を指して複眼の男は言った。

# 第十一章

苦痛に尾びれを叩きつける浜には大きな穴が幾つもでき、脳裏の記憶を追い出すかのごとく巨大な頭を激しく砂浜に打ちつけた。重苦しく、単調で、絶望的なその音は、山を越え、畑仕事をしていた村人たちの胸を締めつけた。

## 三十　複眼人Ⅳ

少年は岩壁を降りようと決心した。

体にロープを装着し、ゆっくりと岩を降り始めた。最初のうちは体の重さなど感じなかったが、ほどなく力が続かなくなっていくのが分かり、まさか自分の体がこんなにも重いものだとは思いもよらなかった。上を見上げてみれば視界いっぱいに岩壁が広がり、彼は流れ落ちる汗を肩で拭いながら、その茶色の、ある角度からは青みがかったように見える美しい目に、汗が入らないようにした。

岩壁の半ばまで降りて来た時には、足を滑らせて一瞬急降下し、少年はひやりとしたものの、幸運にも再び岩壁に戻ることができた。とはいえこの時には既に体力も尽き、下へ降りるにも上に登るにも力が残っていなかった。最初は全身熱を帯びて汗が滝のように流れていたのが、動きを止めた途端、体に風を感じて身震いした。

進退窮(きわ)まる状況のなか、少年はふと、自分の聴覚が異常に敏感になっていることに気付いた。風や落ち葉、昆虫が羽ばたく音に混じり、岩壁の下から、父親と男が話す声が聞こえてきたのだ。会話の内容はほとんど分からなかったが、「彼の死は一般に定義されるような死ではない、ただ、生きてはいなかったというだけだ」という言葉を聞いた瞬間、少年は体がふっと軽くなった気がした。いや、もともとあった重量感が消えたというべきだろう。

彼は首をかしげ、しばらく考えた末、下に降りることをやめて岩壁の上に戻ることにした。登り始めると、不思議なことに、まるで羽毛の軸のように自分の中身が中空であるかに思えた。

岩壁を登りきると少年はテントに戻り、バックパックのポケットに入れていた昆虫採集用の瓶を一つひとつ取り出した。そして表に出て瓶の蓋を一つひとつ開け、動揺し擬死状態にある甲虫たちを瓶から出してやった。怯(おび)える虫たちは六本の足を縮め、ひっくり返ったままぴくりともせず、少年は一匹ずつ起こしてやった。数分後には何匹かが地面を這い始めて鞘翅を広げた。その下から目に見えないほどの透明な翅が現れ、パサパサと音を立てながら飛び立っていった。

パサパサ、パサパサ、パサパサ……

少年は崖縁の前に立った。その美しい眼差しの向こうで、飛び立った虫たちの姿は点ほどの大きさになっていたが、広げた鞘翅の形はおぼろげに見て取れる。なんて美しい昆虫たち。少年は歌うように言った。その時、鞘翅に緑と黄色のまだら模様をあしらった巨大な甲虫が、彼の目の前の石に止まった。テナガコガネ！　雄のテナガコガネだ！　少年は興奮して声を上げた。

あの長い脚！　あの大きな翅！

しかしその瞬間から、あらゆるものが「ぼやけ」出したように彼は感じた。それは言葉どおり「ぼやける」のではなく、およそ人間には想像しがたいぼやけ方だった。彼自身がまるで一枚の木の葉に、一匹の昆虫に、鳥の一声に、一滴の水に、あるいは一塊の苔に、ひいては一つの石になっていくかのように。

パサパサ、パサパサ、パサパサ……

まるでその景色には大岩壁に登った少年など存在しないかのように。そしてすべての景色は再び複眼の男の、針先よりも小さな個眼の中へと収束されていった。すべての景色はただ、記憶の中だけに。

## 三十一　The Road of Rising Sun

アリスに渡した携帯電話は何度かけても繋がらなかった。森の教会で目覚めたその朝、ダフはアリスの安否を確認するために海の上の家まで一人車を走らせた。海岸に着くころにはボランティアが既に浜の清掃を始めており、錯覚なのか現実なのか、ダフには海の上の家がますます海に沈んだように感じられた。家の前では親子とみられる男女が、家のことでなにやら話しているようだった。ダフが声をかけると、二人は作家Kの元妻と息子なのだった。

「母がこの場所を見に来たいというので、連れてきたんです。先生のことも心配でしたから」息子が言った。

「安全のためにも、今は別の所にいますから」ダフは答えた。

作家の元妻が感慨深くつぶやいた。「昔はよくここで海を眺めながら野菜を植えたりしたものよ。まさか海の中に沈んでしまう日が来るなんて」

ダフは一度、狩猟小屋を訪ねてみることにした。アリスになんと言われようと構わない。小屋にたどり着いてみると、ダフはアリスではない、もう一人の存在を確信した。小屋の外にはテントが張られ、中には固定された棚が設けられているだけでなく、食料貯蔵庫のような場所や、部屋のあちこちには本や絵までが見つかった。中には明らかにアリスが描いたものではない、野性と奇妙な想像力にあふれた絵もあった。そして電話が繋がらない理由もようやく判明した。アリスは電話を持ち歩いていなかったのだ。電話は絵の紙押さえの代わりに使われていた上、電源も切られていた。ダフは電話を持ち去ろうとしたが、少し考えてから、携帯の太陽電池を日の当たる方に向け、発信機をオンにし、アリスに書き置きをした。こうすればアリスが戻ってきた時に連絡が取れるし、彼女が電話を携帯してくれれば追跡もできるだろう。

それでもダフは下山後ただちに捜索隊を組み、アリスを探しに再び入山するつもりでいた。アリスが救助を必要としているかどうかは分からない、だが最悪の状況を想定しておかねばならない。それがダフの野外で得た経験なのだった。

ちょうどそのころ、アトレはアリスを背負って山を降りていた。アリスは山を登ってくるダフの姿を遠目に確認すると、彼に見つからないよう、アトレに自分を下ろすよう言った。そしてダフが離れるのを待ってから、アトレは衰弱したアリスを再び背負い、狩猟小屋に戻ったのだった。アリスは真っ先に電話の電源を入れて、ダフに連絡した。

「戻ったのか！　さっき狩猟小屋に行ったけどいなかったから、捜索隊を組んで山に入るつもりだったんだ」ダフの声には驚きと喜びが聞き取れた。

「私は大丈夫よ。捜索隊も必要ないわ」

「誰かと一緒にいるんだろう？　ここ数日どこに行っていたんだ？」

「うん」アリスは肯定も否定もしなかった。「いつか説明するから」

電話を切った後、アリスはオハヨを探しまわったが、なんてことはない、アトレの編んだ草かごの中で眠っていた。オハヨは前足を目に当て完璧な円の形にぎゅっと丸まり、何にも邪魔されることのないような安らかさだった。

熟睡するオハヨを見つめていると、アリスは訳もなく唐突にペンを執りたい衝動が込み上げ、するともう一時も待ってはいられなかった。「書き物の東屋(あずまや)」に座ってノートを取り出し、ずっと書き上げられずにいた小説の続きを書き始めた。

アトレは思わず尋ねた。「病気なのになぜ休まない？」

「書きたいものがあるの」

「何を書くの？」

「かつてあったこと、でも本当はなかったかもしれないこと」アリスは言った。

森の教会の布農の家で過ごしたあの夜以来、サラは集落に滞在し、毎朝早くから各区間の海岸を観察し、記録を取り、研究計画を練っていた。デトレフは彼女の運転手となり、たまに集落の布農人と狩りをしたり、粟や高粱を植えたりした。この海岸を知れば知るほど、二人の悲しみは深まっていった。サラは一日も欠かさず同じ場所で海温を測定し、この島の過去の記録よりも一・六度ほど高くなっていることを知った。

「今後も雨量が上昇し続けるということね」サラはデトレフに言った。

「海水の汚染状況はどうだ？」

「深刻よ。一部の無脊椎動物がかろうじて生き残るくらいだと思う。溶存酸素量も低下しているし、日光を受けたプラスチックが有害物質を放出し続けている。魔女が日夜休まず毒を盛るみたいにね。ほら、海の色も変わってしまった」

デトレフが海を見やると、海は確かに赤や褐色に染まっていた。「浅瀬に海藻類が大量発生しているんだな」

滞在するうちに二人はこの島に惹かれていった。しかし同時に、この土地で貧しくも陽気に暮らす人々が、海に出ることさえできなくなった事実も知ったのだった。

ダフはアリスが無事であると確認できたことで、引き続きアヌと共に海岸の清掃や森の教会の仕事に打ち込んだ。アリスは電話にも出るようになり、海の上の家を通りがかった折などは、動き回る彼女の姿が見かけられた。時にはそこでアリスがデトレフとサラに出会うこともあり、海に浸かった家の主で今は山の狩猟小屋で生活しているというその女性に、サラは大いに興味を持った。アリスは彼らと何気ない会話を交わしはしたが、そこには永遠に開かれることのない扉が存在していた。ダフがいくら尋ねようとしても、小屋にいるもう一人が誰なのか、彼女は教えようとはしなかった。

「もう少し時間をちょうだい」と言って。

ハファイは集落を訪れる友人や観光客にサラマ・コーヒーを振る舞い、客たちに阿美族や布農族の物語をウマヴと一緒に話して聞かせた。物語を語る楽しさを知ったウマヴは、一日また一日と、少女に戻っていくかのようだった。前髪を下ろし、髪の毛をゴムで束ね、隠れていた両耳たぶのホクロがお目見えした。

そんなふうにして冬は過ぎていった。

春先になると、デトレフは大学の講座に招致されたため、サラと一緒に帰国することが決まった。ある晩、皆で集まると、ハファイがデトレフとサラの二人を島の南部へ案内したいと提案した。「サラはここよりもっと南の海を見たことないでしょう、見なきゃ損だよ」計画はたちまち実現し、ダフとアヌがそれぞれ一台ずつ車を運転して南へ向かうことになった。アリスも誘ってはみたものの、予想通り彼女は断った。

「その時が来るまでは粟も芽吹かないものさ」ハファイはそう言ってダフを慰めた。

車が集落の出口に差しかかった時のこと、ダフは車の窓を下ろし、道の脇にしゃがんでいた年寄りに布農語で訊いた。

「ミクァ　ディハニン（天気はどうだい）？」

「ナ　フダナン（雨になる）」年寄りが答えた。


実際、島では昨年から、気象専門家の予想を大きく外れて雨が絶えなかった。雨は島の唯一の天気であるかのごとく、長々と降り続ける小雨や、陽光のなか降り出す天気雨、雨雲が低く垂れこめる午後の雨、そして前触れもなく突如襲う暴雨など、島全体が今にも雨に呑まれてしまいそうな暗澹たる雰囲気に包まれていた。度々伝えられる水害や土石流、それに伴う景気の低迷が一年以上も続き、前年末の選挙では投票率が五割にも達しなかった。島の人々は、もはやいかなる政治家も目の前の苦境から救ってくれるとは思えなかった。

「一匹のトビハゼがどうしてトビハゼの群を〝泥沼〟から救い出せるというのか」あの悲観に満ちたアリスの友人Mは新聞への投稿にそう書いていた。

そしてある日の朝、アリスはついに小説の加筆を終えた。長編が一本と、短編が一本の小説だった。アトレは「小説」という単語をぼんやりとだが理解できるようになっていた。ガスガス島で見かけた理解のできない事物の、そのいずれの背後にもある物語のようなもの。アリスが小説を完成させたことをアトレに伝えると、彼は尋ねた。

「なんという小説？」

「長いほうの？　それとも短いほう？」

「長いほう」

「複眼人」

「短いほうは？」

「そっちも複眼人よ」


その日の午後のこと、アリスをある場所にどうしても連れて行きたいのだとアトレが言い出した。その言葉に、アリスはひどく驚いた。もしアトレの存在が知れてしまったら、彼を傷つけることになるかもしれないのだ。じきに海岸になるというあたりで、アトレは右手に延びる曖昧な道跡の林道に入り、アリスを連れて林地に抜けた。そこはもともと傾斜地だったのだが、地形の変化に伴って海に接近し、周りには片付けられていない――もはや誰も片付けに来ないだろうが――ありとあらゆるゴミが積み上がっていた。一見ゴミのような巨大な帆布をアトレがめくると、中から現れた物体に、アリスは息を呑んだ。

一艘の船だった。

　少し前から、アトレはアリスが寝静まった夜にここへやって来て、この船を黙々と造っていたのだった。船といっても今回はタラワカではなく、山にある数種類の木材と、海辺から拾ってきたゴミを組み合わせて造った船だった。船の主構造は達悟族のチヌリクラン（カヌーに似た木造船）によく似ているようだとアリスは思った。アトレの船には、それに雨除けの屋根が付いていた。訊けば「本にあった船を見ながら造った」と言う。

　この少年はなんと、本に載っていた数枚の写真と簡単な道具だけで、チヌリクランのような船を造ってしまったというわけだ。

「本、読めるんだ」嘘ではなかった。アトレはガスガス島にいた時から多くの本を見てきた。そこに書かれている文字が読めなくても、彼は別の方法で本を読んでいたのだ。

　島に残ってほしいとアリスはアトレに伝えたが、確かな返事は戻ってこない。それは既に決心を固めたことを意味するのだと、彼女にも分かっていた。

「ウルシュラの声が聞こえる。小さな声だけど、毎晩、聞こえる」アトレは言った。

「最初は二人の声だったのが、最近は一人になってしまった。ワヨワヨ人は海の上で生きるべきなんだ。僕はウルシュラを探しに行く」

二人はもう言葉を交わすこともなく、重い足取りで狩猟小屋に戻った。その晩、二人が眠りにつくことはなかった。アリスは翌朝には航海に必要と思われる物をすべて準備し、大きな箱二つ分にまとめた。アトレは笑いながら荷物を半分に減らした。代わりに彼はアリスに大量のペンを要求した。

「もしすぐに死んでしまったら、僕の魂、離れられない。もしずっと経ってから死ぬのなら、体に、絵が描ける」彼はアリスが買ってあげた緑色のポロシャツを脱いだ。彼の胸に、腕に、腹に、それればかりか腕を反らせて届く限りの背中にも、二人が共に過ごした日々が体中に描かれていた。オハヨ、雨の日の河口、山の鳥、そしてトトまでも。果てしなく巨大な岩壁を、彼は自らの尻から肩甲骨にかけて描き、その崖の上に、トトの小さな姿があった。こんなものをどうやって描いたのか。アリスには想像もつかなかった。

思わず手を伸ばし、その浅黒く、再び死に向かおうとする若い体に触れると、しまいにアリスの目から涙があふれ出した。いずれ来る避けようのない雨の季節のように。

一方、ダフとアヌの車は、デトレフとサラ、ハファイとウマヴを乗せて、南へ向かっていた。海岸段丘まで迫った海や、内陸部に集落ごと移転しつつある大きな港の海など、一つひとつを巡視するように太平洋の海岸を見て回った。彼らが目にしたのは、人間が垂れ流しにしたゴミを海がそっくりそのまま押し返し、人間が山を削り、永遠に道路だと思っていた場所を山が土砂で埋め戻した光景だった。

ダフは十数年前に強行的に開通された県道まで車を走らせるつもりだった。当時の地方の政客らが、辺鄙な地域の交通を改善し、島の環状道路を完成させるためだと言って建設された道路だったが、実際は村民の交通の便を改善するためなどではなく、放射性廃棄物を小さな村に運ぶための道路だということが後に明らかになった。

その前日の夜、彼らは海辺の村の麵屋で休憩がてら食事を取り、アヌは一気に二百個もの水餃子を頼んだ。ダフは翌朝に歩くつもりでいる古道について話し始めた。

「若いころ、まだ道路が開通する前に行ったことがあるんだ。今回は新しい道路ではなく、その古道を歩こうと思う。海沿いや山沿いを歩いていく昔の道なんだが、驚くほど美しい海岸を見ることができる。もともとは山の向こうの先住民と、山のこっちの先住民が往来していた古道だったんだ。日の出に間に合うように、夜明け前に出発しよう」

小さな麵屋のテレビにはとどまるところを知らないトーク番組が流れていたが、その晩に特集されていたのは、海上での漂流と謎のデルタ地域だった。その話題の一つに、およそ二十年前に石油会社の汚染によって漁獲が激減したというメキシコ湾で、半年ほど前のこと、浅黒い肌と赤褐色の髪をした少女がイカ漁船に救助されたというものがあった。少女は海上で少なくとも一ヵ月は漂流していたと推測され、体は衰弱し、救命措置を施されると数分間だけ意識を取り戻した。目覚めた少女は弱々しい声で「アトレ、アトレ」と繰り返していたらしいが、一部の言語学者によれば、それは祈りの言葉ではないかという。少女は生命維持装置に頼りながらしばらく昏睡状態が続き、だが死んだというわけではなかった。やがて帝王切開で腹の子供が取り上げられると、彼女の脳波は停止した。

「すごい奇跡ですね」その脚の長い厚化粧のニュースキャスターがリリーであることに、ハファイとダフはすぐに気付いた。あの津波以降、彼女のテレビ局ではメインキャスターが交替になったのだが、どういったわけか彼女が抜擢されていたのだ。報道の続きによると、生まれてきた子供は生命力は強いものの、先天的な欠陥があり、両足がクジラの尾びれのように癒着していたという。

サラはダフにニュースの内容を教えてもらったが、ニュースを聞いた誰もが複雑な気持ちになった。悲しむべきなのか、それともその子のために喜ぶべきなのか。けれどウマヴが言った。「足がくっついていた方がいいと思う。泳ぐのに便利だもん」

天気予報は疑いようもなく悪いニュースだった。まだ三月の頭だというのに、今年最初の台風が遠方で形を成し、島の東部に向かってくる可能性が高いという。専門家の分析によると、もし台風が来ればゴミの渦は雨風で分散し、最後には島全体を囲んでしまう。しかも今回の台風は雲が強固に一体となり、相当な雨量が予想されるというのだ。

ダフ一行は夜明け前には出発し、まだ暗い道を走る車の中では、それぞれの言語で語らうにぎやかな声が飛び交った。しばらく車を走らせたところで、ダフは前方の道の状況が確認できなくなり、静かに車を止めた。

「道が見えない」ダフが言った。

道路が消えていた。

立ちこめる霧のせいで不明瞭な形をした太陽が水平線から昇ってくると、ヘッドライトに照らされた部分だけ可視化された空間が、徐々に明るさを取り戻した。皆はそこではっとした。道路があったはずの場所が、上昇した海水に浸かってしまっていたのだ。あまりにも辺鄙な場所で報道されなかったのか、あるいは報道されていたとしても、誰も気になどしなかったのだろう。カーナビも更新されてはいなかった。そもそも余計な産物であり、使う人もほとんどいない放射性廃棄物を運搬するための道路が、人知れず海に沈んでいただけのこと。

それはさながら、意図的に海の中へと導かれるべく造られた道のようだった。こちらから遠くを見渡せば、渺茫（びょうぼう）とした太平洋に弱々しい朝日が差し込んでいた。

ダフ、ハファイ、ウマヴ、アヌ、そしてデトレフとサラも、車から降りた。海に続くその道にたたずみ、誰もが言葉を失っていた。それでも海は確かな意志のもと、次から次へと波を打ち寄せていた。

ダフ一行が出発するより少し前のこと、アリスはアトレと共にあの林へ向かい、彼の小船を静かに海へ下ろした。アリスはアトレを横に見ながら、これらのすべては果たして現実だったのか、それとも自分の幻覚が見せたものなのだろうかと思った。太平洋のゴミの渦からやって来た、今この隣にいる少年と、果たして自分は共に同じ時間を過ごしたのだろうか。

暗がりの中の海は茫漠とし、まるで古写真の粗いドットのごとく、虚空の中についに何かをつかめそうな錯覚を与えた。アリスはアトレの船の中に腰かけ、二人それぞれが物思いに耽(ふけ)りながら遠くを見つめていた。時間がゆるやかに過ぎてゆき、それでもアトレは櫂(かい)を握ろうとはしなかった。そしてカモメの群が二人の目の前を横切った時、アトレがようやく口を開いた。

「アリス、僕のために祈ってくれないか」

「もちろん。でも、誰に祈ればいいの？」

「誰でもいい。カパン、あるいは君たちの神、あるいは海に」

「祈りは届くの？」

「届かないかもしれない。掌海師（しょうかいし）が……僕の父親が言っていた。海は僕たちから何を取り上げ、何を与えるかも分からない。だからこそ祈るんだ」終わりのほうはワヨワヨ語で語られ、アリスは彼の言葉の意味を完全には理解できなかった。

ダフとほかの皆も腰を下ろした。行き止まりとなった道路がまるで砂浜であるかのように。ダフは数年前に歩いたという古道の思い出を取り留めなく話していたが、その声はみるみる小さくなり、しまいには自分の声すらも聞こえなくなっていった。ウマヴは波に足を遊ばせ、サラは手前の海水を瓶に採取し、デトレフは目の前の情景をカメラに記録し、アヌは服を脱いで潔く海に飛び込んだ。

ハファイが今日は靴ではなくサンダルを履いていることに、ダフは気付いた。サンダルから見える六本目の指は、芽吹いたばかりの粟のように、とても可愛らしかった。

そんなハファイが歌を歌い始めた。彼女が歌い出した瞬間、その場にいるすべての人間が動きを止め、波でさえも打ち寄せることをやめたかのようだった。ただ彼女の歌声だけが、この世界に残された唯一のものであるかのように。

阿美族の歌を終えると、今度は自分で創作した歌を歌い、続いて古い英語の歌を歌った。それはあの人からもらったＣＤに入っていた歌だったが、そのＣＤのすべての歌のすべての歌詞をハファイは覚えているのだった。意味を知らずとも、すべてを覚えていた。

Oh, where have you been, my blue-eyed son?
どこに行っていたんだい？　私の青い瞳の息子よ
Oh, where have you been, my darling young one?
どこに行っていたんだい？　私の愛おしい少年よ
I've stumbled on the side of twelve misty mountains,
霧の立ちこめる十二の高い山を越えたよ
I've walked and I've crawled on six crooked highways,
曲がりくねった六本の道路を歩き　這って進んだよ
I've stepped in the middle of seven sad forests,
悲しみに満ちた七つの森の奥に入ったよ
I've been out in front of a dozen dead oceans,
死んでしまった十二の海を目にしたよ
I've been ten thousand miles in the mouth of a graveyard,
ぱっくり口の開いた墓穴に一万マイルも入っていったよ

And it’s a hard, and it’s a hard, it’s a hard, and it’s a hard,
そして激しい　激しい　激しい　激しい雨が
And it’s a hard rain’s a-gonna fall.
激しい雨が今にもやってくる

Oh, what did you see, my blue-eyed son?
何を見たんだい？　私の青い瞳の息子よ
Oh, what did you see, my darling young one?
何を見たんだい？　私の愛おしい少年よ
I saw a newborn baby with wild wolves all around it,
狼の群に囲まれた生まれたばかりの赤ちゃんを見たよ
I saw a highway of diamonds with nobody on it,
誰もいないダイヤモンドで造られた道路を見たよ
I saw a black branch with blood that kept drippin’,
どす黒い枝から血がしたたり落ちるのを見たよ
I saw a room full of men with their hammers a-bleedin’,
部屋いっぱいの　血だらけのハンマーを手にした人たちを見たよ

I saw a white ladder all covered with water,
水に浸かった白い梯子(はしご)を見たよ
I saw ten thousand talkers whose tongues were all broken,
一万人の舌をもがれた演説者を見たよ
I saw guns and sharp swords in the hands of young children,
手に銃と鋭いナイフを持った子供たちを見たよ
And it's a hard, and it's a hard, it's a hard, it's a hard,
そして激しい　激しい　激しい　激しい雨が
And it's a hard rain's a-gonna fall.
激しい雨が今にもやってくる

それはとても古い歌だった。しかしその歌声に、ハファイの歌を何度も聴いてきたダフですらも、空虚になりかけていた自分の体に何かが注がれるような気がした。歌詞の意味が少しも分からないアヌもまた、歌声に託された悲しみのために自分も何かを背負わなければならないと思った。かつて山の心に紛れもなく足を踏み入れたデトレフも、何かが掘られて空っぽになればそこには深い洞穴が現れ、もはやどうやっても埋め戻せはしないのだと感じた。そしてまだ世の中を知らない少女のウマヴも、激しい雨が本当にやって来るような気がした。

　サラはハファイの歌声に心を震わせ、その赤い髪ははためく旗のように風になびいていた。まるでハファイの歌声の中の雨粒が強い風を受けたかのように砕け、雨が実際よりも激しく降っているかに思えた。ハファイに視線を送り、サラが歌を続けた。

　ハファイがハーモニーを添える。

And what did you hear, my blue-eyed son?
何を聴いたんだい？　私の青い瞳の息子よ
And what did you hear, my darling young one?
何を聴いたんだい？　私の愛おしい少年よ
I heard the sound of a thunder, it roared out a warnin’,
警告のような激しい雷鳴を聴いたよ
I heard the roar of a wave that could drown the whole world,
世界を呑み込んでしまうほどの怒濤のうねりを聴いたよ
I heard one hundred drummers whose hands were a-blazin’,
手に閃光が走ったたくさんのドラマーの音を聴いたよ
I heard ten thousand whisperin’ and nobody listenin’,

誰も耳を傾けない無数の囁（ささや）きを聴いたよ
I heard one person starve, I heard many people laughin',
誰かが孤独に飢え苦しみ　大勢があざ笑っているのを聴いたよ
I heard the song of a poet who died in the gutter,
ドブで死んでいく詩人の歌声を聴いたよ
I heard the sound of a clown who cried in the alley,
狭い路地で道化師がすすり泣くのを聴いたよ
And it's a hard, and it's a hard, it's a hard, it's a hard,
そして激しい　激しい　激しい　激しい雨が
And it's a hard rain's a-gonna fall.
激しい雨が今にもやってくる

Oh, who did you meet, my blue-eyed son?
誰と会ったんだい？　私の青い瞳の息子よ
Who did you meet, my darling young one?
誰と会ったんだい？　私の愛おしい少年よ
I met a young child beside a dead pony,

死んだ子馬に寄り添っていた子供に会ったよ
I met a white man who walked a black dog,
黒い犬を連れた白人に会ったよ
I met a young woman whose body was burning,
体が燃えさかる若い女性に会ったよ
I met a young girl, she gave me a rainbow,
僕に虹をくれた女の子に会ったよ
I met one man who was wounded in love,
愛に傷付いた男に会ったよ
I met another man who was wounded with hatred,
憎しみに傷付いた男にも会ったよ
And it's a hard, it's a hard, it's a hard, it's a hard,
そして激しい　激しい　激しい　激しい雨が
It's a hard rain's a-gonna fall.
激しい雨が今にもやって来る

その時、夢から目覚めようとしていたワヨワヨの島民たちは、前の晩の風が普段以上に強いと感じていた。確かにワョワョ島は夜になるといつも強い風が吹いていたのだが、この数百年の間、島が一晩ごとに穴虫〇・〇〇〇一匹分の距離を北へ移動し、手のひらほどの土地が失われていたということを、島の人々は知らなかった。その日の早朝、無言の艦隊が大海のある海域から遠方の海を監視し、何かの刑を執行するかのように、静かに隊列を組んでいた。兵士たちが各々の持ち場に立ち、遠方に目を向けている。すると一筋の光が天へと昇り、水平に数千キロ進んだ後、ふいに角度を変えて海に突っ込んだ。目覚めたばかりのワョワョの島民たちは、巨大な星が海に墜ちたのかと思った。

光は海底へと潜り、海溝の奥へ奥へと突き進んだ。そこには人類が見たこともないような青い海があり、地球外から来たような奇妙な生物たちが住んでいた。次の瞬間、聞いたこともないような轟音が海全体に響きわたり、それはまさに巨大な生命が海から去っていくかのような音だった。海溝の奥深くに大きな傷口が開き、震動は海溝の両側を伝いながら、とてつもない力で津波を引き起こした。津波は断固たる意志を持った巨大な鉋のごとく、海洋に浮かぶもう一つのゴミの渦をワョワョ島の方角へ押しやり、三分三十二秒のうちに、この小さな島の生命体と無生命体のすべてを海に削り落とそうとしていた。

一切を予知していたのは、島の掌海師と掌地師だけだった。二人はこの前日に祈りを捧げたが、カパンの声を聞くことはできなかった。

「カパンはなぜ応えない」掌地師が言った。

「もう応えてはくれないのだろう」

「皆に知らせるべきだろうか」

「知らせてなんになる」

二人はしばらく沈黙した。掌地師が独り言のように言った。「カパンの理由が知りたい、カパンの真意が知りたい」皺のせいで、彼の顔中の五官はどれも陥没した坑のようだった。

「カパンのすることに理由など必要ない、それぐらいお前も分かっているはずだ。ワヨワヨがただ、世界の片隅に静かに存在しているだけだとしても」掌海師は言った。

「ワヨワヨがただ、世界の片隅に静かに存在しているだけだとしても」二人は声をそろえるように繰り返した。「ワヨワヨがただ、世界の片隅に静かに存在しているだけだとしても」

あらゆるゴミを乗せた巨大な津波がやって来た時、彼らは一人は海を向き、一人は海に背を向けて島の両側に座り、目をカッと見開き、これから起こる一切を見守ろうとした。掌海師の目は力みすぎるあまり血が流れ出し、地面を力の限りつかんでいた掌地師の両手の指は節々がみな砕けてしまった。怒濤に打たれた瞬間、二人の体は散り散りに引き裂かれ、強靭な精神も敵わず悲痛な声を上げた。島の家、貝殻の壁、タラワカ、美しい瞳、物哀しげな手のたこ、塩の結晶にまみれた髪、そして島にまつわるすべての物語が、一瞬のうちに霧散した。

ちょうどその時、ワヨワヨの次男たちはマッコウクジラに姿を変え、何かのお告げを聞いたかのように、前後に身を連ねて一つの方角へと向かっていた。彼らは休むことなく日夜泳ぎ続け、夜になっても亡霊の姿に戻る余裕さえなかった。クジラの群は南回帰線を越え、形成されたての三つの台風の目を突き抜け、冷寒な海と温暖な海を渡り、一路大陸へと向かった。

その一週間後の明け方に、チリ中部のバルパライソで、数百頭に上る座礁したマッコウクジラが発見されることになった。クジラの眼差しは絶望に満ち、皮膚は乾いてひび割れ、肋骨は自らの体重で押し潰され、クジラは涙を流さないという謂われに反して頭部に二筋の涙が伝っていた。村人たちは満潮の時間を見計らいクジラを海に押し戻そうと試みたが、クジラたちは意を決したように、再び自らを砂浜に打ち上げた。

世界各地のクジラの専門家らが直ちに現地に駆けつけた。なぜなら座礁したクジラがすべて雄であるという、極めて珍しい現象だったからだ。更に専門家を驚かせたのが、クジラの中に体長二十メートルの巨大マッコウクジラがいたことだった。専門家の意見では、マッコウクジラは過度の捕殺により成熟が早まり、体が大幅に小さくなっているという。近年の記録でこれほど大きな個体が確認されたことはなく、巨大なマッコウクジラはもはや存在しないと考えられていた。

海岸に集まった専門家らが後の生涯をかけても語り尽くせなかったのは、巨大な生命が集団で死にゆく光景だった。口から血を流し、頭部左先の鼻孔から悪臭のガスを大量に噴き出し、苦痛に尾びれを叩きつける浜には大きな穴が幾つもでき、脳裏の記憶を追い出すかのごとく巨大な頭を激しく砂浜に打ちつけた。重苦しく、単調で、絶望的なその音は、山を越え、畑仕事をしていた村人たちの胸を締めつけた。

砂浜を打ちつける音以外、座礁したクジラはなんの音も発さなかったはずなのだが、現場にいた専門家たちは後日、クジラの声を確かに聞いたと皆が口をそろえた。中国語、英語、ドイツ語、クルン語、ガリシア語、ディベヒ語、更には語学の天才が既に消滅したマン島語やイヤック語でその声を模倣してみたものの、いずれも精確に再現することはできなかった。彼らが模倣しようとすると喉に魚の骨が刺さるような激しい痛みを伴ったという。

バルパライソの地は傷付いたクジラのように顫動(せんどう)していた。一頭また一頭、一頭また一頭と、クジラは息絶えていった。早いうちに死んでしまったクジラは、強い陽差しを受けて体が膨張し、腐敗し、ある瞬間に次々と破裂していった。湿り気を帯び鬱々とした空に内臓が噴き上げられ、専門家たちや漁民、クジラの骨を拾いに来た子供たちの体に、雨のごとく降り注いだ。かつて経験したことのない強烈な腐臭に、気を失う者もいれば、嘔吐が止まらない者もいた。

彼らが気を取り戻した時には、すべてのクジラが絶命していた。専門家が数えたところ、全部で三六五頭だった。古希を超えたスウェーデンのクジラ学者アンドレアスは、その場に跪いて慟哭し、そのまま事切れてしまった。彼の死の直前の泣き叫ぶ声は、その場にいる皆の心を震わせ、つられるように悲しみ嘆く声が広がった。涙は砂浜にこぼれ、間もなくやって来た満潮に回収されていった。

だがそれによって海水の塩分が変わることは些かもなかった。

ワヨワヨ島が津波に呑み込まれたのは、ちょうど日の出の時刻だった。アトレは島を背負い、口に話笛をくわえ、振り返ることなく粉々のゴミの中へと漕ぎ出した。話笛から流れるメロディは解くことのできない優しさに満ち、言葉にはできない切なさがあった。アリスはアトレを見送った後、海の上の家の屋根まで泳ぎ、破損した太陽光パネルの上に立ちあがった。アトレの姿を探し、やっとのことで彼の船を視界に確認できた。船首と雨除けがゴミの渦のゴミから作られたその船は、ゴミの海の中に身を潜めるかのごとく目立たなかったのだ。船の上のアトレはカモメほどの大きさでしかなかった。少し経ち、アリスは歌を歌い始めた。アトレに向けた歌、あるいは自分に向けた歌であったかもしれない。それはトムに初めて会った夜、彼が海を見ながら歌った中の一曲だった。彼は一八〇八年から一八〇九年にかけて起こったデンマークとスウェーデンの海の覇権争いについて説明しながら、シャルロッテンルンドのキャンプ場にある砲台がまさに当時の遺跡なのだと話してくれた。

「この海岸は実際に戦争があった場所なんだ。現実に砲弾が発射され、この砂浜で兵士たちが死に、ここから見えるあの海に船も沈んだ。この大砲はただのお飾りじゃない」そして自分が地下三十メートルの洞穴で過ごした話や、スループで大海を横断した経験を語り、これからはロッククライミングに挑戦するのだと語った。そして二人はセックスをした。トムは一本の松明（たいまつ）のように陰茎を彼女の体の奥深くに挿入し、小さなテントの中でアリスがトムの肩越しに見た世界は燦然（さんぜん）と煌（きら）めいていた。刹那、彼の青い瞳を見つめると百万の世界が見えたような気がした。

Oh, what'll you do now, my blue-eyed son?
これから何をするつもりなんだい？　私の青い瞳の息子よ
Oh, what'll you do now, my darling young one?
これから何をするつもりなんだい？　私の愛おしい少年よ
I'm a-goin' back out 'fore the rain starts a-fallin',

雨が降り出す前に去るよ
I'll walk to the depths of the deepest black forest,
あの黒い森の一番奥へ歩いて行く
Then I'll stand on the ocean until I start sinkin',
そして沈む時まで大海の真ん中に立つんだ
But I'll know my song well before I start singin',
僕が歌い始める前に　歌を心に刻んでおきたい
And it's a hard, it's a hard, it's a hard, it's a hard,
そして激しい　激しい　激しい　激しい雨が
It's a hard rain's a-gonna fall.
激しい雨が今にもやって来る

「海の祝福あれ」アリスは針の先より遥かにか細い声でつぶやいた。少年は行ってしまった。海の向こうへ。今この時、海の天気は少しも晴れておらず、遠くには雨雲が立ちこめていた。あらゆる暴雨を経験してきた島民ですらまだ知らぬほど激しい雨が、じきに訪れようとしている。

アリスは岸辺まで泳いで戻った。定刻前に来ていた海岸清掃員が全身ずぶ濡れの彼女を見付け、駆け寄って声をかけたが、アリスは取り合わずに狩猟小屋へと戻る道に向かった。うつむいたままひたすら歩いた、彼らに顔を見られたくはなかった。彼女は今、愛も憐れみもない、あの森の辺縁に向かう道を、ただ一人歩いていた。それはアトレと初めて出会った山道、何年も前にトムと渓流の水を汲みに行った小径だ。歩いているうちに、草の露がじわじわと靴の中の指を濡らし、やがて彼女の目の縁までをも滲ませた。ふと、柔らかな何かが足にまとわりついてきた。

オハヨ。オハヨだ。

そんなふうに呼べる相手が自分にまだいたことに、アリスは喜びを覚えた。オハヨは気付けばもう美しい大人の猫に成長していた。今ここに生きている小さな命のために、自分にはしなければならないことがある。

どこか謎めいた小さな頭をもたげ、片や青で片や茶色の目を丸々と開き、呼びかけに応えるように、猫は彼女を見上げていた。

（完）

# 訳者あとがき

本作は呉明益（ウー・ミンイー）著『複眼人』（二〇一一年、夏日出版刊／新装版二〇一六年、新経典出版刊）の全訳である。

呉明益氏は一九七一年、台湾・台北生まれの作家で、一九九七年に短編小説集『本日公休』でデビュー。写真やイラストも手がけた自然エッセイ『迷蝶誌（チョウに魅せられて）』（二〇〇〇年）、『家離水邊那麼近（うちは水辺までこんなに近い）』（二〇〇七年）、戦時中日本の戦闘機作りに参加した台湾人少年を描く長編小説『睡眠的航線（眠りの航路）』（二〇〇七年）、写真評論・エッセイ集『浮光（光はゆらめいて）』（二〇一四年）など多彩な作品を生み出している。本作は二作目の長編小説となる。同年に短編小説『天橋上的魔術師』（邦訳『歩道橋の魔術師』）、二〇一六年に『單車失竊記』（邦訳『自転車泥棒』）、二〇一九年に『苦雨之地（雨の島）』を刊行。まさに台湾文学を代表する作家の一人といっても過言ではない。

台湾で呉明益の作品といえば本作と『天橋上的魔術師』（『歩道橋の魔術師』）がよ

く知られている。どちらも十年前に出版された作品だが、前者は今年四月に台中国立歌劇院でドイツ人監督ルーカス・ヘムレブ（Lukas Hemleb）による舞台劇が上演されるほか、後者は二月から台湾公共テレビで連続ドラマとして放送されるなど、その注目度は今なお高い。『複眼人』は出版されるやいなやイギリス、アメリカ、フランスの出版社が相次いで版権を取得し、今では十数カ国語に翻訳されている。『複眼人』が台湾ばかりか世界の読者をも魅了するのは、この作品の舞台が台湾という小さな島でありながら、物語を貫く人類と自然の共存への問いかけが、世界の共鳴するテーマだからなのだろう。

本作を翻訳するにあたり、これまで他言語の訳者が台湾東部の海岸に足を運んだり、或いは著者にその景色の写真を求めたように、私も花蓮（H県）と台東を訪れた。台湾に三〇年近く住んでいるが、花蓮は二回目、台東に至っては初めての旅だった。

東海岸を走る特急列車プユマ号の車窓には、西に絶えることなく続く山陵と、東には時に緑やトンネルに視界を遮られる紺碧の大海原——太平洋が広がり、台湾がこれほどまでにも美しい島だったのだと心が震えた。一七世紀にポルトガル人が緑に包まれた台湾島を眺め、「イラ　フォルモサ（麗しの島）」と思わず口にした島なのだ。

花蓮の海岸ではゴミの渦が押し寄せる光景を、台東の山麓からはアリスとアトレが歩いた奥山を想像し、物語がひしひしと迫ってきたのを覚えている。

『複眼人』という作品は、現実と、現実になり得る非現実の境界線を忘れさせ、物静かな筆致でありながら不思議にも読む者の心を荒れ狂う波の中に引きずり込んでいく。

台湾は明末清初や一九四〇年代後半に中国から渡ってきた漢民族のほか、それより遥(はる)か昔から台湾で暮らしていた先住民族（政府認定は十六族）がおり、『複眼人』にもその先住民族が登場する。

作品の中で著者は先住民の習俗や信仰、神話、そして彼らが置かれてきた境遇を仔(し)細(さい)に描いており、ともすれば主人公にかける以上の思いがうかがえる。そこで作品に登場する先住民関連の呼称については、執筆する中で想定した呼び方を著者に確認し、先住民語の発音を振った。ダフの飼い犬である月(ブァン)と石(パドゥ)がその例である。阿美(アミ)族の伝説や歌の中の先住民語については、原住民族委員会が運営するオンライン先住民語辞典（「原住民族語言線上詞典」）や歌曲を頼りに、原発音になるべく近い読み方を心がけた。台湾の地名は日本語での読み方にばらつきがあるが、一部は古くから習慣的に使われてきた読みを採用している。

最後に、本作の邦訳の機会を与えてくださった太台本屋の黄碧君(ファン・ビジュン)さんをはじめ、文芸的表現について丁寧にアドバイスしてくださったKADOKAWAの安田沙絵さん、そして細かい質問にいつも快く答えてくださった呉明益先生に心より感謝の気持ちを申し上げたい。多くの力添えと天野健太郎さんからいただいた言葉を支えに、邦訳版『複眼人』がここに完成したことを彼にご報告したい。

二〇二一年二月

＊

文庫化に寄せて

二〇二一年は『複眼人』の出版に続き、『眠りの航路』（白水社）、『雨の島』（河出書房新社）が刊行されたほか、『自転車泥棒』（文藝春秋）および『歩道橋の魔術師』（河出書房新社）も文庫化され、まさに呉明益の作品が日本で大きく注目される一年となった。そのなかで開催された「呉明益トークイベント」では、作家自身の文学人生の軌跡や、執筆における転換点での思いを語ってくださった。どの執筆活動にも全身全霊をささげ、「命をかけて取り組んでいる」という言葉は、台湾がこれまで抱えてきた社会的課題や歩んできた歴史、先住民を含む多様なエスニシティに対する緻密な調査と深い洞察にも裏打ちされ、一読者として受け取ったメッセージは、作家が抱くこの土地への愛おしさだった。そして、イベントで予告されていた新作『海風酒店』（小寫出版）が二〇二三年に台湾で刊行され、邦訳版も間もなくKADOKAWAより出版される予定である。

『複眼人』の文庫化に際しては、編集者の安田沙絵さんに多大なご尽力をいただいた。また、訳文チェックをしてくださった太台本屋の黃碧君さんにも深く感謝申し上げたい。こうしてより完全なかたちで『複眼人』が読者の手に届けられることを心から嬉しく思う。

最後に、『複眼人』の舞台となった台湾東部の花蓮県では、昨年四月に発生した大地震に続き、夏以降には複数の台風に見舞われ、甚大な被害を受けた。現在もなお一部地域ではインフラの完全な復旧には至っておらず、住民は苦しい生活を強いられている。一日も早く、かつての日常を取り戻せることを切に願う。

二〇二四年十二月

小栗山智

# 解説

深緑野分

この地球上で死に抗うことができる生物はいない。

生物は誕生した瞬間から死に向かう。死以外のゴールはなく、すべての生物は命を終わらせるまで、生涯という道程を歩き続けなければならない。

しかも必ず訪れる死は、安らかなことが滅多になく、命を終える瞬間は苦しい。生物が死を恐れるのは、体が機能を停止する際の想像を絶する苦痛が怖いからだろう。だから生者は死者を悼む。最も過酷でつらい山を越えた死者の痛みに同情し、勇気を称え、亡骸を手厚く葬る。

一方で生物は別の生物を殺す。食べるならまだしも、ゲームで、不注意で、駆除で、金儲けで、殺してしまう。命を奪われて虚ろになった哺乳類や魚類の瞳、あるいは虫のちぎれた手足、潰れた鳥の体から滲みだした体液を、嫌悪感と同情、畏怖、時に達成感を以て眺める。

そして命を奪うのは生物だけではない。普段は静かな自然が、海や豪雨が、険しい崖が、火が、地震や崩落が、突如として死をもたらす。生物はごく普通の何でもない一日を、最後の一日だと思わずに生きる。死は自分だけでなく愛する者、大切な存在にも及び、ついさっきまでここで話していたはずのものが、ほんの一瞬を境に無言の肉塊となる。

呉明益が二〇一一年に発表した長編小説『複眼人』は、全編に亘って死の匂いが充満している。

大陸から隔絶された遠い海の果てにワヨワヨと呼ばれる小さな島がある。ワヨワヨ人はカパンを信じ、鳥や魚を捕って食べ、何よりも海を重んじて生きる。島にはアトレという名の少年がいた。アトレは泳ぎも魚捕りも舟作りも上手く、大勢に愛されたが、次男ゆえに残酷な宿命に従わねばならなかった。ワヨワヨ島では、次男は生まれてから百八十回目の満月を迎えた時、十日分の水のみを舟に積んで、二度と帰れない海の旅に向かうという掟がある。アトレもまたついにその日を迎えた。死地への旅に出たアトレは、新しい奇妙な島にたどり着き、鯨に姿を変えた「次男の亡霊」たちに励まされ、衰弱していく体を奮い立たせる。

片や陸地では、アリスという大学教授が自殺することを決め、身辺整理をはじめる。彼女は夫と息子を失い、生きる気力をなくしたまま、台湾の海沿いの家でたったひとりで暮らしていた。気候変動のせいか、海はもはやアリスの家のすぐ目の前まで迫り、そのうち家ごと海に呑まれて消えてしまいそうだった。

他にもアリス一家の友人で山に登った夫と息子の行方を捜索したダフ、アリスの家の近所にある飲食店「七羽目のシシッド」の店主ハファイや、アトレの恋の相手ウルシュラなどが登場する。そしてほとんど全員が身近だった誰かと死に別れている。

『複眼人』で描かれる死の別離は、突然、それも生命の無力さを思い知らされるほど、横暴にやって来る。作家Kの再婚したばかりの若妻が砂浜を散歩中に高波に攫われ、たまたまトイレに行っていた作家Kは、窓越しに妻が海に呑まれていく様子を見る。アリスの夫トムをはじめとする力強い者にも死は襲いかかり、助けは間に合わず、まだ若く生命力に満ちていたはずの肉体から、引き剝がされるように命が奪われてしまう。

「人生というものは、自分の考えを挟むことは許されず、ほとんどは否応なしに受け入れるしかない。オーナーの独断で料理が決まるレストランで食事をするようなものなのだ（『複眼人』第四章一四〇ページから引用）」

ハファイの村が豪雨で水没し大勢が死んだ話を聞いたアリスは、自分の境遇と重ね合わせ、深く強い諦念を抱く。この「否応なしに受け入れるしかない」という諦念は、残された者たちの傷がどれほど深いかを知らしめてくる。もはや神を呪うことさえできない圧倒的な絶望が、物語全体を通じて静かに響き渡る。

　印象的なのは、彼岸へ渡ってしまった者と残された者とが、必ずしも一番良い状態の関係で愛し合っていたわけではない点だ。アリスと夫のトムは冷え切っていたし、ハファイのイナ（母）は恋人の廖仔（リャウェ）から暴力を振るわれていた。生きている者にとって彼らは、すれ違いが続き、固かったはずの絆（きずな）が脆（もろ）くなり、理解を拒んで遠ざけてしまった相手だった。

　それでも、いや、だからこそ、失った存在が自分の心のあまりにも多くの部分を占めていたことに気づいてしまう。恨んで怒りをぶつけることも、愛していたと求めることもできず、永遠に失い、もう取り返しがつかないのだと知り、慟哭（どうこく）の日々に放り込まれる。他の誰と知り合ってもぽっかりと開いた穴を埋めることは敵（かな）わないし、擦り切れるまで後悔を引きずって人生は続く。呉明益はこの頽（くずお）れるような喪失感を描くのが圧倒的に巧みだ。

　また『複眼人』では〝水〟が象徴的に描かれる。火のような熱さや、風のような乾き、金のような輝きではない。静かで、暴力的で、生と死のどちらも象徴する水が、本作では大きな存在感を放つ。迫り来る海や降りしきる熱帯の豪雨、ささやかな小雨が、ちぎれた心や惨（むご）い死、窒息しそうなほど絶望的な未来とシンクロしていく。

「こんなに雨が降っていても、そう答えなければならないの？」（『複眼人』第七章二

四八ページから引用）

「今日の海の天気はどうか」と訊かれたら必ず「よく晴れている」と答えねばならないワヨワヨ島の挨拶は、現実を見ようとしない愚かしい掟だろうか、それとも悪いことを知らせるよりせめて言葉だけでもという優しく白い嘘だろうか。いずれにせよ、このやりとりを読んだ読者の胸に迫るのは、苦しくなるほどの哀切さと寂寞感だ。

アリスはきっと何度も「今日の海の天気はどうか」と訊ねてきた少年を思い出し、心が荒れ狂い死を想う日も、「よく晴れている」と答えるのだろう。波打ち際にあったアリスの家がどんどん海に削られ、やがて完全に呑まれたように、近未来（しかしそう遠くはない未来）には世界ごと海に沈むかもしれない。その瞬間もきっと「今日の海の天気は」と問い、「よく晴れている」と呟くのだろう。

本書『複眼人』は、日本ではじめて紹介された呉明益の本『歩道橋の魔術師』（天野健太郎訳、白水社）よりも先の、二〇一一年に台湾で発表された。著者にとっては二冊目の長編小説にあたる。

『複眼人』から八年後の二〇一九年に刊行された『苦雨之地』（邦題『雨の島』及川茜訳、河出書房新社）も、水と喪失感、生と死に満ちた作品集だった。特に呉明益自身が描いた博物画が印象的で、『複眼人』にもあった生き物たちの滅びがより一層際立って描かれ、自分が人間であることを恥じたくなってくる。人間がいなくなればきっと地球はよくなるが、そうできないのは、やはり死があまりにも恐ろしいからだ。『複眼人』でもたびたび人間は生活や研究のため動物を殺し、山を切り開き、自らを正当化する。

「だが……誰もがそれぞれ穴掘りの道具にしか過ぎない。たとえ自分が掘らなくても、別の誰かが掘ることになるだけだ」(『複眼人』第八章二八〇ページから引用)

時に空想酔いを起こしそうなほど濃密な幻想的世界観の描写に筆を揮いながら、一方で、あまりにも現実的な哀しみと救いのない状況を突きつけてくる。それにもかかわらず温かいのだ。柔らかな動物の毛皮、木々の温もり、生命のにおいを漂わせ、悟りの向こう側にある心的世界を読者に見せる。

生物は死に抗えない。時間はやがて尽きる。星々でさえ例外ではなく、地球もまたいつか滅びる。ただ人間がいることでその命が終わるまでの速度がずっと速くなっているのは間違いないだろう。

もうひとつ、日本の読者としては、台湾を侵略・統治した罪を忘れずにおきたい。かわいい猫の名前が「オハヨ」であることに単なる微笑ましさを感じるのではなく、戦時中に日本人が台湾人に日本語教育を強要した過去を想起するきっかけにしたい。子孫として先祖の侵略行為を反省しなければ、呉明益の誠実さと真摯に向き合えないだろう。

せめて過ちを少しでも修復していけるなら、というメッセージを本書から読み取ることは、おそらく正しい。〝複眼人〟とは違って、人類は行動できるのだ。手をこまねくよりは一歩、たとえそれが意味を成さない結果になったとしても――しかしその行動は悲劇と表裏で、命を懸けて探しても決して見つからないのだと、最後まで読んだ読者にはよく理解できるだろうが。

生きることは虚しい。胸にせり上がる哀しみと一緒に、静かに押し寄せる海の底に沈み、音も空気もない水中で窒息してしまえば楽かもしれない。しかしそれでもなお、生きねばならない理由はある。

生物は命を落とす最後の日まで足掻き続ける。「そして沈む時まで大海の真ん中に立つんだ」と歌いながら、激しい雨が降るのを待っている。

（ふかみどり・のわき　作家）

本書は二〇二一年四月に弊社より刊行した単行本を文庫化したものです。

ふく がん じん
# 複眼人

ご めい えき　おぐり やま とも
呉 明益　小栗山 智＝訳

令和7年 1月25日　初版発行

発行者●山下直久

発行●株式会社KADOKAWA
〒102-8177　東京都千代田区富士見2-13-3
電話　0570-002-301（ナビダイヤル）

角川文庫 24377

印刷所●株式会社暁印刷
製本所●本間製本株式会社

表紙画●和田三造


ISBN 978-4-04-114689-7　C0197

JASRAC 出 2409901-401　◇◇◇

# 角川文庫発刊に際して

角川源義

第二次世界大戦の敗北は、軍事力の敗北であった以上に、私たちの若い文化力の敗退であった。私たちの文化が戦争に対して如何に無力であり、単なるあだ花に過ぎなかったかを、私たちは身を以て体験し痛感した。西洋近代文化の摂取にとって、明治以後八十年の歳月は決して短かすぎたとは言えない。にもかかわらず、近代文化の伝統を確立し、自由な批判と柔軟な良識に富む文化層として自らを形成することに私たちは失敗して来た。そしてこれは、各層への文化の普及滲透を任務とする出版人の責任でもあった。

一九四五年以来、私たちは再び振出しに戻り、第一歩から踏み出すことを余儀なくされた。これは大きな不幸ではあるが、反面、これまでの混沌・未熟・歪曲の中にあった我が国の文化に秩序と確たる基礎を齎らすためには絶好の機会でもある。角川書店は、このような祖国の文化的危機にあたり、微力をも顧みず再建の礎石たるべき抱負と決意とをもって出発したが、ここに創立以来の念願を果すべく角川文庫を発刊する。これまで刊行されたあらゆる全集叢書文庫類の長所と短所とを検討し、古今東西の不朽の典籍を、良心的編集のもとに、廉価に、そして書架にふさわしい美本として、多くのひとびとに提供しようとする。しかし私たちは徒らに百科全書的な知識のジレッタントを作ることを目的とせず、あくまで祖国の文化に秩序と再建への道を示し、この文庫を角川書店の栄ある事業として、今後永久に継続発展せしめ、学芸と教養との殿堂として大成せんことを期したい。多くの読書子の愛情ある忠言と支持とによって、この希望と抱負とを完遂せしめられんことを願う。

一九四九年五月三日

# 角川文庫海外作品

## 白鯨（上）（下）
メルヴィル
富田　彬＝訳

イシュメールは捕鯨船ピークォド号に乗り組んだ。船長エイハブの片脚を奪った巨大な白いマッコウクジラ〝モービィ・ディック〟への復讐を胸に、様々な人種で構成された乗組員たちの、壮絶な航海が始まる！

## 十五少年漂流記
ジュール・ヴェルヌ
石川　湧＝訳

荒れくるう海を一隻の帆船がただよっていた。乗組員は15人の少年たち。嵐をきり抜け、なんとかたどりついたのは故郷から遠く離れた無人島だった——。冒険小説の巨匠ヴェルヌによる、不朽の名作。

## 八十日間世界一周
ジュール・ヴェルヌ
江口　清＝訳

十九世紀のロンドン。八十日間で世界一周ができることに二万ポンドを賭けたフォッグ卿は、自ら立証の旅に出る。汽船、列車、象、ありとあらゆる乗り物を駆って波瀾に富んだ旅行が繰り広げられる傑作冒険小説。

## 海底二万里（上）（下）
ジュール・ヴェルヌ
渋谷　豊＝訳

1866年、大西洋に謎の巨大生物が出現した。アメリカ政府の申し出により、アロナックス教授は、召使いのコンセイユとともに怪物を追跡する船に乗り込む。順調な航海も束の間、思わぬ事態が襲いかかる……。

## 1984
ジョージ・オーウェル
田内志文＝訳

ビッグ・ブラザーが監視する近未来世界。過去の捏造に従事するウィンストンは若いジュリアとの出会いをきっかけに密かに日記を密かに書き始めるが……人間の自由と尊厳を問うディストピア小説の名作。

# 角川文庫海外作品

## 動物農場

ジョージ・オーウェル
高畠文夫＝訳

一従軍記者としてスペイン戦線に投じた著者が見たものは、スターリン独裁下の欺瞞に満ちた社会主義の実態であった……寓話に仮託し、怒りをこめて、このソビエト的ファシズムを痛撃する。

## 変身

フランツ・カフカ
川島　隆＝訳

平凡なサラリーマンのグレゴールはベッドの中で巨大な虫けらに姿を変えていた。最新のカフカ研究を踏まえた新訳で贈る不朽の問題作。神話化されつづける作家の実像を多面的に説き明かす、訳者解説を収録。

## 賢者の贈り物
オー・ヘンリー傑作集1

オー・ヘンリー
越前敏弥＝訳

アメリカ文学史上屈指の短編の名手、オー・ヘンリー。300編近い作品のなかから、もっとも有名な「賢者の贈り物」をはじめ、「警官と賛美歌」「金のかかる恋人」「春の献立表」など名作全16編を収録。

## 最後のひと葉
オー・ヘンリー傑作集2

オー・ヘンリー
越前敏弥＝訳

アメリカ文学史上屈指の短編の名手、オー・ヘンリー。第2集は、表題作「最後のひと葉」をはじめ、「二十年後」「救われた改心」「水車のある教会」「運命の道」など、珠玉の名作12編を収録。

## 燃えるスカートの少女

エイミー・ベンダー
管　啓次郎＝訳

失われ、取り戻される希望。ぎこちなく、やり場のない欲望。慰めのエクスタシー。寂しさと隣合わせの優しさ――この世界のあらゆることの、儚さ、哀しさ、愛おしさを、少女たちの物語を通して描ききる。